火狩りの王

〈二〉影ノ火

日向理恵子

角川文庫
23460

炎をいだいて　獣がうごめく
罪とがの森を　照らすもの

姫神の生める　火狩りの鎌
いまわの星にも　千世に生きよと
こぼれ出でたる　金の三日月

目次

第三部 神々の庭

第四部　翔ける者、這う者

登場人物

灯子《とうこ》　十一歳の少女。自分をかばって命を落とした火狩りの形見を家族にとどけるため、首都へ向かう。
煌四《こうし》　首都に暮らす十五歳の元学生。油百七の元で、雷火の研究を行う。火狩りを父に持つ。
かなた　灯子が出会った火狩りが連れていた狩り犬。火狩りとともに行動し戦う。
緋名子《ひなこ》　煌四の妹。胎児性汚染により生まれつき病弱。
明楽《あきら》　流れ者の女火狩り。困難をこえていく力量の持ち主。狩り犬はてまり。
火穂《かほ》　厄払いの花嫁として村を出された。回収車で灯子と出会う。
照三《しょうぞう》　回収車の乗員。灯子たちを首都に連れて行くとちゅうで大けがをする。
クン　〈蜘蛛《くも》〉の子ども。森に捨てられていた。
炉六《ろろく》　島出身の凄腕《すごうで》の火狩り。狩り犬はみぞれ。
油百七《ゆおしち》　燠火《おきび》家の当主で偽肉工場の経営者。煌四に雷火による武器開発を指示。
綺羅《きら》　燠火家の一人娘。美しく聡明《そうめい》。
火華《ひばな》　油百七の妻。年齢不詳の妖艶《ようえん》な夫人。貧民区の出身。
ほたる　厄払いの花嫁。回収車で灯子と出会う。
紅緒《べにお》　厄払いの花嫁。回収車が襲われて命を落とす。

第三部

神々の庭

一　火の獣

耳に慣れない言葉を、煌四《こうし》は暗闇の中でくりかえした。

「……密航？」

「ああ、そうだ」

こたえる声は、ななめ後方、煌四の頭より高い位置からかえってくる。狩衣《かりぎぬ》をまとった炉六《ろく》が、無駄な音を一つも立てずに、ぴたりとうしろをついてくる。動きにくそうにしか見えない狩りの装束は、火狩り《ひかり》の身動きに従順に沿い、その気配も体温すらももらさないよう、吸いとっているかのようだった。

照明のない、巨大なトンネルの中。天井の高さはどれほどのものだろう。外からは、結界である鳥居の形に沿ってこの大きな穴はうがたれて見えたが、中ではどうなっているのか、てのひらや靴底がふれる部分以外はたしかめることができない。煌四は左手を壁にそえ、手探りで進んでいる。前を行く狩り犬のひそやかな足音だけが、道しるべだった。

「島はせまいし貧しくてな。暮らしに嫌気がさして、首都にもどる調査船に乗ろうと思ったんだ。だが、正規で乗るには、ばかみたいに船賃がかかるからな。船の機関部に忍びこんでこちらまで来て、しばらくは流れの火狩りをやっていた」

「首都づきになったのは、どうして……」

トンネルの通路は曲線をえがいた構造になっているらしく、前方に出口は見えない。

「ん？　ああ、金だ金。同じ仕事なら、神族という雇い主があるほうが儲《もう》かるだろうと思ったのだ。しかし、首都づきというのは規定が多くて、なにかと不便だな」

首都の火狩りとして登録されれば、狩りによる犬や道具の損傷も補償され、安定した賃金が手に入る。ただし、流れの火狩りと同様、危険な仕事であることに変わりはない。

あっけらかんと言う炉六の声に、言葉に表されていない虚《うつ》ろを感じたが、煌四はそれについてはたずねなかった。しなやかに、ほとんど足音をさせず前を行く犬の気配を見失わないよう、感覚を澄まそうと努めた。トンネルの中では、自分のつま先すら見えない。ともすれば、靴をはいた煌四の足音が、先導する犬の気配をかき消してしまいそうだ。

「だけど、それなら……燠火《おきび》家へ雷火《らいか》を持ってくるなんて、神族がさだめた規定を、どうして破ったんですか？　首都の火狩りが個人的に火を売買することは、禁じられてる」

そう言うと、背後の炉六がからからと笑った。

「おかたいやつだなあ、ガキだというのに。まああれだ、鎌をかけてみたのだ」

「鎌？」

「燠火家の御仁、あれはまるで化け物だな。人を人とも思っちゃおらん。島ではああいうのを、人の皮をかぶった鬼と呼んだぞ。お前、よくあんな家の養子になったもんだ」

背後からの言葉に逆なでされ、煌四は思わず足を止めて、炉六がいるあたりにむきなおった。

「昼間言ったはずだ、親子になったわけじゃ……」

そのとたん、見えない手に肩を押され、煌四は心臓を吐き出しそうなほどおののいた。すぐにそれが、炉六の手なのだと気づく。

「いきるなよ、そういうところはきちんとガキなんだな。ほら、ちゃんと前をむけ。おれの犬は気まぐれでな、うかうかしていると置いてかれるぞ」

煌四は前をむき、炉六の狩り犬、みぞれの足音をとらえなおしながら、うつむいた。

「……妹が、病気なんだ。親が死んで、身寄りがなかった。だから」

はあん、とまた背後で炉六の声がした。思わず打ち明けた煌四の話に、あごでもさすっているのだろう。

「蓄えはなかったのか？　雷火を採るほど腕の立つ火狩りなのだろう、お前の親父どのは。自慢の父親だったのだろうが」

煌四の返答は胸の奥でもつれ、火狩りの飄々《ひょうひょう》とした声に追いつけない。宴席で火狩りたちが煌四と話すのを見ていた炉六が、煌四の父親が火狩りだと察したのはわかるが、なぜ雷火のことまで知っているのだろう？　――油百七《ゆおしち》が、話したのだろうか？

まるでその疑問を暗闇の中から読みとったかのように、炉六がつづけた。

「お前を見ていれば、顔つきでわかる。おれの友人もその昔、でかい火に魅入られて、同じような顔をしていた。友人が夢中になっていたのは、雷火とはべつの火だったがな。……うまい肉を作る工場の経営者が、火狩りのせがれをかこいこんで、雷火でなにをしようとしているんだ」

煌四は、黙って歩いた。暗闇に呑《の》まれてはっきりと見えない指先が、しびれている。〈蜘蛛《くも》〉が首都を襲うかもしれないということを、もとは流れ者だという　この火狩りなら、知っていても不思議ではない。わざわざ煌四に言わせなくとも、すでに大方の察しはついているかもしれない。が、いずれにしてもこのことは、油百七から口外を禁止されている。煌四は黒い森へ通じる闇の中で、うっかり口をすべらせることのないよう、胸の中に警戒の糸を張った。

「……ぼくが知りたいのは、雷火と炎魔《えんま》の火について。それだけです」

かたい声で、そうこたえた。

「ほう、そうか」

声の調子をそのままに炉六が言い、そして前方に、ぼんやりとした明るさが見えてきた。

森だ。

背骨を何百という見えない手にからめとられたようで、勝手に足がすくむ。みぞれのうしろすがたがためらいなく進んでゆく。炉六が鎌を手にしたのが、気配でわかった。

夜の森をほの明るいと感じたのは、自分の手足すら見えないトンネルの闇に目が慣れていたせいだった。靴をはいた足が、踏んだことのない感触にぞくりとおののく。甘ったるさをふくんだ不快なにおいが鼻にからみついてくる。まともに嗅《か》いではならない、直感がそう判断する、そんなにおいだ。

「ふつうは、夜に狩りはせんのだ。こっちの目がきかん。――だが、夜のほうが獲物はよく捕れる。炎魔が、人のともす明かりに寄ってくるからな」

背後が急に明るくなる。炉六が、持っていた携行型の照明に明かりをつけたのだ。小型照明によって、黒い森の威容が浮かびあがる。不吉にただれた、異形の木々。ねじれた枝をからませあい、空を遮断しているそのすがたは、呪いのようだった。何者かが大地を呪い、その呪いがはたされたかを見とどけないままに放置したかのような。朽ち葉の堆積《たいせき》した土は、ぬちゃぬちゃとねばりつく。

「見せてやろう。いいな？　おれのうしろにいるんだぞ」

炉六の言ったその言葉を、煌四の耳はほとんどとらえていなかった。ほっそりとしたみぞれの鼻先が、気配をとらえて上をむく。

襲撃はすみやかだった。

ギィ、とひずんだ声とともに、上からなにかが降ってきた。野良猫、とっさにそう思った煌四は、樹上から飛びかかってきたその小型の獣の形が、町でよく見る動物とはまるでちがうことに遅れて気がつく。菱形《ひしがた》の、滑空する体――獣には、四肢をつなぐ皮膜があるのだ。

四角くひろげた皮膜に気流をつかみ、黒い獣はこちらめがけて飛んでくる。体に対して大きなその目は、赤々と燃える火の色にぎらついていた。炉六のともした照明が、狩人《かりゅうど》のねらいどおり、一瞬にして炎魔の標的となった。

「ムササビか。小さいな」

右手に火の鎌を持ちながら、火狩りはそれを動かそうとしない。空気と重力を最大限に活《い》かして、炎魔は飛んでくる。速い。

が、みぞれの跳躍が、空を切る突進をあっさりとはばんだ。細い狩り犬は高々と身をおどらせ、主《あるじ》を襲おうと飛んでくる炎魔を空中で牙《きば》に捕らえる。着地するなり、みぞれはじたばたとあがく獲物を、炉六のもとへ運んできた。

牙から解放された炎魔のちっぽけな尾を、わらじをはいた炉六の足が踏みつける。はげしく暴れる炎魔ののどへ、ためらいなく鎌の切っ先を刺し入れ、引きぬいた。なんの抵抗もなく刃《やいば》は黒い毛皮を裂き、暴れ狂っていた獣はすべての動きを止めて絶命した。傷口からとぷりと金色の液体がふくれあがって流れ出る。それを炉六は、なめした革でできた火袋《ひぶくろ》へとり入れた。

「ちゃんと見ていたか?」

火袋の口を縛り、炉六が呆然《ぼうぜん》とつっ立ったままの煌四をふりかえる。その表情は飄々として、狩りがはじまる前とまったく変わらない。

ほんの一瞬のできごとだったのに、煌四の足はこわばって、動かすときしみをあげた。どっと汗が噴く。

しとめられた炎魔は、その小さな体をくたりと土にあずけきり、捨てられた古布のようになっている。ぎらついて燃えていた目玉の光はかき消えて、闇と見わけがつかなかった。

（……言ってたとおりだ）

煌四は、狩りからもどった父親の語った言葉を思い出した。人と見れば見境なしに襲うくせに、金の鎌で捕らえたとたん、あっさりとその身の内の火をさし出すという……

立ちつくしたまま炎魔の死骸《しがい》を見おろしている煌四を、炉六が笑った。

「なんだ坊主、怖いのか？」

煌四は、あわてて頭をふるう。この森の中で、ぼんやりしていては命にかかわる。結界を越え森に立ち入ってなお、体に追いつかない感覚のはしが、べつな音をとらえた。獣の足音だ。大きい。大きいが、まだかなり遠い、はずだった。

「おう、崖《がけ》の炎魔が駆逐できていないのか。こいつは上に報告せねばならんのかな、面倒な」

照明を地面に置き、炉六がふりかえる。同時に、火の鎌とはべつの武器、腰に帯びた短刀をぬきとる。煌四が目をやったとき、すでにみぞれのすがたは消えていた。

遠いと感じた足音の主は、あっというまに小石の粒をはじいて、照明のとどく範囲へすがたを現す。トンネルのうがたれた背後の崖、その急峻《きゅうしゅん》な斜面を、一頭の炎魔がはねおりてくる。大きく湾曲した一対のつのを持つ、それはまっ黒な山羊《やぎ》だった。

圧倒的な速さと重みでもって、黒い獣がむかってくる。先端が鋭利にとがり、大きくうしろへまがった太いつの。ぶつかれば一瞬で骨が砕ける、頭より先に体がそう理解する。が、煌四はその場に縫いつけられたかのように、立ちつくすことしかできない。

みぞれが目をみはる速さで崖を駆けのぼり、おりてくる獲物よりも高い位置へ到達する。炎魔の鼻面を、犬の脚が蹴《け》りつけた。そのわずかだが的確な衝撃で、つぎの足場をとらえようとしていた蹄《ひづめ》が、岩を踏みそこなう。残りの崖をすべり落ちてきた炎魔は、地面に達すると荒々しく頭をふるって体勢を立てなおし、炎をやどした目をこちらへむけた。

ふたたびの突進と同時に、炉六もまた駆けだした。懐から出した光るなにかを、まっすぐむかってくる炎魔のやや上へ投げあげる。小瓶だ。一瞬のうちにあらゆる色彩をふくんだ光芒《こうぼう》を投げかける小瓶。

炉六の短刀が、自分と炎魔のあいだに落下してくる金色の瓶をないだ。

即座にガラスは砕け、すさまじい閃光《せんこう》が炸裂《さくれつ》した。

「え……」

煌四は、まばたきを忘れる。まぶしい。まっ黒な森の闇が、放射状にしりぞく。黄金の光が空間を染める。動転して後脚立ちになった炎魔へ、三日月の鎌がふるわれる気配が、はっきりと空気を裂いて伝わってくる。獣の体がどうとたおれる音。あとはもう動く気配はない。

煌四は、くらんだ目をもとにもどそうと焦った。携行型の照明はともりつづけているのだが、炸裂した光にあぶられて、目がまったくきかない。いまになってあわてて目をこする煌四の耳に、炉六の笑う声が響いてきた。

「おお、悪い悪い、先に言うのを忘れていたな。片目をつむっておくんだ、そうすればすぐに目が使える」

煌四は断裂を起こす視界をとりもどそうと、目をこする。いまの閃光は、それを生んだ金色の液体は、たしかに、雷火だった。

「な、なんで――炸裂型の雷瓶《らいびん》を」

思わず口走っていた。

「やっぱりなあ」

炉六は、いま狩ったばかりの大型の獲物から得た火を、火袋にとり入れているのだろう。声の調子から、その動作がわかる。どこかおもしろがるような声は、笑みをふくんで落ちつきはらっている。

「あの鬼の屋敷で、ただの養子としてぬくぬく暮らしているわけはなかろうと思ったが。偽肉《ぎにく》工場のお大尽は、子どもに炸裂型雷瓶なぞいじらせて、なにをする気だ。……ああ、返事はいらん。どうせ言うなと言われとるんだろう。返事も説明もいらん。しばらく目を閉じていろ」

そばに、みぞれの体温の気配がある。犬がそばにいるという状況が、煌四はひどくなつかしかった。かなたが狩りから帰ってくると、緋名子《ひなこ》はいつもうれしそうにしていた。父親の狩り犬は、家にいるあいだは家族全員にひとしく甘え、煌四にも背中をなでろと、よくひざにあごを載せてきた――

「目くらましとして、流れの火狩りは夜の狩りに使うんだが、首都者はそうせんらしいな。上から禁じられているんだとか。首都づきはなにかと不便だ」

煌四は乱れた脈を、ふるえる深呼吸で落ちつかせ、言われたとおり目を閉じたまま、耳を、全身の皮膚感覚を呼びさまそうとした。ここは、炎魔の森の中だ。自分には思いもよらないところから、いつどんな炎魔が襲ってきてもおかしくない。ここでは自分は、まったくの無知なのだ。

甘ったるいにおい。骨のように、血管のように視界にかぶさるいびつな木々。ここは、さながら生き物の腹の中だ。

息を吐き、まぶたをあげる。もう、目はくらんでいなかった。夜の森の中に火狩りと狩り犬のすがたをとらえ、煌四は眼鏡を直した。

「つぎの仕事に行くぞ」

煌四のようすを目のはしにとらえ、炉六は口をかたく縛った火袋を肩に担いで、ぬめりつく森の土を踏みしめて歩きだした。みぞれはするりと魚のように方向転換し、炉六のとなりをついてゆく。

（流れの火狩りが使う……）

だとすれば、油百七はだれかを金で雇って、雷瓶を作れたはずではないか。この炉六を雇うことだって。炉六は昼間、雷火を買わないかと燠火家へ持ちかけてきたというのに。

（どうしてぼくにやらせるんだ……）

〈蜘蛛〉が首都へ攻めてきたとき、武力となるもの。人の体を破壊し、相手を死に至らしめるもの。そんなものを、煌四が作っていいのか。天候や水の流れといった、自然現象を自在に操る神族の異能にも匹敵するほどの力。雷火という強大な火を使った武器。そんなものを、煌四のようなただの人間が、あつかっていいのか。

ふいに背すじが、凍りついた。

ついこのあいだまで学院で勉強を教わっていたただの子どもが、勝手にしていいもののはずがない。当然だ。そしてそれは、油百七――首都の人々や回収車がまわる各村の住人の貴重な栄養源である偽肉を生産する工場の経営者であり、ほかの経営者に先立って火狩りや首都のための貢献を惜しまない大金持ちであっても、同じだ。

（そうか……神族にばれたときに、引きとった子どもが勝手にしていたことにすれば、燠火家がうけるとがめは軽くてすむ）

胸の底に、黒々とした穴が開くのを感じた。この森の暗さよりもなおまがまがしい、つめたい穴。

——炎魔というのは、賜り物かもしれんなあ。

賜り物。だとしたら、この世界はむちゃくちゃだ。人を生かす火が、まっすぐに人を襲いに駆けてくる。燃える目に狂気をやどし、ひたむきな殺意に従って。

人と人とが争ったすえに、いまの世界はこんなすがたになったという。過酷な環境への適応から、炎魔が生まれたのだと。煌四は、中央書庫の天窓をふちどる顔のある星たちを思い出す。おだやかな表情で、書庫を見守る星々。黒い森に飲みこまれても、人々が守りつづけてきたこの天体の図。

こんな世界になってほしいなんて、きっとだれも思っていなかった。

——それまで、どうか生きていて。

母が最後に書いた、めちゃくちゃな文字。古代の火を使えた人間たちも、同じことを思ったにちがいない。未来に、自分たちの子孫が生きるよう願ったのにちがいない。けれどこの星は、その上を這《は》いずる者たちに対して、あくまで冷徹に接することしかしないのだ。

音がした。暗闇に閉ざされた行く手から、なにかが聞こえてくる。獣の声、はばたき、足音、そのどれともちがう。みぞれが鼻先を上へむけ、脚を止めた。命令を待って、飼い主を見あげる。明かりを手にした炉六はわずかに肩をすくめ、口のはしに意図の読めない笑みをやどして、そのまま歩きつづけた。

ほどなくそれが人の声であることを、耳が察知する。いや、その前に、目が前方にかすかな明かりをみとめていた。自然と、すべての感覚がそこへ集まってゆく。人の話し声──怒声と、荒い息と、ときおりもれるうめき声と。

いびつな森の中にも際立つ異様な声のするほうへ、炉六はよどみなく歩を進めてゆく。

「……そうか、崖《がけ》の炎魔が残っていたのは、あれを捕らえるための罠《わな》か」

低くつぶやく横顔を見あげると、その目は鋭く前方の光を見すえていた。

煌四の本能が、明かりと声のするほうへ近づくのをいやがっている。あそこには、行ってはならない。しかし一方で、同じ本能が、炉六から決してはなれるなと告げている。この金の鎌を手にした狩人《かりゅうど》からわずかでも距離をとれば、自分はたちまち炎魔の餌食《えじき》となって死ぬだろう。

角灯のガラスに塗料を塗ったのか、ねじれた木々の影を浮かびあがらせる照明はどんよりとした夕暮れ色に煤《すす》けている。

「神の体を持つというても、足がなければ立てんのだな」

言葉の形を得た声が、煌四の顔をあげさせた。それが、知っている声だったからだ。

──たつた。

慰労の宴《うたげ》の夜、庭で緋名子が呼んだ犬の名前がよみがえる。たつたは毛足の短い頑強な体躯《たいく》の犬で、横幅のひろいあごで捕らえると、自分の何倍もの大きさがある獲物でも、ぜったいにはなすことがないという。かなたと組んで何度も狩りをしたことがある。いまの声はそのたつたの飼い主、先日宴席へ煌四を呼んで、元気かとたずねてくれた火狩りのものだった。

気づかないうちに、痛むほど奥歯を噛《か》みしめている。森へ入るなり襲ってきた二匹の炎魔よりもおそろしいものをまのあたりにすると、頭のどこかが予感している。

炉六はいつのまにか、ぶ厚い覆いで携行型照明を隠している。煌四は、いつ自分の目が暗闇に慣れていたのか、それすらわからなかった。

ぐち、といやな音がする。食いしばった歯の奥からもれる、うめき声。前方のあの黒い木のむこうで、なにかがおこなわれている。

「言え。いま言えば片足は残してやる」

またべつの声。今度はしまきの主《あるじ》である火狩りの声だ。かなたと似た、とがった耳と鼻面をした栗毛の犬。煌四の心臓が、闇にこだまするほどどくどくとうずきだした。あのぼんやりとした明かりの中にいるのは——煌四の知る火狩りたちなのではないか？　かつて父親とともに狩りをし、煌四や緋名子のことを気遣ってくれた、多少荒っぽい狩人たち。

「……急げ。さっき、光ったぞ。べつの者が近くにおる」

血なまぐさい。

煌四は息を止めた。炉六とみぞれが歩いてゆく。煌四の足もそれに従う。

ぼやけた明かりをせおう木をまわりこんだところで、突然に炉六が照明の覆いをはいだ。まぶしさに、その場にいた全員がすばやくふりむく。目を射られ、あわてて手をかざす。あるいは、すがめたまなざしをこちらへむけ、強い照明のみなもとをにらむ。犬たちが、身がまえて低くうなった。

煌四もまた、炉六の照明に視界をやられた。目の中に、森の木々がまとうまだら模様と同じ、青黒い影や細かな白い火がはぜる。まともに働かない目をそれでも開き、煌四は夜の森でおこなわれていたそれを見た。

木に、人が縫いつけられている。幹になかば巻きつけられ、無理な恰好《かっこう》をさせられた両腕の手首をくさびが貫通し、その人物を黒い木に戒めている。左脚は無残なありさまだった。狩猟用の罠《わな》にかかったらしく、ふくらはぎを金属の細い綱が締めあげていた。そして、衣服の破れたひざには、手首と同じくくさびが打ちこまれ、おそらく骨が砕かれている。太ももの付け根には、深々とつき立った短い矢。

それは、炉六をふくめこの場にいる合計五人の火狩りたちと変わらない、成人した人間の男に見えた。濃いひげにおおわれた頬は、刃物でえぐったようにこけている。薄暗い照明にも、その顔や首が脂汗まみれなのが見てとれる。火狩りのまとうものとよく似た狩衣《かりぎぬ》。その上に、毛皮の半纏《はんてん》をまとっている。まっ黒な毛皮は、森へ立ち入ってすぐに見た二度の狩りで相対した獣たちの体毛と、まったく同じ色だった。――炎魔の毛皮だ。

「〈蜘蛛《くも》〉……？」

その名が、舌の上を這《は》い出てきた。

まだらに断絶された視界にはっきりととらえることはできないが、〈蜘蛛〉の足もとには、かなり大きな血だまりができている。あれだけの傷をおって、とっくに失神していてもおかしくない。木の幹へうしろむきに打ちつけられた両腕は、まがるはずでないむきに無理やりに固定されている。

しまき、たつた、いわお、かぐら。父親と狩りで組んだことのある犬たち。その主である火狩りたちが、塗料によって変色させた照明の内側で、〈蜘蛛〉を拷問していた。

煌四は視界がまばらにちぎれたままの目を見開いて、その場にいる男たちを見まわす。細身のしまき、屈強なたつた、内気で牙《きば》の鋭いいわお、人なつこく足の速いかぐら……それぞれの犬に、狩人たちはどこか似ていた。

その火狩りたちが、人の手がしたこととは思えない光景を作り出し、磔《はりつけ》にされた〈蜘蛛〉をさらに痛めつけて、なにかを聞き出そうとしている。手に手に、短刀を、あるいは錐《きり》のような刃物をにぎっていた。それらに血がつき、犬たちの目は炉六の照明を反射して、まるで炎魔の目のように闇をくりぬいて光った。

――信頼できる火狩りが幾人か、秘密裏に調査中だ……

油百七が〈蜘蛛〉について調べさせていると言っていたのは、この狩人たちだったのか？　にわかに信じがたい考えが、眼前のいびつな光景ともつれあう。

「炉六か、島の。おい、その火は隠せや。よけいな炎魔が寄ってきてはこまるのだ」

火狩りの一人が言うと、炉六は大げさに眉《まゆ》を持ちあげた。

「なにをいまさら。これだけ血のにおいがしては、炎魔どもがさとらぬわけがない。それがねらいじゃないのか？　ここはじき、絶好の狩り場になろう」

かぐらが、みぞれにむかって短く吠《ほ》えた。が、みぞれはすました顔で、自分より低い位置にあるかぐらの顔を見おろしている。

「おう、わかっとる。だがその前に、こいつから聞き出さねばならんことがあるのだ」

ごまひげを生やしたべつの一人が、あごで〈蜘蛛〉をしめす。

「……灰十《はいじゅう》のせがれか。お前、なんだってこんなとこへ来た」

炉六のうしろに立ちすくむ煌四のほうを見ずに、四人の火狩りのうちの一人がぼそりとつぶやいた。煌四は、なにもこたえられない。かわりに炉六が、あっけらかんと、この場のゆがんだ空気を乱した。

「社会見学だ」

「ふざけなさるな。その坊主は火狩りではないぞ、森へ入れるのは法度だ」

「炎魔に興味があるそうでな、それで夜ならばお上にも見つかるまいと思って、連れてきたのだ。まあ、首都づきになって日が浅いということで、今回は見逃してくれ」

首のうしろをかいて笑いかけながら、その声の底は鋭利にひえている。おそらく四人の火狩りと炉六の力量には、埋めがたい差があるにちがいない。火狩りたちは顔をしかめ、あるいは視線をそむけて黙りこくった。

「崖《がけ》で捕らえたのか？」

「ああ。崖の炎魔は全駆除が勅令じゃが、〈蜘蛛〉が来たときのおとりに残しておいた。あれは、お前さんが狩りなさったか」

　火狩りの問いに、炉六は軽くうなずく。

「なあ、規定をよく知らんおれが言うのもなんだが、こいつは神族へ引きわたさねばならんのじゃないか？」

「……引きわたせば、わしらに肝心のことは知らされぬままだわい。森は火狩りの狩り場だ。神族さまに引きわたしては、報酬ももらいそこねる」

　たしかに黒い森は神族の統治が濃くおよんでいない、火狩りたちが〝森神〟とひそかに呼ぶ自由な狩りの場なのだろう。しかし、この拷問は狩りには関係ない。父親の仲間であったこの四人は、きっと油百七に金で雇われているのだ。幾度か会ったことのある彼らの家族の、荒れて変色した手や幼いしかめっ面が煌四の脳裏によみがえる。

「木々人《きぎびと》が集めた〈蜘蛛〉の動向を、聞き出しておいたのだ。やつらは木の根伝いにまわりのようすを探る方法を持っている。ああ、もとは流れのお前さまなら、知っているか」

　狩人《かりゆうど》の一人が言う。暗い声はくぐもって、その内容がうまく聞きとれない。

「近いうちに〈蜘蛛〉が、先遣《さきや》りを首都へ送りこむらしいという情報をつかんでな。崖に炎魔を残して、罠を多めにしかけておいたら、まんまとかかってくれたわ」

火狩りの声は、残忍さを帯びて笑っている。拷問のせいでなにかのたがはずれたか、それとも、拷問をするために正気を麻痺《まひ》させているのだろうか。

「崖を越えて、首都へ入ろうとしていたわけか？　一人で？」

炉六の悠長さをふくんだ声にいらだちを見せながら、火狩りたちがうなずく。

「仲間はおらんようだ。罠で足をつぶしたので、捕らえてここで……しかしこりゃあ、神族の血のせいか？　片足つぶしてなます切りにしても、あまりこたえておらんようなｔ」


そうは見えない。〈蜘蛛〉――人間なら三十ほどの年に見える男は、片脚をずたずたにされ、痛みのために目をこぼしそうなほど見開いて、のどの奥から切れ切れの荒い息をもらしている。拷問の成果がないと、火狩りたちは言いたいのかもしれなかった。なんのために首都へ入りこもうとしたのか、〈蜘蛛〉がとうとう首都へ攻めてくる気なのか、残りの仲間はどこか。

おそらく捕らえられた〈蜘蛛〉は、一つも白状しないのだろう。

（だとしても、こんな……）

煌四は顔をゆがめた。これが、人間のすることなのか？〈蜘蛛〉は首都の敵であり、煌四に雷瓶を作るよう油百七が持ちかけたのも、〈蜘蛛〉の襲撃から身を守るためだ。

しかし、だからといって。

地面の上に、裏がえしになった木製の面が転がっている。〈蜘蛛〉は炎魔の毛皮をまとい、黒く塗った面で顔を隠すのだ。

「……すまんな、こんなものを見せて」

小柄でひげの濃い、かぐらの飼い主が、うつむきがちに声をかけてきた。

「お前は金持ちに引きとられて、立派に学問をおさめるのだろうが。炎魔のことも森のことも、わしら火狩りの領分だ。お前はこんなところへ来ずに、自分にむいた道を生きろ」

聞きとりにくいその声が、煌四の感覚を混乱させた。森に立ち入って知りたかったのは、これではない……こんなことではない。

すう、と腹の底まで息を吸う音が、暗闇に響きわたる。その深々とした呼吸音が、磔にされた〈蜘蛛〉のものだと気づくのには、時間がかかった――すくなくとも、犬たちと炉六以外にとっては。

絶え絶えに乱れていた〈蜘蛛〉の呼吸が、整っている。

脂汗を浮かべ、げっそりとこけた頬。その顔をあげ、木に縫いつけられた〈蜘蛛〉は、武器を手にした火狩りたちを一人ずつ、ゆっくりと見わたした。致命傷をおい、いまも激痛に襲われているはずだというのに、その黒々とした目にはなぜか一点の苦痛も見うけられない。

〈蜘蛛〉の目がこちらをとらえた一瞬、煌四は圧倒的なものを前にした感覚に、身動きを奪われた。相手は動きを封じられ、体をずたずたにされているというのに。〈蜘蛛〉の視線が、煌四の背骨をわしづかみにする。

「……ひ」

〈蜘蛛〉の口が笑った。

「火を手に入れたのだ、われわれ〈蜘蛛〉は。古代の火を。いつ仲間たちが来るのか知ったところで、なすすべはない。そばで炎が燃えさかろうと、〈蜘蛛〉の体はもはや発火しない。人間風情が、いい気になるなよ。きさまたちの使う鎌も、神族からのおさがりだろうが」

その口調は、もはや拷問される側のそれではなかった。

「古代の火を、だと？」

「そうだ」

こたえる顔が、完全に優位に立って笑っている。ここまで肉体を破壊されているというのに、目の前の火狩りも犬も、この男は微塵《みじん》もおそれていない。あたりにふたたび慣れはじめた煌四の目が、見るべきではない、と全身に警告する。が、煌四は〈蜘蛛〉の顔から、目をそらせない。

「われわれ〈蜘蛛〉は、炎に近づいても発火しない体を手に入れたのだ。発火を無効にする毒を持った虫を作り出して。おれは首都の偵察に遣わされて、このとおりむざむざと捕まった。無様をさらしたからには、身をもって償う。礼を言うぞ、仲間たちに償うための時間をたっぷりとあたえてくれて」

〈蜘蛛〉の浮かべた笑みは、やがてけたたましい哄笑《こうしょう》に変わっていった。森の中の気配が、ぞろりとうごめく。獣の息。蹄《ひづめ》の音。犬たちが、くちびるをめくりあげて周囲を威嚇する。

炎魔によって、この場所はぐるりととりかこまれていた。

「おお、なんだ時間稼ぎか」

炉六が、粗末な飾りのついた耳のうしろをかく。火をとりもどしたと言う〈蜘蛛〉に対して、おどろいたことに炉六はさほど興味をしめさない。それよりも、周囲をとりまいてひしめく炎魔たちを効率よく狩る方法を、めまぐるしく考えている。

「くそお！」

火狩りたちが、鎌をとって身がまえる。煌四は、炎魔の数を数えようとする。が、毛皮の色は森の闇になじんで、大小さまざまの眼光がとぎれなくならんでいるようにしか見えない。巻きづのや、枝づのが見える。背の低いもの、枝にとりついたもの、牙《きば》をむくもの。ここにいる人数だけで、太刀打ちできるのだろうか？　身を凍らせながら、煌四は自分を呪って舌打ちをする。足手まといになる煌四がいることで、火狩りたちはますます不利になるかもしれない。

と、木に縫いつけられた〈蜘蛛《くも》〉が、高笑いの響きを残したままで言った。

「ただの炎魔ではなくなっているぞ。きさまらがおれをちまちま切っているあいだに、虫に咬《か》ませておいた。ほんとうに、人間というのは――」

その先を聞いている余裕は、もはやなかった。火狩りたちはたがいの背をむきあわせ、びっしりといならぶ炎魔とにらみあった。チッ、すばやく舌打ちで合図をしたのは、かぐらの主《あるじ》だ。号令をうけ、小柄なかぐらが先陣を切って炎魔の群れへ飛びこんでゆく。

直後に、乱闘がはじまった。すくなくとも煌四には、そうとしか見えなかった。小さたつたが自分の数倍はある熊型の炎魔の鼻に食らいつき、金の鎌がふるわれる。小さな鹿の炎魔が飛びかかってくる。しまきが、空中でそののどを牙に捕らえる。突進してくるべつの炎魔を、炉六の鎌があざやかに斬り裂く。わずかな距離をすさまじい跳躍力で上から襲ってくる炎魔に、火狩りの一人が小型の矢を射る。どうとたおれこんだ炎魔を、さらにべつの炎魔が踏みつぶして襲ってくる。

罵声《ばせい》。号令。悲鳴。勝鬨《かちどき》。怒号。

戦いの音が耳をろうする中で、立ちつくしているだけの煌四の耳に、声が這《は》いこんできた。

「……相手が、前にだけいると思うな。愚か者が」

みしみしと、筋肉の断裂する音、ばくんと骨のはずれる音。片腕を自力でちぎり、〈蜘蛛〉が縛めを解いて、こちらへ跳躍してくる。片脚を破壊されているというのに、その体は疾駆してくるかに見えた。右腕は残っている。胸の前に折りこんだ右手首に、貫通したくさびの先端があるのが目に入る。その瞬間、体が勝手に動いた。炎魔と戦うしまきの飼い主に、くさびの先端をむけてせまる〈蜘蛛〉。両者のあいだに、煌四はとっさに体を割りこませていた。

体のどこかが傷ついた、そのことよりも、間近にせまった〈蜘蛛〉の汗と血しぶきが頬にかかったことが嫌悪を呼んだ。どさりと土の上に崩れた〈蜘蛛〉のとなりに、煌四の体も動きを止めてたおれこむ。ちぎれた腕の血が、煌四の顔を遠慮なく濡《ぬ》らした。大量の血のにおいに吐きそうになるが、息がつまってもどすことすらできない。

熱い。くさびを打ちこまれた脇腹が、燃えているようだ。

森の土、炎魔の咆哮《ほうこう》、犬たちが戦っている。

混乱をきたし、焦点を失った視界に、ただ二つ、光る目が映った。炎魔の赤い目ではない、黒い森にはないはずの、あざやかな翡翠色《ひすいいろ》の目。錯覚だろうか。だが緑の目が、たしかにこちらを見ていた。しわにまみれた灰色の皮膚の奥から。

（……だれだ？）

脳裏に浮かべた自分の問いが、ひどく遠くに聞こえる。

「こら坊主！　おれのうしろにいろと言っただろうが！」

炉六がどなる声も、〈蜘蛛〉の、いやにゆっくりとした最期の息も、だれかに蹴たおされた照明のまぶしさもなにもかも、腹に打ちこまれた激痛といっしょに、煌四の中でばらばらに砕けていった。

二　家

そびえる都市は、夜空をせおった一つの山に見えた。

その山と海をつなぐ水路の一つへ、潮に押されて船が入りこんだのは、もう真夜中に近いころだった。

水路のわきに立っている杭《くい》に縄を投げかけ、結わえつけると、明楽《あきら》は灯子《とうこ》たちに先におりるようにとうながした。眠っているクンを、灯子が背中におう。かなたとてまりが船を飛びおり、先に陸へあがった火穂《かほ》が、手をさしのべて灯子をたすけた。

自分より背の高い照三《しょうぞう》の体を担いで船をおりると、明楽は一度結わえた縄を解いて、わらじの足で船首を蹴《け》った。ここまで灯子たちを運んできた船は、ぐらりと揺れて、ゆっくりと水路にさまよい出す。

「ほっとけば、海に流れていく。……よし、あとちょっとだ」

明楽が、灯子たちを、それに自分自身の体をはげますようにそう言った。照三が首からさげている鑑札で、住所はたしかめてあった。意識がなくぐったりとしたままの照三の右腕を自分の肩にまわし、半分せおうように支えて、明楽は歩きだした。

船の揺れから解放されて、かたい地面に立っても、灯子の足はおぼつかなかった。ガラス作りの村でもらったわらじが、舗装された地面を踏む。おびただしい家々はまだ寝静まっていて、空に、星はあまり見えなかった。

(着いた……首都に)

ところどころに、背高のっぽの照明がともされている。人がかかげているのでない、一本足の照明が、だれもいない街路を照らして寒そうに立っていた。

胃の中はからっぽで、のどはかわきを通りこし、疲れが視界をぼやけさせた。クンは、背中でよく眠っている。かなたが、あたりのにおいをしきりに嗅《か》いでいる。着いたのだ。首都に。かなたといっしょに。

家々は、ひしめくように密集して建っていた。人の通れない暗がりを、大きなネズミかなにかが駆けてゆく。火穂がそれにおどろいて、小さく息を呑《の》んで身をすくめた。明楽についてゆく。照三の体を支えて、その疲弊した足どりは重いが、着実に前へ、目的の場所へむかって進む。灯子はいまにもこの場に座りこんで眠ってしまいたくなる自分のひざを、意識を叱咤《しった》しながら、先を行く明楽をわずかでも支えられたらと、その背中へじっと視線をそそいだ。そんなことに意味などなくとも、そうせずにはいられなかった。

水路のわきを進んでゆくと、舗装された道がゆるやかな上り坂になっているのがわかる。山のように見えた首都は、実際になだらかな丘陵地に築かれているのだ。水の音があちこちからする。町のいたるところに、水路がもうけられているらしかった。

その水路が交差する場所まで来て、明楽が立ち止まって顔をあげた。左手に、漆喰《しっくい》と板材をつぎあわせた家がある。明かりはほかの家と同様、ともっていない。が、明楽はそちらへ体をむけると、迷わず戸をたたいた。ガラスのはまった木戸の奥に、ややあってから明かりがつく。

……そのあとのことを、灯子はよくおぼえていなかった。

警戒しきった顔の老夫婦が戸を開けた。悲鳴に近い声があがり、そうして一行は中へ通された。きっとこの老夫婦が、照三の両親なのだろう。温かいお茶を飲ませてもらった。町医者を、と言う声を明楽が制して、一人、外へ飛び出していった。そして、眠たげに顔をしかめた、くたびれた風情の男を連れてきた。その人物と明楽が、べつの部屋へ寝かされた照三の傷の手当てにあたった。

照三の母親、たしか病気なのだと聞いたはずの小柄な人は、すっかり青ざめた顔で、それでも湯を沸かし、布を用意し、治療の手伝いに家の中を駆けずりまわった。

「……ほら、これを」

さし出された飲み物は、今度はお茶ではなかった。塩気と、卵の味がする。村では、卵を食べられるのは特別のときだけだった。となりに、火穂が座って同じものを飲んでいる。クンは灯子のそばですうすうと眠り、いつのまにかその肩にはふとんがかけられていた。

自分たちが、家の中のどこに座っているのかもわからないし、頭がぼうっとして考えることができなかった。てまりが落ちつきなく、閉ざされた戸の前をうろついている。むこうの部屋にいる明楽を心配している。

「なんだって、もぐりの医者なんかを」

照三の父親がそうつぶやくのが、うんと頭上高くに聞こえた。

「事情はあとで説明すると。あの若い娘さんは、火狩りなのだそうですよ」

苦々しい顔をしたままの夫を、照三の母親がなだめる。

ことんと、となりに座る火穂の頭が、灯子の肩に載りかかってきた。眠ってしまったのだ。温かいものを久方ぶりに腹に入れ、灯子の体も意識も、いまにもとろけそうだった。灯子の手をそっとなめつづけているのは、かなただ。自分たちと同じく疲れはてているはずのかなたの頭をなでようと思い、けれども手が持ちあがらなかった。

火穂の体に、毛糸で編んだ肩掛けがかけられる。だれかの手が、灯子にも温かい肩掛けをかぶせた。自分では気づかないうちに、もう半分目を閉じていたのだろう。

(明楽さんは……けがしとってのに。明楽さんも休まんと。照三さん、おうちに帰ってきたんじゃ……よかった。治る、きっと。海の神さまに、手紙を書いたもの。きっと治る。そしたら……かなたの)

かなたの家族を探しにいこう、それを言葉で考えきる前に、灯子の意識はとだえた。

どれくらいの時間、眠っていたのだろう。はっと目をあげると、となりに火穂がいなかった。反対側を見やると、クンはまだ眠っている。

目の前の戸が開いていた。窓の外は白々と明るい。目の前の、二間つづきになった部屋で、疲れた顔の初老の男——明楽が呼んできた医者が、耳のうしろをかきながら照三の両親と話をしていた。

「夜中にたたき起こされて、えらい目にあった。……なあ、あんたとこのせがれは、回収車の乗員になったんじゃなかったのか。けっこうな成績で試験にうかったんだろう。それがなんだって、こんなありさまで帰ってきよるんだ。ほかの乗員や、車はどうなった」

照三の父親は、表情をほとんど変えることなく、低い声でそれにこたえる。

「わしらも、あんたはただの薬剤師だと思っとったがな。なんでもぐりの医者なんぞやっとるのか、また聞かしてもらいたいもんだ。……で。あれはどうなる。たすかるのか」

「担ぎこまれたのがぎりぎりだったな。あとすこしで壊死《えし》がはじまるとこだ。腕は切断せずにすんだが、筋肉をごっそり切られとる。傷口がふさいでどうにか動かせるようになったとしても、肩より上へはあがるまいよ。左目は失明だ、残念だが。あとは、かなり失血してるからな、造血剤を投与しながら、本人の生命力にまかせるしかない」

ああ、と嘆息しながら、夫とならんで話を聞いていた照三の母親が、しわだらけの両手で顔をおおった。

「……とにかく、礼を言う。治療費は、かならず払う」

頭をさげる照三の父親に、明楽が連れてきた医者は、面倒くさそうにてのひらをふった。

「火狩りの娘が、請求は自分によこせとよ。ああ、もう帰るぞ。薬局を開ける前に、飯を食っとかにゃならん」

そうして、医者は疲れた足どりで家の戸口へむかおうとする。医者の足がこちらへ近づいてきたとき、はじめて、灯子は自分が毛布を敷いた廊下に座らされていることに気づいた。医者が通る邪魔にならないよう、足を折りまげる灯子のかたわらに、かなたがすばやく寄りそう。

「先生、ありがとう」

奥の部屋から、明楽が顔を出した。船に乗っていたときのまま、上半身には肌着しかまとわない恰好《かっこう》だ。治療を手伝っていたためか、汗をかいていた。炎魔に咬《か》ませて傷ついていた腕には、白い包帯が巻かれている。

「請求はあとでまわす。なにがあったのかは、聞かんでおくぞ」

「恩に着ます」

不眠不休でやつれた顔にも、明楽はぱっと笑顔をやどす。医者の足音が遠ざかり、おもての戸が開け閉めされる音が響いた。明楽が、灯子の視線に気づく。

「灯子。起きた？　あの人、流れの火狩りがこっそり首都へ来たときに診てくれる、闇医者なの。腕がいいって仲間から聞いていたし、回収車の乗員がこんなになってもどってきたのが、すぐにばれちゃたいへんだし。ああ、あんたも、指先切ったんだったね。いっしょに診てもらっておけば――」

戸のへりについていたひじをおろし、灯子のほうへ歩みよろうとしたそのとたん、明楽の足は床を踏みそこなった。ダン、と当て身でもするかのような勢いで、体が床へたおれる。

「明楽さん！」

灯子はあわてて立ちあがり、駆けよる。照三の老いた両親も、たおれた明楽の上へ身をかがめた。

「明楽さん、明楽さん！」

大声で呼んでも、明楽はまぶたを閉じあわせたままだった。顔から血の気がすっかり失《う》せている。てまりが細い悲鳴をあげながら、明楽の顔をのぞきこみ、においをたしかめ、うろたえてあたりを歩きまわり、また気絶した主《あるじ》のそばへもどってくる。

照三がいる部屋、いま医者と明楽の出てきた部屋から、火穂がすがたをのぞかせた。火穂も、治療を手伝っていたらしい。

「とにかく、あちらで寝かせましょう。まあ、気の毒に」

照三の父親が明楽を担ぎ、母親がうしろからそれを支えて、明楽をべつの部屋へ運んでいった。てまりが大あわてで、そのあとをついてゆく。

いつのまにか、窓から朝の光がさしこんでいる。あの窓のガラスも、灯子たちを泊めてくれた村で作ったものなのだろうか。光がちょうどまぶしくて、外の景色が見えない。

「火穂……」

立ちつくしたままつぶやくと、火穂が部屋から出てきて、灯子の手をにぎった。そのまなざしは、思いがけず落ちついている。

「大丈夫だよ。二人とも。照三さんは、仲間の鑑札を家族へとどけるって言ってたし。明楽さんは、千年彗星《せんねんすいせい》を狩るのでしょう？　二人とも、まだ、しなきゃいけないことが残ってるもの」

（しなきゃいかんこと……）

そうだ。灯子にも、しなくてはならないことがある。そのために首都へやってきたのだ。火狩りの鎌と守《も》り石《いし》、そしてかなたを、家族のもとへ送りとどけるために。

火穂といっしょに、照三のようすを見に行った。照三は寝台の上にいた。負傷した顔の半分に、そして左肩に包帯を巻かれ、青白い顔のまま寝ている。頰はこけ、目のまわりが落ちくぼんで、骨の上へじかに色の落ちた皮膚だけが載っているかのようだ。ほんとうに生きているのかと、灯子は照三が呼吸する動きをたしかめられるまで、しばらく息をつめて立ちつくした。

寝台のまわりには、血のついた布や洗い桶《おけ》が散乱している。これから、片づけなくてはならないものだ。その中に、ぼろぼろになった灰色の作業服もあった。

「あれはもう、捨てなきゃって。あたしたちの服も……」

火穂が、着物のそでを顔に近づける。木々人の住みかへ立ち入り、森を歩き、返り血を浴びて潮風にさらされ、どちらの着物にも、なんとも形容しがたいにおいが染みついていた。

「くさいね」

「うん。くさい」

二人でそう言いあうと、火穂が、くすっと笑った。笑いながら、傷だらけになった頰に、涙をこぼす。灯子の目にも、涙が盛りあがってあふれた。二人はしばらく、おたがいにすがりつきあって泣いた。クンはまだぐっすり眠っていて、かなたが、灯子たちのそばにじっと座っていた。

紅梅色と淡い浅葱色《あさぎいろ》の布でできた衣服が、目の前にひろげられた。それぞれに、白い糸で刺繡《ししゅう》がほどこされている。

「もらってきたのよ。古着だけれどね。これに着がえてちょうだいな。あっちのおチビくんには、これでいいかしら」

もう一枚、持ちあげられたのは、生成りの小さな服だ。首都風の、見慣れない仕立ての衣服ばかり。照三の母親は、二枚の少女用の衣服を灯子と火穂の体の前にかわるがわるかざして見くらべたあと、紅梅色を灯子に、浅葱色を火穂に持たせた。

灯子たちのぽかんとした顔を見て、年老いた母親は口の奥に笑いをふくめる。

「なんだか楽しいわね。わたしには娘がいないから、こんなふうに女の子の服を選ぶのははじめてで。着物は洗っておきましょうね。きれいにすれば、まだ着られそうだから」

「あの……」

火穂と顔を見あわせてから、おずおずと灯子がきりだした。

「おばさん、休まんでええんですか？　照三さんが、病気しとりなさる、って……」

夜中に灯子たちがこの家へ到着してから、この小柄な人は一度も休憩していない。闇医者の治療を手だすけし、明楽がたおれてからは後片づけをし、勤めに出る夫のしたくを手伝い、今度は灯子と火穂、それにクンのために、新しい服を手に入れに出かけてくれた。

小柄な母親は、白髪のほうが多くなった髪をまとめなおして、灯子たちを洗面所へ案内する。

「まあ、いらないことを言って。ただの肺病みですよ。工場ではよくあるの。すぐ死ぬような病気じゃなし、どのみち遠からず寿命のばあさんだというのにねえ。なんでもそつなくこなす子どもだったから、自分の道をそれなりに見つけるだろうと安心していたのだけど……どうまちがえたのだか、二十をすぎてまで親の心配なぞしていては、自分の身が立てられなくなるというのに。——ああ、とりあえず、そこの水道で手ぬぐいをしぼって体をふいてね。お風呂《ふろ》に入りたいでしょうけど、公衆のでないとないのよ。あなたたち、あまり人目につかないほうがいいのでしょう」

　水道、というのがなにかわからず、灯子たちが立ちつくしていると、照三の母親が蛇口をひねってみせた。折れまがった金属の管を伝って、水が流れ出てくる。ゆるくうねりながら流れつづける水に目をみはり、さらに立ちつくす灯子と火穂におかしそうな笑みをむけて、おばさんは手ぬぐいを二本、濡《ぬ》らしてしぼってくれた。

　汚れきった着物を脱ぎ、体をふいて、水を張った盥《たらい》で髪も洗った。首都風の衣服はおどろくほど軽い布でできており、けれどそのぶん、すうすうと空気が通って落ちつかなかった。帯もないので、あまり着ているという感じがしない。用意されていた靴をはく。家の中でも履き物をはいたままということに、灯子も火穂も無言のままおどろいていた。

「つぎはごはんね。共同炊事場からもらってくるわ。あなたたち、あのチビくんの体もふいておいてくれる？　きのう休んでもらったところよ、その戸口を出て、廊下をまっすぐ」

　照三の母親に廊下を指さされ、火穂が黙ってうなずく。

　灯子は、ついてきたかなたの体を洗おうとしているところだった。小川でもあれば、また飛びこんで水浴びができるのに……船が乗りつけた水路では、きっと深すぎて無理だろう。

「かなた、待って」

　汚れてからまった毛をなんとか清めようとする灯子の手から逃れて、かなたは後脚立ちになり、水道の受け口に前脚をかける。のどがかわいているのだ。灯子は、おばさんがやってみせたのをまねて、金属の蛇口をひねってみた。水が流れ、かなたはそれを、ちゃぷちゃぷとおいしそうに舌にうけて飲んだ。

この家の中は、どこか奇妙だった。壁の素材が、木からいきなりトタンに変わっていたりする。廊下は階段になりかかって勾配《こうばい》していたり、部屋のむこうにまた部屋があるというぐあいに、つぎはぎ細工なのだ。わずかに景色が屈折して見える窓のむこうには、手を伸ばせばふれられそうなほど近くにとなりの家の壁がある。首都の家というのは、みなこうなのだろうか。

「……船はぁ？」

先に廊下へむかって歩く火穂のむこうから、寝ぼけた声がする。クンの声だ。この廊下の先が、ゆうべ灯子たちが休ませてもらった場所だ。

「クン、よう寝たね」

灯子がそばへかがむと、クンは見慣れない衣服に着がえている灯子たちにおどろき、知らない場所にひどく警戒して、体を縮めた。と、その腹が、ぐううと鳴る。クンはずっと眠っていたから、この家に着いてからも、なにも口にしていない。

まもなく、おばさんが食べるものを運んできてくれた。知らない人間に警戒したクンが、犬のように鼻にしわを寄せてうなった。

「ごめんなさいね、こんな場所で。食堂を使ってもらえばいいのだけど、あそこは窓から中がのぞけて——

クンは毛皮の半纏《はんてん》を脱ぐのをいやがって灯子と火穂をてこずらせていたのだが、運ばれてきた食べ物の湯気とにおいに、ふにゃりと表情をとろかして抵抗をやめた。どうにか汚れをふいたクンの体に、用意されていた服を着せる。やわらかな布でできた衣服に、灯子がはいていた短い袴《はかま》に似た下ばきをはかせると、クンはただの小さな男の子にしか見えなくなった。

「これだけじゃあ、おなかがふくれないかもしれないけれど。先に、すこしとりわけさせてもらいましたよ」

おばさんが、クンの前に箱形の桶を置く。かぶさっていた布巾《ふきん》をとりのけると、にぎり飯と汁、根菜の煮物が、金属製の器に盛られていた。桶の中には、二人ぶんにとどかない量しか入っていない。村とちがい、首都では家の中で煮炊きをしないのだろうか。それとも、ゆうべたくさんの湯を沸かしたせいで、火がたりなくなったのだろうか。いろいろの疑問をいだいたまま、灯子たちは出されたものをおとなしく食べはじめた。ものめずらしげに家の中を見まわす灯子たちに、おばさんはおかしそうに笑った。

「変てこな家でしょう？　首都では、昔に大火災があってね。工場地帯からの出火で、首都のほぼ半分が焼けてしまったのよ。海際のこのあたりは、火をまぬがれて。だけれどそのかわりに、建物は首都ができたころのまま、まるごと新しくされることはなしに、つぎあてや修理をくりかえしてこんなふうになったの。新しく住みはじめると、家の中でも迷子になるくらいよ。さて……あとの二人は、食べられるかしらね」

やわらかな笑みを浮かべていた顔をふいに曇らせ、おばさんは照三の寝かされている部屋へ入っていった。自分ではなにも食べていないのではないかと、灯子はあわてて小柄な背中へ声をかけようとした。

「あの、おばさん……」

灯子の肩を、けれども火穂が引っぱった。

「食べよう、灯子。言われたとおりにしよう」

火穂は、腰を浮かせかけた灯子のそでを引いて、そのまま座らせる。がつがつと旺盛《おうせい》に、手づかみで食べつづけるクンを、座ったかなたがじっと見つめている。

「炎魔の毛皮を見て、すぐにこの子が〈蜘蛛《くも》〉だってわかったはずだ。……なのに、追い出さなかった。あたしたちだって、照三さんにあんなけがさせた、って、怒られてもおかしくないのに。こんなによくしてもらってる。だから、言われたとおりにしよう」

大きな目のまわり、くるりとそりかえったまつ毛が、三日月の形をしている。

「……うん」

聞こえないほどちっぽけな声でこたえて、灯子はクンが拾いそこねた煮物を、桶《おけ》にそえられていた箸《はし》でつかんだ。口へ運ぶ。火穂も黙って、ぱくぱくと煮物を口へ入れた。

火穂のほうが、灯子より箸を使うのがずっと上手だ。ぼろぼろと食べこぼすクンの落とした飯粒や野菜を拾って、口まで持っていってやる。

「あたし、ちゃんと元気になる。働けるように。照三さんと明楽さんの看病を、ちゃんと手伝う」

火穂は背すじを伸ばして、きっぱりと告げた。

「……うん」

灯子は、ふたたびうなずく。

煮物を一つ、てのひらに載せて、かなたの鼻先へさし出した。かなたはうれしそうに、ぺろりとそれをひと飲みにし、灯子の手をなめまわす。胸の奥にほのかに、ほたるの笑い声と、頰をふくらませた紅緒《べにお》の顔がよみがえった。

首から紐《ひも》でさげたまま、服の中へ隠した守り袋をにぎりしめる。燐《りん》がかえした髪留めごと。

（ばあちゃん、おばさん、首都に着いたよ。たいへんなことだらけじゃったけど……ばあちゃん、これから、行ってくるね。火狩りさまの家族を探しに）

じっと黒い目をのぞきこむと、かなたはまだ自分の分け前があるだろうかと、笑みを浮かべて灯子を見つめかえしてきた。

明楽は、廊下をまがった先のべつの部屋に寝かされていた。左右の壁にくっつけて寝台が二つ置かれ、その左側で、明楽はゆっくりとした寝息を立てている。灯子とかなたが部屋へ入ると、明楽のそばでまるくなっていたてまりが、すばやく顔をあげた。

灯子は、持ってきたにぎり飯のかけらをてまりにさし出す。いぶかしげな顔で食べ物と灯子を見くらべていたてまりは、ややあってから、小さな口で食べはじめた。

「……明楽さん」

そっと呼んでみるが、明楽は目をさまさない。ほどかれた赤いくせっ毛が、枕の上にひろがっていた。窓にかけられた布のせいで部屋の中は薄暗いが、それでも眠ったままの明楽の顔がいやに赤いのに気づいて、灯子はひたいにふれてみた。高い熱がある。

「お薬――」

きのうの医者なら、明楽のための薬をくれるだろうか。たしか照三の父親が、あの医者が薬剤師をしているとゆうべ話していた。

まぶたを閉じている明楽のかわりに、灯子はそばにいるてまりにじっと目をむけた。

「てまり、これから、かなたの家族を探しにいく。町に出るから、そいじゃから、明楽さんのお薬を、きっともろうてくる」

灯子の言うことを理解したのかどうか、てまりはフンとあずき色の鼻を鳴らすと、そっぽをむいて体をまるめ、動けない主《あるじ》にぴたりと身を寄りそわせた。

つつみにくるんだ形見の鎌を抱きしめ、灯子はかなたの首すじに手を載せた。

「行ってきます」

明楽にむかって頭をさげる。もちろん、返事はなかった。

灯子は、おばさんに自分が首都へやってきたいきさつを話し、これからかなたの家族を探しに行くことを告げた。明楽に熱があり、薬をもらいに行きたいと言うと、すぐに地図をかいてくれた。灰色がかった、ざらざらとした紙。灯子はこんな紙を、はじめて目にした。どうやって漉《す》いたものなのだろう。楮《こうぞ》を原料に使っていないのだろうか。

「家を出るとすぐに水路でしょう。橋を越えて、正面の道へ入るの。もう一本水路をわたって、わき道を六つやりすごして……あのあたりはごちゃついているのだけどねえ、看板が出ているから、すぐわかると思いますよ」

「ありがとうございます」

看板の絵までかかれた地図と、薬代のお金をもらい、うつむくように頭をさげた。火穂は洗面所でクンに手伝わせながら、ゆうべの桶や血のついた布を洗っている。おばさんにだけ挨拶《あいさつ》をして、かなたといっしょに家を出た。

空は曇っている。雨の気配はないが、首都にも雨が降るのだろうかと、灯子は考えるまでもないことを考えた。

畑仕事をしながら、首都とはどんな場所だろうかと、思いえがいてみたことがある。……そこには、見あげなければならないほど背の高い建物がひしめいていて、その窓という窓から、花咲く枝が伸び、いつでもあざやかに晴れている空に、花の雲を作っているのだ。その下を歩く人々は、いつも甘い食べ物を懐に持っていて、ひらひらと長い衣をなびかせて歩いている――

実際に訪れた首都は、村の民家よりは大きいにしろ、さして背の高くない家々が密集し、つぎはぎ細工の建物のすきまを、村や森で見るよりもずっと大きなネズミが駆けてゆく。屋根の上には、カラスがおどろくほどたくさんとまっている。燐が見たら、がっかりするだろうか。

「かなた。先に、お薬をもらいに行くね」

犬に話しかける声が、知らず知らずおよび腰になってしまった。このために来たのだと、何度も自分に言い聞かせる。かなたを家族のもとへかえすために。

最初の橋をわたる。村の木の橋とちがい、石でできている。かなたは灯子の不安を感じとっているのか、体をぴたりと寄せて歩いた。

昼間だというのに、あたりにほとんどひとけはなかった。たまに遠くから、子どもたちのかん高い声と、それを叱る大人の声が聞こえる。密集した建物にはさまれた通りはせまく、道の上に木箱や崩れかけの荷物が山積みになっていたりした。

(わき道を、六つ……)

ごちゃごちゃとして先の見通せない横道をやりすごしながら、もう一本の橋をわたった。

水路へおりられるよう、石の段がもうけられているのが見えたとき、灯子の胸に、ふと、薄らいでいた記憶《むくし》がよみがえった。灯子が、七つのときだ。両親が生きていたころ。真冬――村では、無垢紙を漉くため、紙漉き衆が雪を踏み、身を切るつめたさの川へ入って、楮の皮を水にさらす。薄く裂かれた楮の白皮は、雪雲の下、その色を黒く沈めた流れの中へたばねて固定され、ぼうとした白さで水の流れをなぞりつづける。

あのとき灯子は、雪の白さを吸いとって、無垢紙はあんなに白くなるのだろうかと思ったのだ。そして――なぜそうしたのか、自分でもわからないが――着物のすそを持ちあげて、はだしで川へ入ってみたのだった。楮の白皮が生き物のようにうねる、真冬の川の中へ。まわりには、だれもいなかった。いたなら、入る前に止めたにちがいない。灯子は黒々と澄みわたった水の中へ入って、そのつめたさにぎょっとし、身動きがとれなくなった。川の深さはさほどではないが、それでも大人のすねまでつかる。七つだった灯子は、ひざまでを凍りそうな水にひたし、手をはなしてしまった着物のすそを川に濡《ぬ》らしながら、大声をあげて泣きだした。凍えてしびれ、動かない足で川の中に立ったまま、上をむいて泣いた。

空からは、雪が降ってきた。どこにも、だれもいなかった。

「……あそこじゃね」

かなたに話しかけながら、灯子は前方を指さす。おばさんがかいてくれたのと同じ看板が、路地に出ている。かなたとならんで、そちらへむかう。

「かなた、わたしね、一度、一人ぼっちで死んでしまうと思うたことがあったん。冬の川ん中へ入って。でもすぐに、父さんと母さんがたすけにきてくれてじゃった」

泣き声を聞きつけて、血相を変えた両親が、灯子を川から引きずりあげた。灯子は、その場でこっぴどく叱られた。恐慌をきたして、川の中でおもらしをしてしまっていたからだ。だいじな献上物を汚したらどうするつもりだ――父さんのあんな怖い顔を見たのは、あとにも先にもあのときっきりだ。母さんにも、なぜ川へ入ったりしたのかと、きつく問いつめられた。が、灯子はいつまでも、それにこたえるすべを見つけられなかった。

「そいじゃからね……かなたのことも、きっと」

きっと、家族が待っていてくれる。そう言いたくて、けれども灯子ののどは、その先を言うのをためらって息をつまらせた。

看板のもとまでたどり着き、引き戸を開けて薬局の中をのぞく。

「なんだ、きのうの子どもか」

小さな薬局の中には、ほんとうにゆうべの医者がいた。ただし、ゆうべよりはいくらか身なりを整え、眼鏡をかけて、眠そうにあくびを噛《か》み殺している。せまい店内には、壁という壁にびっしりと薬瓶がひしめき、その奥の簡素な椅子に、闇医者が疲労のぬけない姿勢で座っていた。

「あの……明楽さんが、熱を出しとりなさって。お薬をもらわれませんか」

おずおずと灯子が頭をさげると、闇医者は古ぼけた椅子をきしませ、座ったままで小さな薬瓶のならぶ棚に人さし指を行き来させた。

「おお、あのじゃじゃ馬な。むちゃくちゃだな、あれは。あんなひ弱な狩り犬を連れて、小娘が一人で、よく流れの火狩りなんぞやってきたもんだ。火狩りにとっちゃ、狩り犬は命綱だろう。それがあんな抱き犬じゃあ、森で死ねと言いわたされたのと変わらん。よくまあ、生きのびたもんだ。よっぽど強いんだろうよ。そんな心配そうな顔をするな、解熱剤を飲ませりゃ、すぐにぴんぴんしよるさ」

そう言って、闇医者を裏の顔に持つ薬剤師は、明楽のための薬と、照三に飲ませるようにともう一つの薬を、持たせてくれた。灯子が持たされた金でたりるのかわからなかったが、不足があるとは言われなかった。

礼を言い、薬の入った紙袋をかかえて、灯子はたどってきた道を引きかえしはじめた。ひとまずは、照三の家のそばの、水路が交差するところまでもどろうと思ったのだ。ところが、やりすごせと言われたわき道の一本へ、いきなりかなたが入りこんでいった。

「かなた？」

灯子は、あわてて方向転換する。いまのいままで、灯子にぴたりと身を寄せて歩いていたのに。ネズミでも見つけたのだろうか。が、かなたはネズミや小鳥といった、小動物を捕らえるしぐさをしない。灯子をふりかえりながら、先を歩きつづける。入り組んだせまい路地を、よどみのない足どりで。目的地がさだまっているときの歩き方だ。

「……あ」

声といっしょになにかの感情が腹の中心ではぜ、外へ出そうになって、けれどもしおれて消えた。ふりむいたかなたに小さくうなずき、灯子は知らない道を、犬のあとをついて歩いた。

（見つけたんじゃ。かなた。そっちにおうちがあるんね。──家族が、おるんね）

灯子は、足どりを速くする。慣れない靴。思うように進めない。かなたの灰色の尾が、ふさふさと揺れている。なんと力強い足どりだろう。何度もあの犬にたすけられて、ここまでたどり着いた。灯子の気持ちが、まるでかなたにはわかるようだった。灯子をずっと、ずっと、守ってくれた。

右へ、左へ、何度かまがった。家の外に出した椅子にかけているおばあさんがいた。生ごみがかごに入ったまま、ほうり出されていた。尿のにおいが鼻をつく瞬間もあった。料理を作る油のにおいも。

（どうしよう……）

灯子一人では、もとの場所まで帰れない。そう思うのを止めようと、灯子は服の上から胸に爪を食いこませ、にぎりしめた。灯子がはぐれていないか、かなたは何度もふりかえる。灯子はそのたびにうなずいてこたえた。かなたが家族に再会できることを、灯子がためらったりしてはいけない。

どんな言葉を浴びせられるだろう。どなりつけられるのか、それとも灯子の前で泣き崩れるのか。……なにを言われようとしかたがないと、灯子は思っていた。家族が死ぬ、それがどんなにひどいできごとだか、灯子もわかっているつもりだったからだ。

道は坂になっている。入り組んだ路地をかなたは進みつづけ、そうしてふいに、大きな水路の前へ出た。あとから来る灯子をふりむいて、かなたが橋に脚をかける。灯子は、またうなずく。とまどいにゆがんだ顔が、かなたに見えないように。

もうすぐ、わかれるのだ。ずっといっしょだったかなたと。

だんだんと、犬の足どりが速くなる。灯子は駆け足に近い歩みで、それについてゆく。水路を越えて、いままでより幾分ひろい道に出る。ごちゃごちゃと入り組んだ路地をぬけ、先ほどよりもやや見通しがよくなる。

そして、たどり着いた。

一軒の家の前で、かなたが立ち止まる。家を見あげて、ひと声吠《ほ》える。バサバサと、どこかでカラスが飛び立った。

灯子は息を切らしながら、かなたに追いついた。いっしょに、その家を見あげる。古い木造の家。二階の窓には、波打ったトタンがはまっている。道に面した戸口は、無表情な薄い板戸だ。左右をよく似た造りの家にはさまれ、その家はずいぶんときゅうくつそうに見えた。

「かなた……ここなんよね?」

ふり立てられていたかなたの尾が、ゆっくりと垂れさがる。家に、人の気配は感じられなかった。いや、ここへ来るまで、留守の家はたくさんあった。どこかへ働きに出て、昼間はだれもいない家が、あるいは捨てられて壊れかけた家が、たくさん。けれど……

『売家』

入り口の板戸に、そう貼り紙がされている。

かなたが、家族の家をまちがえるはずがない。ここへ来るまで、足どりに迷いなど一切なかった。それなのに、かなたの、灯子をたすけた火狩りの家族がいるはずのこの家は売りに出されて、おそらくだれも住んでいない……

家を見あげて耳をすましていたかなたが、ふいに灯子のほうへ顔をむけ、うなりだした。きょとんと立ちつくす灯子は、犬が自分にむかってではなく、その後方に目をむけていることに、うしろから声をかけられてはじめて気がついた。

「どこの子どもか。その犬は？」

高い位置からかけられた声に、びくりと体ごとふりかえる。大男が、すぐうしろに立っていた。帽子をかぶり、無駄なく体に沿って仕立てられた黒い服を着ている。その腰にさげた棍棒《こんぼう》に手をかけているのを見て、とっさに灯子は身をすくめた。

かなたが高らかにひと声吠え、するりとまわりこんで、灯子の足を押した。走れ。かなたからの合図だ。

「あっ、待って、かなた……！」

「こら、待ちなさい！」

灯子のさけぶのと、どなり声が追いかけてくるのとは同時だった。かなたが、先に立って走る。灯子は夢中でそれを追う。足が痛い。坂の上まで——

（かなた。かなたみたいには走れん……）

あの背の高い男は、捕まえたら灯子をどうするのだろう。あの棍棒でなぐるのだろうか。いま、そんな目にあうわけにいかない。火穂たちの、みんなのところへ帰らなくては。はじめてはく靴が足を傷めるのもかまわず、無我夢中で走った。かなたのすがたをめざして。目の中で、火がはぜている。まぶしい。明楽がもうすぐ来ると言っていた千年彗星は、この何千倍もまぶしいのだろうか。

やがてひざに手をついて、灯子は立ち止まった。自分の呼吸の音だけが耳を占拠している。全身から汗が噴き出ていた。走るのをやめたら、あの人になぐられる。……

「か、かなた……」

頭の中が、すっかり混乱していた。そうだ、かなたが速度をゆるめたので、それで灯子は立ち止まったのだ。もう逃げなくても大丈夫だとわかって。かなたは舌を出し、笑ったような顔をして、まっすぐに灯子の顔を見あげている。

荒い呼吸の整わないまま、灯子は顔をあげた。もう、さっきの黒い服の男は追ってきてはいなかった。そのかわり――

「かなた……ここ、どこ？」

たくさんの火が、ガラスの入れ物の中で光っている。高い塀と、瓦《かわら》をふいた門。門柱の上に、昼間だというのに、たくさんの照明がともされたままでいる。空が曇っているために、その光はあかあかとつらなる星に見えた。

つやつやと、継ぎ目がどこかもわからない木の塀が、曲がり角をはさみながら視界を埋めつくしている。足もとは、美しく削り出された石の舗装。坂がおわり、地面は平らだ。灯子は、火の鎌のつつみと、明楽と照三のための薬を落としていないことをたしかめ、足が無残にすり切れているのに気がついて、腹の底から息を吐きながら、その場にしゃがみこんだ。

顔を近づけるかなたの首に腕をまわし、抱きしめた。どうして、かなたの家族はいなかったのだろう。『売家』と貼り紙がされていた。どこかへ、住まいを移してしまったのだろうか？　それとも、かなたの家族は――灯子を救った火狩りの家族は、いなかったのだろうか……？

「道に迷ったの？」

声をかけられ、顔をはねあげる。

そこには、さっきの黒い服の男ではなく、首都風の衣服をまとった、灯子より年上の少女がいた。かすかに波打った豊かな髪、高く通った鼻すじの、きれいな顔立ちの少女だ。身なりは整い、表情の作り方も体の動かし方も、見たことがないほど上品だった。

「立派な犬ね、とても強くて賢そう。あなたの犬？」

なにより、かなたにむける顔がうれしそうだったので、灯子はこの少女に警戒心をいだかなかった。

「い、いいえ、ええと、この犬は――わたしと、同じで。迷子です」

「迷子？」

立ちあがった灯子の頰を見つめて、少女が、服のひだのあいだにある隠しからきれいな布を出し、それでふいてくれた。はじめて会う人にいきなりそんなことをされておどろいたが、灯子は、少女の目を見あげたとき、その奥に読みとりがたいかげりを感じて、されるがままにまかせた。

「どうしたの、こんなに泣いて」

言われてはじめて、灯子は恐怖から涙が流れていたことに気づき、あわてて頰をぬぐった。

「あ、あの、知らん人に、追いかけられて。黒い服を着とりなさって、帽子をかぶって、棍棒を持っとったから、そ、そいで、怖《こお》うなって」

すると少女が、やや低い声でくすっと笑った。

「あら、それはきっと警吏よ。怖い人じゃないわ、悪いことをする者を取り締るだけ。ほら、これを食べて、元気を出して」

ころんとてのひらに、透明な紙につつまれた飴玉《あめだま》をわたされた。透きとおった飴玉を持たせる手のやわらかさにおどろいた。

「あなた、名前は？」

背の高い少女が、しゃがみこむ。が、しゃがむと視線がかみあわず、今度は少女が灯子を見あげる恰好《かっこう》になった。

「灯子……」

「どんな字を書くの？」

「え？」

　とまどうことばかりだ。灯子はまたしゃがみ、人さし指で、道を彩る石の上に自分の名を書いた。

「灯子。すてきな名前ね。わたしは、綺羅《きら》」

　そう言いながら、少女は自分の名前を空中に見えない文字で書いてゆく。ずいぶんむずかしい文字の名前だと、灯子はあたりまえの感想をいだいた。けれど、きれいな響きだ。

「どこにもどりたいの？　道を教えましょう。……といっても、わたしも町のほうは不慣れで、うまく教えられるかわからないのだけど」

　綺羅という少女にそう言われて、けれども灯子は、すなおにこたえるわけにはいかなかった。

「ええと、大丈夫です。かなたが――この犬が、道をわかっとるはずじゃから」

「かなた……？」

　少女が、目を見開いた。そのまま、首をかしげる。なんと白いあごと首だろうかと、灯子は見とれた。手も、まるでちっとも汚れていない雪みたいだ。

「あ、あの……お姉さんも、なにか、怖い思いしなさったん？」

灯子は、目の前の美しい少女の瞳《ひとみ》に、やはりさびしそうなかげりがあるのを見て、思わず訊《き》いてしまった。慣れない場所で怖い思いをして、急に安心したせいで、はじめて会った少女に強い親しみを感じてしまったのかもしれない。

その質問におどろいて目をまるくした少女は、けれど、服のすそを手で伸ばして直しながら、上品に頰笑《ほおえ》んだ。

「ええ、そうかも。……友達がね、けがをしたの。知らないあいだに。どうしてあんなけがをしたのだか、だれもわたしには教えてくれなくって」

それから、腰を折ってかなたに顔を近づける。

「かなた。ちゃんと、灯子に帰り道を教えてあげてね」

かなたは綺羅という少女のにおいをしきりに嗅《か》ぎ、ぴくりと耳をそばだてたあと、その頰をひとなめした。少女がくすぐったそうに笑う。灯子はその邪気のない顔に、一つ決心を呼び起こされた。服の中から守り袋をたぐり出し、髪留めをつけた袋の口を開けて石をとり出す。ばあちゃんから持たされた、白茶けた守り石《もいし》。てのひらに載せたそれを見つめてから、灯子は綺羅にさし出した。親切と、飴をもらったお礼のつもりだった。

「これ、わ、わたしのばあちゃんからもろうた、守り石です。あんまりきれいじゃないけれど、わたしをここまで、守ってくれました。そいじゃから、お姉さんの……お友達のけがも、治るかもしれん」

きれいにならんだまつ毛にふちどられた目が、大きく見開かれる。

　どくどくと、心臓が高鳴る。ばあちゃんが子どもの時分から持っていた守り石。……ばあちゃんの顔が胸に浮かんだ。目をつぶされた、しわばかりの顔。村を出る灯子の顔や肩を、ずいぶん時間をかけてなでまわした痩《や》せた手。

　けれど、灯子には、燐がかえしてくれた赤い髪留めがある。父さんと母さんの買ってくれた髪留めが。

「でも、そんなだいじなもの──待って。あなた、どこから来たの？」

　しかし、そのときにはもう、灯子とかなたはふたたび走りだしていた。

　かなたの家族が見つからなかった。とにかく今度は、薬を持って明楽たちのもとへもどらなくてはならない。坂の下をめざすかなたについてゆきながら、まだこちらを見ている綺羅をふりかえって、灯子は深く、一礼した。

三　密告

おぼれている。煌四はずっと、そう感じていた。

うまく呼吸ができず、体が思うように動かせない。自分よりずっと力の大きなものに、全身をからめとられている。

このままでは沈んでしまうと、何度ももがこうとした。そのたび、脇腹がえぐれるように痛んで、煌四の意思を砕いた。幾度も名前を呼ばれた気がして、そちらへ意識をむけようとするのだが、そのたびに何者かが、水底から足を引っぱった。

おぼつかない夢の中で、煌四の足首をすさまじい力でつかんでいるのは、森で拷問されていたあの〈蜘蛛《くも》〉だった。右腕と右脚しか残っていない、容赦なく破壊されたその体を見ると、煌四の全身からあらがう力が失《う》せた。

どうして、人が、あんなことをするのだ。腹の底からせりあがる感情といっしょに、空気をみな吐き出してしまい、そうやって煌四は何度も何度も、おぼれた。

半分閉ざされた窓掛のむこうから、澄んだ陽がさしている。

朝か昼間かは判然としない。細い手が煌四の手をさすっていた。緋名子の手。ずいぶんふっくらしてきたと思っていたのに、まだこんなに小さく細い。せっかく具合が落ちついて、庭仕事を教わることまでできるようになっていたのに――

（泣くな）

べそをかいて煌四をのぞきこむ緋名子に、くりかえしそう思うのだが、声の形にはならない。のどがかわいた。ずっと寝台に横たわっているせいで、頭が痛い。起きあがりたい。緋名子の頭をなでて落ちつかせてやりたかったが、腕があがらなかった。

情けなさが、胸にぽっかりと穴を開けた。自分はこの小さな妹を守るために、ここへやってきたのに。緋名子の命を守ることが、ほんとうの役目であるはずなのに。

煌四が眠れば、緋名子は自分の部屋へもどって体を休めるだろうか。そう思い、目を閉じた。目を閉じたままで考えた。

黒い森でけがをしたのはゆうべのことだ。その場で死んでいてもおかしくはなかった。なにしろ火狩りたちは全員、虫の毒で本能を狂わされた炎魔の群れと格闘をくりひろげていたのだ。

（かぐらとしまきが、死んでしまった。たつたが目と鼻をつぶされた。いわおの飼い主も腕を……炊事場のおばさん、子どもたちも、悲しむだろうな。けががなかったのは、炉六とみぞれだけだ……）

〈蜘蛛〉はあの場で絶命した。深手をおった火狩りたちは、たがいに支えあいながら森を脱出し、煌四は炉六の背中におわれて燠火家へ送りとどけられたのを、ぼんやりとおぼえている。

腹に傷をおった煌四は、火狩りたちがあのあとどうなったのか知らないまま、手当てをうけ、部屋の寝台に横たわっている。どれほど時間がたったのかもわからない。油百七からも当然とがめをうけるだろうが、それは腹の傷がある程度回復してからだろうと煌四は考えた。まともにうけこたえのできない相手とのやりとりを、油百七が好むとも思えなかったからだ。

（炉六は……もともと関係がなかったのだし、面倒に巻きこまれずにすんでいるだろうか）

森で負傷した直後に、一瞬だけ見えたあざやかな緑の目――たしかに煌四と視線があったあれは、だれのものだったのだろう。

目を開けると、窓から入りこむ陽光は、いつのまにか西日になっていた。緋名子は、もう部屋の中にいない。ほっとして、息をつく。吐く息が薄っぺらく、自分のものではないかのように感じられる。

ぼんやりとした耳に、話し声が聞こえてくる。廊下のほうからだ。屋敷の戸はどれも頑丈に作られていて、人の声がもれてくることはほぼないのに。

（ああ、こっちのようすがわかるように、戸を開けてあるのか）

横たわったまま、そう考えた。そこまで傷が深いのだろうか。薄くまぶたを開けたまま、しかし、廊下側へ顔をむけてみる気力が起こらない。

「煌四さんが回復されるまで、授業をお休みなさりたいと？」

「……はい」

おだやかな声は老いた家庭教師の、こわばった返事は綺羅のものだった。煌四は、ゆっくりとまばたきをする。

「わがままを言うのはよしなさい。それでは、お前の学問が遅れる。時間は有限なのだぞ」

よく通る声は、油百七だ。どうやら、廊下で綺羅と油百七、家庭教師の耿八《こうはち》先生が、話しあっているらしいのだ。煌四が目をさまして聞いているとは、だれも気づいていないようだった。

「でも、お父さま……こ、煌四といっしょにお勉強させていただいたほうが、早く身につけられると思います。わからないところを、よく教えてもらっているから」

いつもなめらかに響く綺羅の声が、萎縮《いしゅく》している。煌四が廊下のほうをむこうと動きかけると、左の脇腹が張り裂けそうに痛んだ。はげしい痛みが全身の感覚をおどろかせ、思考を焦らせて、身動きがとれない。

「お前が勉学に悩んでいるようには、見うけられないが？」

油百七が言うと、家庭教師の口蓋《こうがい》にふくめるような笑い声がそれにこたえた。

「ええ、ええ。綺羅お嬢さまは、利発な才媛《さいえん》でいらっしゃいますよ。老いぼれてからこんな生徒を持てたことを、たいへん名誉に思っているのです。……煌四さんのおけがの具合は、焚三《たきみ》先生からもうかがいましたが、回復までにさほど時間はかかるまいと。お嬢さまのお望みの形をとられても、学問が遅れるようなことは断じてありませんでしょう」

丁寧な口調にはしかし、どこか油百七をはるか上から見ているような響きがある。聞こえよがしの、鋭いため息が吐かれた。油百七がうしろに手を組み、眉《まゆ》と口ひげをゆがめているすがたが目に浮かぶ。

それでは、と頬笑みを失わない声で告げ、家庭教師が去る気配がした。

「……好きにしなさい」

油百七が、廊下に立ったままの綺羅にそう言い置いた。短い言葉にはいまいましげなとげがふくまれていて、家庭教師と時間を置いて歩き去る父親の背中を見送る綺羅が、きっと悲しげにうなだれている、それが容易に想像できた。

なんなのだろう、この家は。煌四のこめかみは、自然と引きつる。

トントンと、戸をたたく音がした。もともと開いたままの戸を丁寧にたたいて、入ってきたのは綺羅だ。眠っているふりをしようとしたが、目を閉じるのがまにあわなかった。綺羅がうしろ手に、戸を閉める。

「お水を飲める？」

こたえる前に首のうしろに腕を入れられ、吸い飲みを口へ近づけられた。重いものなど持ったことがなさそうなのに、綺羅の腕は強く、姿勢が傷に障らないよう、煌四をしっかりと支えて水を飲ませた。

「……ごめん」

注意深くまた枕に頭をもどされて、礼を言おうとしたのに、口をついて出たのは謝罪の言葉だった。陽がかたむいているうえに、眼鏡をかけていないのではっきりと見えない。が、綺羅の目もとが、赤く腫《は》れて見えた。

寝台の横へ置かれた椅子に、スカートを整えながら綺羅が座る。まっすぐに背を伸ばして、煌四を見おろした。

「緋名子ちゃんは、また熱が出てしまって。きっと、びっくりしたせいね。休めばすぐによくなるって、焚三先生がおっしゃってた。煌四――」

やっぱり、目が赤い。まぶたも腫れている。泣いたあとのその目で、綺羅は煌四をとらえてはなさない。先ほど廊下で話していたことについて、たずねたかった。自分に気を遣って勉学を休む必要などない。……だが、煌四に声をしぼり出すいとまは、あたえられなかった。

「どうして、森へ入ったの？　偽肉工場の後継ぎになるのに、森へ立ち入る必要はないはずよね。あなたは、父になにをさせられているの？　教えて。わかってるでしょう、緋名子ちゃんだって、ずっと心配している」

綺羅の顔にいらだちが表れるのを、煌四ははじめて目にした。頬が張りつめ、すなおな眉が怒りを形作っている。

「工場の後継ぎがだれになろうと、わたしはかまわない。それが適任の者であるなら。わたしは、お父さまが煌四と緋名子ちゃんをたすけてくれるのだと思ってたのよ。それなのに。……話して。あなたに傷をおわせたのはだれ？　火狩りでも炎魔でもない、なにが森の中にいたの？」

窓からさす西日の色は、しだいに弱まってゆく。スカートのひざをきつくにぎり、わななく声を抑えこんで話す綺羅を、煌四はおどろきのまなざしで見あげた。まさか、油百七にとがめられるより先に、綺羅に詰問されることになるとは思わなかった。綺羅の瞳《ひとみ》と声には、ただならない切実さがやどっている。

「ごめんなさい、まだけがが治らないのに。でも、こたえて。でないと、みぞれと飼い主の火狩り、あの炉六という人が、首都を追われることになるかもしれない」

泣き腫らした目をして、それでも綺羅は毅然《きぜん》と背すじを伸ばしている。そうして煌四は、綺羅が返事を懇願しているのではなく、こたえろと命令していることに気づく。

「お父さまは、炉六という人が勝手に煌四を森へ連れこんだことをひどく怒っている。自分の手のとどかないところで、あなたにけがをさせたことを。なぜだかわかる？　あなたを、自分の所有物だと思っているからよ。あの炉六という火狩りは、もともとは流れ者だった。首都づきの火狩りの規定を、いくつも破っている。登録を削除して、首都に住までの居住権を剝奪《はくだつ》するのはたやすい。──いいえ、火狩りであるのなら、首都に住まなくとも身を立てることはできるでしょう。だけど……ひょっとすると、処罰の対象として、投獄されることになるかもしれない」

　綺羅の手がふるえていた。その手に、衣服の布だけではない、なにかをにぎりしめている。

「お父さまに、そんなことをさせたくない。いまならまにあうの。神族に反するようなことをしているのは、あの火狩りではなく父のはずよ。わたしがそれを知れば、父はうかつに他人をとがめられなくなる」

　陽光が淡くなり、しかしその角度がちょうど綺羅の顔を照らして、こぼれかける涙をこらえる表情を浮かびあがらせた。綺羅は、なにかをにぎったままの右手をスカートからはなし、人さし指を立てて、空中に文字を書いた。見えないその文字は、くれは、と読めた。

「使用人の一人よ。名前はくれは。お裁縫が得意で、とりわけ刺繡《ししゅう》がとても上手で……町に、目の不自由なお母さんがいて、刺繡を指でさわれば花や文字の形がわかるのだって、仕事の合間によく針を動かしていた。それはそれは、きれいに縫いあげるの。わたしにも、教えてくれたのよ。わたしはまだ、くれはみたいに上手にはできないけれど。わた……そのくれはが、火狩りの宴会の夜、煌四になにか話しているのをお母さまがのぞき見ていたらしくて」

　煌四は、顔をゆがめた。ぞくりと、寒気が傷の痛みより強く体を襲う。

「……もう、この屋敷にはいない。わたし、使用人たちの名前はみんなおぼえているの。小さいころからよく、使用人たちが、突然いなくなってしまうことがあったから。いなくなっても、ずっとおぼえていられるように。遊んでくれた人、お台所で味見をさせてくれた人、おもちゃを直してくれた人、犬が大好きだった人——」

言いながら綺羅は、めまぐるしい速さで空中に見えない名前を書きつらねてゆく。

「べつのお屋敷へ勤め先を変えたのだと、両親からは教わっていた。でも、聞いたの。両親の気に食わないことをしでかすと、貧民区にやられるんだ、って。使用人たちは、そううわさしていた。貧民区か、そのはずれの娼婦《しょうふ》小屋にやられるのだと。わたし、さっき外から帰って、くれはがいなくなったのをはじめて知ったの。信じたくない」

きつくくちびるを噛《か》む綺羅の表情が苦しげで、煌四は、自分の傷の痛みをさっきほどひどくは感じなくなった。

「わたしは、お父さまとお母さまが大好きよ。常識はずれなところがあるかもしれない、でもほんとうは、とてもいい人たちなの。お父さまは小さいころに首都の大火災で両親を亡くして、孤児として苦労して、必死でいまの工場の経営者になったのだって。お母さまは貧民区の出身で、飢えてこまりきっているところをお父さまがたすけたのだって。二人ともとても苦労をして、いまの暮らしを手に入れて、きっとそれでほかの人とは、ずれているところがあって——だけど、立派な人たちだと、わたしは尊敬している」

尊敬している、そう言うときの綺羅の声音が、危うくふるえた。その言葉を口にするのを、一瞬だけためらうかのように。

「使用人たちはうわさ話が好きだから、だからきっと、そんなふうに言っていただけ。……なのに、くれはがいないの。こたえて、煌四。わたしの親が、あなたになにをさせているのか」

煌四の頭蓋《ずがい》を、腹に打ちこまれたくさびよりも強い衝撃が襲った。そうして、いまのいままで綺羅に圧倒され、ただ寝台に横たわっていた自分に、はげしい怒りと恥ずかしさをおぼえた。歯を食いしばり、全身に動けと命令をくだす。腕に力をこめ、起きあがる。腹の傷は縫合されている。内臓の損傷はわずかですんだと、処置にあたる焚三医師の言うのが聞こえていた。

寝台の上に身を起こす。体は動く。声は。

「わかった。だけど、その前に……」

煌四が閉まっている戸のほうへ顔をむけると、一瞬綺羅はいぶかしげに眉《まゆ》を寄せた。が、すぐに音をさせないよう立ちあがり、そっと戸を開けて廊下へ顔をのぞかせた。ふりむき、だれもいないことを、首を横にふって煌四に伝える。

綺羅が椅子にもどるのを待って、煌四は腹の底から深く息を吐きだした。

「……綺羅に、みんな話す。全部隠さず話すから、だから、信用してほしい。炉六が追放も投獄もされないよう、ぼくが話をつける。たのむから綺羅は、知らないふりをしてくれ」

その提案に綺羅は眉をこわばらせたが、うつむいて考えこみ、ややあってから、またくちびるを噛みしめてうなずいた。

そして煌四は綺羅に、この傷をおったいきさつ、そして燠火家へ来てからのことを、すべて隠さず打ち明けた。

〈蜘蛛《くも》〉による首都襲撃を油百七が予期していること、そのときに備えて雷火から武器を作れと言われたこと。炸裂《さくれつ》型の雷瓶は作れなかったが、武器としてのべつの使い道を発見したこと。雷火や炎魔の火について煌四は強い疑問をいだき、そして炉六に声をかけ、森へ立ち入ったこと。油百七の雇った火狩りたちから拷問をうけていた〈蜘蛛〉のこと。

話を聞きながら綺羅は、その表情からおどろきを隠せないでいた。

「そんなことを、お父さまが……？　神族に守られたこの国を、覆そうだなんて。煌四たちは、そのためにこの家へ呼ばれたの？　煌四は……そんな危険なことを、どうして」

ふるえて高まりかける声をとぎれさせ、綺羅ははっとしたようすで、自分の口に指をあてた。

「緋名子ちゃんがいるから？」

煌四は、自分の手をにらんでかぶりをふった。

「……たしかに、それもある。だけど、炎魔や雷火について知りたいと思ったのは、ぼくの勝手だ。武器を作るのとは関係ない。知りたかったんだ。どうして世界を壊してしまった人間に、いまだに安全な火が残されているのか。ぼくの父が残した雷火は、なぜ人があつかえるものとして存在しているのか。……もう追い出されてしまったっていう、くれはという人。その人が、前の家を片づけていたときに、母さんがぼくと緋名子にあてて書いた手紙を見つけて、あの夜、わたしてくれたんだ」

──たいせつなものではないかと、おわたしする機会を待っていたのです。

だれかに聞かれないよう低めた、けれどもやさしい声だった。煌四は、礼を言いさえしなかった。使用人として働くあの人にも名前があるのだということを想像すらせず、いま綺羅から聞いて、はじめてそれを知った。

「緋名子にも、いずれは話す。でも、いまは……隠しておいてほしい」

煌四の言葉が窓からの残照といっしょに沈み、綺羅は深くうなずいた。煌四は顔をあげる。手にとることすらできそうなはっきりとした怒りが、煌四の腹にやどっていた。綺羅を苦しめつづけてきた燠火家の当主に、聞こえよがしのため息を吐き捨てていった油百七に対しての。

「油百七をここへ呼んでもらっていい？　炉六に下手に手を出させないようにさせる。あの火狩りを巻きこんだのは、ぼくだ」

すばやくうなずく綺羅のしぐさに、煌四の胸はきしんだ。こんなに裕福な家に生まれ、きれいな服を着せられ、たいせつにされているとしか見えないのに。町では、親からなぐられる子どもなどざらだった。働きがたりなければ食事をぬかれるし、学問などはぜいたくで、ろくな服装をさせてもらえない子どもだっていた。

使用人たちが話す両親のうわさを信じたくないと言いながら、綺羅の中では、もうこたえに手がとどいているのではないか。そしてそれを、自分にすら隠そうと戦っているのではないか。

（化け物……）

人の皮をかぶった鬼。島では油百七のような人物をそう呼んだのだと、炉六が言っていた。

「煌四」

椅子から立ちあがった綺羅の手が、煌四の手にふれた。見あげるが、もう日が暮れて、綺羅の顔はおぼろげな暗い影になっていた。綺羅の手から、なにかが煌四の手ににぎらされた。

「さっきね、迷子の女の子に出会ったの。あなたのけががよくなるようにって、これをくれたのよ。犬を連れていた。煌四たちの家にいた犬と同じ名前。──かなたって」

にぎらされた小石は、綺羅の手の温度を吸いとって、温まっていた。そして綺羅は髪を揺らして体をひるがえし、父親を呼びに行った。

円形に針のめぐる時刻計。

ふんだんな照明が飾り棚の上のめずらしい品々を照らす。応接室ははじめて煌四が燠火家を訪れたときと変わらず、埃《ほこり》一つなく手入れされ、きらびやかに輝いていた。

やがて、三人ぶんの発酵茶が運ばれてくる。一つは油百七に、一つは煌四に、残る一つは、呼びつけられた炉六のためのものだった。煌四は、豊かなかおりをはなつ発酵茶を運んできた使用人が、手紙をわたしてくれたのとはべつの者になっているのを目で追う。同じ制服、同じ髪型、しぐさや顔立ちまでどこか似ているが、その人はもう、綺羅が教えてくれたくれはという人物とはちがう。

「けがはどうだ？　もう起きていいのか」

油百七にごく簡単な挨拶《あいさつ》をしたあと、うまそうに発酵茶をすすりながら、炉六が鷹揚《おうよう》にたずねた。小さく頭を動かし、まだ、と煌四は短い返事をする。話すべき内容はそんなことではないと、火狩りにしめすために。

応接室の上質な椅子に巨体をあずけた油百七は、ひそめた眉の奥に、瞳《ひとみ》を異様にぎらつかせていた。油百七には煌四の部屋で、すでにことのあらましを伝えてあった。……

「つまりは、きみが屋敷を忍び出し、自分から森へ連れてゆくようたのんだと？」

前の家から持ってきてあった鎮痛剤、緋名子が毎日使っていた薬を、煌四はざらざらと口につめこんで飲みくだし、どうにか身なりを整えて、寝台のはしに座っていた。その煌四を、部屋へ呼びつけられた油百七は、憤りをこめて見おろした。

「そうです。雷瓶の製作にあたるうち、どうしても知りたくなったんです……雷火について、炎魔の火について。中央書庫の本にも書かれていないことが、実際に森へ入れば見つかるんじゃないかと」

ひげをうねらせて油百七が鼻から息を吐く。香油のにおいが神経をざわつかせた。

「それで？」

「見つけました。森での狩りに、雷火を武器として使う方法の示唆があった。そして、この計画には穴があることに気づきました。われわれだけでは、どうにもできないことが。それをおこなうことができるのは、あの火狩り――炉六だと思っています」

従順さを見せなくなった煌四への怒りがおさまりきらないようすの油百七は、それでもすぐさま、屋敷へ炉六を呼ぶ手配をした。人を呼ぶには中途半端に遅い時間だったにもかかわらず。

煌四は黒い森で、炉六が顔色一つ変えず仕事をこなすのを見た。〈蜘蛛〉が毒虫で狂わせ、本能の限界を無視して襲ってくる炎魔たちを、うろたえることなく狩り犬と息をあわせて着実に狩ってゆくのを。油百七がどんな手段を講じようと、炉六という火狩りは小揺るぎもしない、その確信がある。

そして、油百七に今夜の話の舵《かじ》をとらせる気もなかった。言いつけにそむいた煌四に、怒りをいだくのは当然だろう。だが、油百七が語って聞かせた首都の、世界のなりゆきは、些末《さまつ》なことに目くじらを立てていられるような状況ではない。ここでもし、計画よりも自分の感情を優先させるつもりなら、燠火家当主に雷火から作った武器を使わせるわけにはいかない。

煌四は手をにぎって、綺羅からわたされた小石のかたさをたしかめる。目のくらみそうになる応接室の照明を、眉間《みけん》に力をこめて遮断する。

「さて……きみの話では今度の計画に、ぜひとも炉六どのの協力が欠かせないということだが」

深みのある油百七の声には、隠しきれないいらだちが混じっている。当主の口から計画という言葉が出たからには、炉六はたったいまから、ただで屋敷から出されることはないだろう。

「そうです」

煌四は、きっぱりとこたえた。座っているだけで腹の傷ははげしく痛み、煌四はその痛みから意識をそらすために、白茶けた小石をてのひらに食いこませた。

油百七は、一旦《いったん》きつく目を閉じる。抑えようのない憤りが身の内にたぎっているのだと、見せつけるための演出だ。炉六はといえば、急に呼びつけられたことにとまどったようすもなく、応接室のやわらかな椅子に心地よさそうに体をあずけている。

「……森で見たものについて、くわしく聞こう」

重々しく言う油百七に、煌四はうなずく。テーブルの上へ、左右の人さし指をはなして置く。

「まず、地下室での実験中に、雷火にははなれた位置にある仲間とすばやく結びつく性質があるということを目撃しました。作業台の上に一滴ずつこぼすと、まるで生きたように移動して、一つに結びつく」

はなしていた左右の指をすべらせ、くっつける。そして一方の指を、顔の横まで持ちあげた。

「さらにそこへ高低差をつけると、目視できないほどの速さで上から下へ落ち、そのときに強力な衝撃をともないます。……これについては、あと何度か実験をしてから報告をと思っていたんですが、こんな状態になってしまって」

「いいから、先をつづけたまえ」

がっしりとしたこめかみには、いまにも血管が浮かびそうだ。煌四はすなおにうなずき、テーブルの上に、あのとき砕け散ったガラス片をぱらぱらとひろげた。焦げつき、溶けて形をゆがめたガラス片を前にして、油百七がかすかに目をすがめる。

「黒い森での狩りのようすが、はっきりとした着想をくれました。首都の登録者はしないようですが、この炉六さんは狩りのとき雷瓶を閃光《せんこう》弾として使っていて、むかってくる炎魔へそれを投げたとき、見えたんです。空気中に、小さな稲妻が発生するのが。雷火には、ただの熱と光ではない、雷と似た性質があるのではないかと」

煌四がつらねる話は、事実とはちがう。炉六の閃光弾は目くらましと威嚇に使われたのであって、稲妻など生まれなかった。が、炉六は口をはさむことはしなかった。ただ、ぜいたくな椅子の上で脚を組み、とぎれた片方の眉《まゆ》を持ちあげて、煌四と油百七のやりとりをおもしろそうに見ているだけだ。

煌四は、書庫から写しとってきた落獣《らくじゅう》の図をテーブルの上に置いた。

「雷火をかかえた落獣の図です。中央書庫で見つけました。体のまわりにまとっているのは、稲妻です。はじめ、この絵の線は雨かと思っていました。でもちがう、落獣は雷をまとって落ちてくる。そして、雷火がもっともその威力を発揮するのは、瓶に入れた状態ではなく、上空からいかずちとなって落ちてくるときだ」

豊かな照明も、装飾品たちが反射する光も、もう煌四の目に入っていなかった。集中する。いまこの話の舵をにぎるのは、自分だ。

「森でぼくはそれを見て、炉六さんにたしかめました。お話ししたとおり、炉六さんは、ぼくが雷火を武器に応用しようとしていることを知っています。〈蜘蛛《くも》〉の進攻が近いということも──先ほども言いましたが、偶然、ほかの火狩りたちが〈蜘蛛〉を問いつめているのに出会って」

チ、と、ひげを蓄えた油百七の口から舌打ちがもれた。腹の上で組みあわせた指は神経質に動き、テーブルの上の発酵茶は、さめてゆくにまかされている。

おそらく油百七が、もっとも隠しておきたかったのはそのことだろう。煌四の父親の仲間であった火狩りたちを金で雇い、〈蜘蛛〉を捕らえて手段を問わずその口を割らせる──煌四に知れれば不信感や反発心をあおり、万が一神族に知られることがあれば、いまの地位が危うくなる。

「〈蜘蛛〉は、火を手に入れたと言っていました。炎魔の火ではない、人類が太古の昔から使ってきたという、天然の火をです。炎がそばで燃えても、〈蜘蛛〉の体は発火しないのだという。これでは、ぼくらと同じく発火する体をかかえている神族に、勝ち目はありません」

傷が痛い。薬の効き目は、痛みを消すよりも、ぼやけた苦みになって頭の中を引っかきまわした。脈となって頭蓋《ずがい》までのぼってくる痛みを、煌四はちっぽけな石をますますきつくにぎりしめて無視しようとする。

「……そこで、きみが考案した雷火の使い道が、活路となるわけか」

こちらをむいた油百七の視線を、煌四は逃すまいと捕らえた。落獣の図の写しの上に、ばさっと紙の束を置く。これも、書庫で写しをとってきたものだ。

「そうです。たとえ発火しない体を持っていても、雷に……雷火の生むいかずちに撃たれれば、まずたすからない。昔、人間は戦争のときに、空から敵を撃っていたといいます」

それは、旧世界の、人体発火をかかえる以前の人類の戦争にかんする資料だった。

油百七の眉がぐっと寄るのを、煌四は見逃さなかった。

「雷を、こちらの武器にするんです。雷火は炎魔の火と同じく人体発火を呼び起こさないが、その威力はすさまじいものだ。空から攻めることができれば、〈蜘蛛〉と神族を同時に封じることもできる。そばの建物を倒壊させて下敷きにすることも可能です。神族が敗退したとしても、そのあと、〈蜘蛛〉から首都を守ることもできる」

油百七が、でっぷりとしたあごに手をそえる。苦々しさと興味深げな色が、一つの表情のうちにせめぎあっていた。

「だが、どうやって使う。高く打ちあげた雷火を、ねらった場所へ落とすことなど——」

「以前、見取り図をいただきました」

煌四は、設計図、計算式、以前油百七が用意した神宮周辺の見取り図を、つづけざまにテーブルにひろげた。炉六の到着を待つあいだ、鍵《かぎ》を借りて地下室から持ってきておいたものだ。機密事項である見取り図が、あっさりと炉六の目にさらされる。眉をひそめてそれらをにらみおろす油百七を、煌四はまなざしにありったけの力をこめて見あげた。

「〈蜘蛛〉はまっすぐに神宮を攻めるはずだとおっしゃいましたよね？　神宮の周辺、そして工場地帯の手前に、あらかじめ雷瓶を埋めこんでおくんです。雷瓶の蓋《ふた》には、ガラスではなく金属を使う。できれば、銅が望ましいです。いかずちの誘導は、雷火の性質を利用すれば、不可能ではないはずだ。……そして、この作業に適任なのが、炉六さんです」

煌四は、頭の中でめまぐるしく仮説を立てながらしゃべった。雷火の結合するところはたった一度、偶然に見ただけなのだ。だが、いま重要なのは、こちらに有利な方向へ話を持ってゆくことだ。もし失敗しても、当面、炉六を油百七の好きにさせないようにはできる。

「たしかに」

　悠然と声を発したのは、くつろいだ姿勢で椅子に背をあずけている炉六だった。

「雷火を採ったらまず逃げろ、と北部の火狩りは言うな。採った雷火をめがけて、落獣が落ちてくるからと。まあ、半分は密猟を戒めるための作り話だろうが。しかし坊主、神宮のまわりはしのびの警備区域のどまん中だぞ。おれも一応は首都に登録された火狩りで、見張りがついている」

　まばゆい照明も、磨きのかかった宝飾品も、炉六の色の黒い肌を、ただ際立たせているかのようだ。目のくらむほど豪奢《ごうしゃ》な燠火家の応接室にいても、火狩りのたたずまいは森でのそれと変わらない。

「……でも」

　煌四は、一瞬ふいに遠のきかけた意識を、小石を力いっぱい手に食いこませて自分のもとへつなぎとめた。手の痛みに、自分の意識を集めさせる。

「でも、以前、屋敷からの帰りに、屋根の上のしのびを見つけていましたよね。あなたは、しのびよりも早く、しのびの動きを察知できるのじゃありませんか？　しのびの見張りもかいくぐって、作業が遂行できるはずです」

　すると炉六は目を大きく見開き、両のてのひらを開いてかかげてみせた。そのおどけ混じりの動作に、油百七がいらだちをはじけさせる。バン、と、テーブルのはしがたたかれた。

「失望したよ。きみはもっと賢明な若者だと思っていたがね。島の出身者で、もとは流れ者。この男が信用に値するとは、わたしには到底思えん」

　かかった。ここからだ。煌四は手ごたえを感じて、油百七にまっすぐな視線をむける。

「信用してくれとは言っていません、利用してください」

　煌四のその言葉に、油百七の顔が、頰の肉ごと大きくゆがんだ。

「なに？」

「もし〈蜘蛛〉が意図的に首都へ火をはなてば、過去の大火災より多くの犠牲が出るかもしれません。それを、なんとかしてふせがないと。そのために利用できるものは、利用すべきです。この炉六という人が、相当腕の立つ火狩りだというのはたしかです」

　相手の視線を捕らえて、決してはなさない。煌四は顔をあげ、声に力を集中させる。自分の言葉で油百七を、首都の行く末を動かすのだ。

「ぼくは、ここへ来てお話をうかがうまで、〈蜘蛛〉の首都進攻が近いということを知りませんでした。雷瓶の実験をしながらも、どこか半信半疑だった。けれど、森にいた〈蜘蛛〉の言葉が、それを裏づけていました。――あなたがなさろうとしているのは、火狩りたちやぼくなんかの思惑より、もっと大きなことのはずです。雷火しか見ていなかったぼくよりも、もっと先まで見通しているはずだ。……過去に起きた首都の大火災を、ぼくは知りません。それがどんなにおそろしい状況なのか、勉強して知っただけだ。ご存じなんですよね？　大火災の、その惨事のおそろしさを」

油百七のこめかみにはっきりと血管が浮くのを、煌四は見た。ひたいが青黒い憎悪の色に染まる。目が一瞬にして血走り、高い鼻の上に刻まれたしわがふるえる。……煌四はその激情の表れにとまどいながら、声の調子を揺るがさないよう、つづけた。

「首都を〈蜘蛛〉の火から守るのに、あなたの経験と視野がなければ、雷火を使ってもなんの意味もない。動かせる駒が、ぼくともう一つ、ここにある。だったら、使ってください」

炉六が顔をふせたのは、おそらく笑いを隠すためだ。すばやく顔をあげた火狩りは、頬に切り傷にも似たしわを刻み、油百七のほうをむいて口角をあげた。

「報酬がもらえるのなら、駒になるのも異存はない。稼げる仕事ならなんなりとする。……しかし、いかずちとはまた、まるで神族の異能のようだな。やつらは、雲でも雨でも、意のままに操るというじゃないか」

どこか独りごちるような調子で、炉六は肩をすくめた。

椅子を鳴らし、油百七が立ちあがった。応接室には、広間と同様に窓がない。そのかわり、壁には数多くの絵画や古い地図、海図がかかげられている。ここではないどこかをえがいた絵を前に、油百七は背中に手を組んで、太い声を発した。

「人は、思うままにならないものを神と呼ぶ」

太い、深みのある声は、その音の底に、癒《い》えることのない疲労を感じさせた。なにを思っているのか、鉄紺色の長衣《ながぎぬ》をはおった背中からは読みとりがたい。……が、燠火家当主の思惑が形を変えつつある、その手ごたえはたしかだった。

「ままならないはずのものを操る神族と、〈蜘蛛〉の戦いから首都を守るのに……たしかに、いかずちはふさわしいかもしれないな。わたしはね、この首都で、休むことを知らぬ工場地帯で――これ以上、神々の血を引く者たちに勝手をさせておくのは、がまんがならんのだ。人が燃え、飢えに苦しむのを、神々が涼しい顔で見おろしているのは。ここはわれわれ人間の場所であって、神々のあぐらをかく場所ではない。そしてここは首都だ、森に埋もれた村のように貧しい場所ではない。そんな場所で、神々の足もとで、人が空腹にもだえることなど、あってはならない。……だが、きみの言った武器は、ほんとうに実用可能なのかね？」

　ふりむいた油百七の目にとらえられたとき、煌四のこめかみに、不快な違和感が引っかかった。その違和感を怪訝《けげん》に思いつつ、燠火家当主を、できうる限りの厳しいまなざしで迎えうつ。

「たしか、この地区の北側に、馬車馬の牧草地がありますよね？　そこで試して、強度を調整します。神族に感づかれないよう、悪天候の日をねらう。嵐でなくてかまわない、小規模の実験で、落雷点の実験はことたりるでしょう。ちょうど、いまは雨の降りやすい時季だ」

　ことがうまく運ぶかどうか、一か八かだ。ほんとうにいかずちを、武器として使用できるのか。地上の雷瓶に照準をあわせて落ちてくれるのか。凍らせた雷火を打ちあげるための道具も、これから作らなくてはならない。――まともなやり方とは言えないが、もうほかに道はなかった。

「いいだろう」

おもむろに、油百七が肩をそびやかした。瞬時に、その背後の影が、巨大に伸びあがったかのように見えた。

「森に、首都との境の崖《がけ》付近に、〈蜘蛛《くも》〉が来ていた。決行の日を聞き出せなかったのは痛いが、首都への襲撃は近い。残された時間は長く見積もっても、半月とないだろう。わたしも、些末《さまつ》なことを気にしている場合ではないいな」

こちらへ、舵《かじ》を切れた。煌四は、背中にどっと汗が噴くのを感じる。綺羅の思いに反して、炉六をさらに深く巻きこむ形になるが――綺羅や緋名子の安全を確保するために、この火狩りの存在がきっと必要になる。自分一人が油百七の駒として動いていては、油百七の思惑だけが通ることになるだろう。その思惑のはっきりとした正体は、とらえがたいが。……

「おれはもともと流れ者で、首都への愛着もおたくらへの義理もない。が、いただける報酬に見あうだけの働きはしよう。おれが信頼できるのは、金と狩り犬だけなのでね」

炉六が姿勢をかがめ、野卑に笑う。その顔を見おろして、油百七は太い眉《まゆ》をうねらせた。照明が燦々《さんさん》と輝く室内で、油百七の顔に奇妙に濃い影がやどっている。顔の上で、影が笑っていた。ゆがんだ皮膚に貼りついた影が、黒々と不吉に笑っている。

「よろしい。きみを雇おう。報酬ははずむ。その命に見あうだけの金を、出そうではないか。神前での経営者の会合、神族による工場の視察、今後一切はすべてわたしが根まわしをしよう。きみたち駒が動きやすいよう、道を用意しておいてやる」

油百七が告げ、煌四のこめかみに引っかかった違和感は、いまやはっきりと感じとれるほどのつめたい恐怖に変質していた。

ひと口も飲まれないままにさめきった発酵茶が、油百七の高らかな笑い声によって、ごくかすかな波を立てた。


庭へ出ると、門のそばで主《あるじ》を待つみぞれのそばに、綺羅がいた。

もう夜だ。今夜は宴《うたげ》の席ではないので、焦二《しょうじ》老人もとうに仕事をおえて、自宅へ帰っている。門柱にとりつけられた常火《とこび》の明かりの下、犬のかたわらで綺羅は、近づいてくる煌四と炉六を緊張したおももちで見つめた。

「商談成立だあ」

のんびりと炉六がそう告げ、綺羅の目をみはらせた。正面に立って綺羅を見おろし、炉六は例の謎めいた笑みを浮かべた。

「お嬢ちゃん、安心しろ。報酬と引きかえに、おれがこの坊主を手伝うことになった。まあ、まずは坊主のけがが治るのを待たなきゃならんがな」

煌四はひとりでに浅くなる呼吸で、外の空気を思うさま吸った。頭上にわずかばかりの星がある。やっとまともな場所へ出てこられたと、全身がそう感じている。

「こんなことに、巻きこんですみません。でも――たよれる人が、ほしかったんです」

脇腹をかばいながら煌四が言うと、炉六は長い腕をかかげて、伸びをした。

「ガキにたよってもらえるのは、ありがたいことだ。……お大尽め、命に見あうだけの報酬をとは、言ってくれるじゃないか。もうこの命に、一文の値打ちもあるものか。正直おれはな、首都が破壊されていくところでも見物しようかと思っていたのだ。おれはほんとうなら、とっくの昔に死んでいたからな。だが、お前を見ていると、なんだか気が変わった。この世界は、まったくもってむちゃくちゃだが」

炉六は、きつく縛った黒髪を揺らし、首を左右へぽきぽきとかたむけた。

「まだこの世界が生きるのに値するのか、見とどけたくなった。お前たちガキどもが、さらにその先の子や孫が、なお生きるのに値する世界なのかどうか」

独り言じみた調子で言う。浅黒い頰にやどる笑みは、紐解《ひもと》くことのできない書物のようだ。炉六はチッチッとすばやい舌の音でみぞれに合図をすると、狩り犬をともない、屋敷をあとにした。

「……煌四」

綺羅が駆けよって、煌四の手をとる。

「ありがとう」

声をかすかにふるわせながら、綺羅が顔をうつむける。やわらかくなめらかな手。その髪からは、ほのかに甘いかおりがする。

煌四は、ずっとにぎりしめていた片方の手を開いた。白茶けた小石は、汗で湿っている。腹の傷から気をそらすため、石をにぎりつづけていたせいで、てのひらはまっ赤になっていた。なにかの文字が彫られているが、荒く稚拙な彫刻は、読みとることができなかった。この石を綺羅にわたしたというのは、どんな女の子だったのだろう。かなたと同じ名前の犬を連れた迷子は、ちゃんと帰るべき場所へたどり着けただろうか。

綺羅はそのまま煌四の腕を支え、屋敷のほうへ歩きだそうとする。足がふらついて、なかば綺羅に体重をあずけながら進む。玄関へたどり着く前に、煌四は言った。

「綺羅。綺羅はやっぱり、経営者になったほうがいい。この家の工場を継ぐのでも、べつの工場をとりしきるのでも」

「え……？」

綺羅が、不思議そうに煌四の顔をのぞきこむ。全身の汗が、夜風でひえた。綺羅がかかえてくれている腕と、支えられた背中、またにぎりこんだ小石だけが温かい。

「だって、ほら。そうすれば、呼びもどすことができるだろ。綺羅が名前をおぼえている、いなくなった使用人たちを、みんな」

枝垂れた金の花房が、きらきらと揺れた。雨のように、火のように。綺羅は一瞬、瞳《ひとみ》の奥にその花と同じ揺らめきをやどしたあと、心をこめて頰笑んだ。

「きっと……いいえ、かならずそうする。ありがとう、煌四」

うなずく。煌四は燠火家へ来てはじめて、いま綺羅に、ちゃんと笑みをむけることができた気がした。

四　照らすもの

断続的にくりかえされるうめき声は、意識のもどらない照三のものだった。この家へたどり着いて、三日。土気色だった顔はわずかに血色をとりもどしつつあるように見えたが、照三は残った右目を開けないまま、思い出したように苦しげなうめき声を発する。悪夢を追いやろうと威嚇しているのか、力のこもらないその声は、ほとんど獣がわめくのに近い。

昼夜の関係なしに発せられる声を、しだいに灯子は怖く感じるようになり、そんなふうに思う自分をとてつもなく恥じた。自分をたすけるためにおった傷で、照三は苦しんでいるというのに。

（わたしがあんとき、気をつけとれば……〈蜘蛛〉がおるのに気がついておれば、照三さんは、あんなけがをしなさらんかったのに）

蛇口から盥《たらい》に水を張り、とりかえた包帯を洗っていた灯子は、汚れた布をもむ手にぎゅうぎゅうと力をこめた。

窓からは、晴れた昼間の陽がさしている。昼間、照三の父親は工場へ勤めに出、母親は町にある洗濯屋と仕立てなおしを兼ねた作業場へ働きに行っている。

「なんだか物騒なうわさが流れているから、戸締まりは気をつけてね。……〈蜘蛛〉が首都へ攻めてくるだとか、火狩りが森で〈蜘蛛〉に犬を殺されたとか、そんなうわさが」

おばさんはそう言い置き、仕事へ出かけていった。

（……あのお姉さんの友達のけがは、治りなさったろうか）

手を止めてうつむく灯子を、うしろからかなたが見つめている。あの日以来、灯子は、かなたの家族を探しに行っていない。昼間は火穂たちと交代で看病や家の中の仕事に追われたし、薬をもらいに外へ出ることは何度かあったが、かなたはもう、どこかをめざして駆けだすことはなかった。

そして、明楽は――

「なんだ、また着物に着がえてんの。赤いスカート、よく似合うのに」

襷《たすき》でそでをたくしあげた灯子のうしろから、明るい声がかけられる。灯子は、あわててふりむいた。

「あ、お帰りなさい。……やっぱりこっちのほうが、動きやすうて。そいでも外に出るときは、ちゃんと着がえとります」

にっと笑った顔が、こちらを見おろしている。灯子がもらってきた解熱剤がすぐに効き、明楽は、目をみはる速さで体力をとりもどした。

「ほら、しんみりしてないで、働く働く！　そんで、昼飯にしよう」

ぽんと、灯子の頭頂部に、温かいものが押しつけられた。塩気のある食べ物のにおいが鼻をくすぐる。明楽の懐からてまりが顔をのぞかせ、となりにはクンが、大きなつつみを大儀そうにかかえて立っている。

首都の民家には炊事用の台所がないので、食べるものは、町のあちこちにある共同炊事場で作るか屋台で買ってくることになる。転がりこんだ灯子たちのぶんをいっしょに用意してもらっていては、食べる口がふえたとすぐに知れてしまう。回収車がもどらないことは遠からず首都全体に知れわたるだろうが、すくなくとも照三が回復するまで、自分たちの存在を、人の目から隠しておこうと、灯子たちは決めたのだった。けれど……

「あっちに運んでおくからね。早くおいでよ」

明楽は、工場地帯の奥、貧民区と呼ばれる地区にあるのだという屋台から、あまり人目につかない時間帯を選んで食べ物を手に入れてきてくれる。

首都風の衣服をまとったクンは、とても〈蜘蛛《くも》〉の子には見えない。家の中に閉じこもっていることに辛抱できず、クンは明楽の食料調達に毎回ついていく。

明楽のあとをついて廊下を遠ざかるクンの足音を聞きながら、灯子は包帯をしぼり、椅子にのぼって天井にわたされた紐《ひも》に干した。

照三が回復するまで、この家に身を隠す。けれど、照三がたすかるかどうか、わからない。

灯子は首からさげた守り袋をたぐり出し、守り石《もいし》のかわりに中へ入れた飴玉《あめだま》をつまんで手に載せた。つつみをわずかにゆるめてにおいを嗅《か》ぐと、村で思いえがいた首都の甘やかな空想がよみがえり、胸をなごませた。灯子はそれを口には入れず、またつつみなおして守り袋にしまった。

「かなた、行こうか」

首のうしろの毛並みをくすぐると、かなたは満足気に、ぶるっと頭をふるう。

ほんとうなら、明楽は灯子の持っている無垢紙《むくし》を持って、すぐにでも神宮へむかいたいはずだ。が、闇医者から教わったとおりに照三に造血剤を注射し、傷口を清めて包帯をとりかえ、とこずれの起きないように体勢を変え……灯子や火穂といっしょに、この家にとどまったままでいた。

「……どうなるかなあ。おれは闇医者だからな、責任は持つが、正規の医者のように、かならずたすけるとは言えねえんだ。死ぬときは死ぬ。こいつも、このまま衰弱死する可能性も、充分ありうる。とはいえ、いまからべつの医者に診せても、まあ使える手立ては変わらんだろうな」

新しい造血剤を持ち、夜中に照三の容体を診に来た闇医者が、灯子や火穂や、照三の両親もいる前で、はっきりとそう言ったのだ。いまの状態がつづけば、死んでしまうかもしれないと。

明楽の目はそれ以来、笑顔を浮かべるときでさえ、いつもなにかをにらんでいる。

「あたしが護衛をすると言ったのに、こんな大けがをさせてしまったんだ。こいつを死なせるわけにはいかない。かくまってくれているおじさんおばさんに、そんな不義理はできない」

出立しなくてもいいのかと問うた灯子に、明楽はとび色の瞳の奥に鋭い怒りをやどして、そうこたえたのだ。


灯子たちの食事は、照三の寝ている部屋のとなりでとるのが習慣になっていた。夜には床に毛布をならべて、みんなしてそこで眠る。

「火穂」

照三の部屋に一人でいる火穂に、戸を開けて声をかける。窓をすこし開けた部屋の中は、それでも消毒液と排泄物《はいせつ》のにおいが充満していた。火穂は船の上でそうしていたように、照三の傷ついていない右手をにぎり、じっと顔をうつむけている。灯子の声が、どうやら耳にとどいていない。

声を高めてもう一度呼ぶと、ようやく火穂は顔をふりむけた。

「お昼にしよう。明楽さんとクンが、食べ物、もろうてきてくれたよ」

うん、とうなずき、火穂は目をさまさない照三の顔をまた見おろして、戸口へむかってきた。火穂もまた、灯子と同じに、もとの着物をまとっていた。

床の上に犬たちもまじえて座りこみ、食事をとる。明楽たちが手に入れてきたのは、麦粉をこねてのばし、煮た菜っ葉や刻んだ草の根をつつんで蒸したものだ。麦粉のつつみはかたいが、温かい中身をかじると、とろりと煮こんだ具がしみ出てくる。

「あのあたりが変わっていなくて、たすかった。首都にいたころ、よく昼休みに買って食べてたんだ。さすがに、あたしのことおぼえてる人はもういなかったけど」

明楽の話によると、町の南側、もうもうと煙を立ちのぼらせている工場地帯の中に、貧民区と呼ばれる区画が点在しているらしい。流れの火狩りになる前、首都の工場で働いていた明楽は、勤め先のすぐそばにある小さな集落においしいものを売っているのを見つけ、そこに暮らす人々の中に友人もできたという。

「あのへんで売ってるものは安いし、保存もきく。流れ者の暮らしをつづけてたから、やっぱりこういうのが口にあうや」

「……でも、変なにおいのやつが、いっぱいいる。こっちに来いって言う」

口いっぱいにほおばりながら、クンが明楽のほうへ顔をむけた。明楽は平然と肩をすくめる。

「麻芙蓉《あさふよう》の売人だよ。幻覚を見るんだっていう、危ない薬。クン、甘いものやろうって言われても、ぜったいについていっちゃだめだからね」

灯子は食べ物をかなたとわけあいながら、不思議な気持ちでここに座っていた。となりでは、火穂が一心にかたい蒸しまんじゅうを咀嚼《そしゃく》している。回収車では、一切なにも口にしなかった火穂が。

遠くまで来た、ふいに強くそう思った。こんなに遠くまで来た。

（照三さん、せっかく家まで帰ってきとってのに……）

昼飯を食べおえる手前で、奥の部屋からうめき声がもれてきた。あわてて腰を浮かせかける灯子より先に、火穂が立ちあがる。部屋へ入ると、すばやく窓を閉め、声が外へもれないようにする。きびきびと動く火穂のうしろへ、灯子はたよりない足どりでついていった。

耳をひずませる声は、灯子の動作を鈍らせる。火穂は照三の手をにぎり、肩をさすって耳もとで声をかけつづける。ときには、灯子の知らない歌を聞かせていることもあった。火穂の村の、子守歌なのかもしれない。半分開いた口からもれ出るうめき声は、そうするとしだいに弱まるのだ。

これが照三であると、灯子はどこか信じられない。眠そうな顔でへらへらと笑い、猫背のたよりない体つきで、必死に灯子たちを守ろうとしてくれた人。いま、目の前で口のはしからよだれを垂らし、弱った獣のような声を発しているのは、照三ではなく、なにかべつの生き物なのではないか。しだいに動かなくなってゆく、怖いにおいのする生き物なのでは……そんなわけはないと、何度も自分を叱咤《しった》するのに、そう見えてしまうのだ。

「……治るじゃろか」

だんだん弱まってゆく照三の声を抑えこむように、灯子は低く言った。

「照三さん、起きてくれてじゃろか。火穂、どうしよう……こんなになったの、わたしのせいじゃ」

「起きるよ」

まっすぐな火穂の声が、灯子の声をはじいた。

「あたしだって起きたもの。お医者さまは衰弱して死ぬかもしれないと言ったけど、こんなに声が出せるんだ。この人は、生き意地が汚いんだって言ってたもの。──灯子」

照三の手をにぎったまま、火穂がこちらへ顔をむけた。澄んだ目。その目の美しさに、灯子は何度でもおどろく。

「あたし、この人のお嫁さんになる」

「……え？」

思わずあげた声は、頓狂《とんきょう》な響きになってしまった。だが、火穂のまなざしは澄みとおって、迷いはどこにもなかった。

「回収車に乗ってから、あたしは、死ぬことばかり考えてた。だけど、たすけられてたすけられて、ここまで来た。お嫁さんでなくてもいい、居候でも小間使いでも。目がさめても、もう、前のようには体が動かせないって。だから、今度はあたしがこの人のそばにいて、たすける。もしお医者さまの言うとおり、もう目がさめないのでも、そばにいる。決めたの」

絶句する灯子の脳裏には、くねりながら川を流れていった汚れた結い紐《ひも》──花嫁のあかしの泳ぎ去るすがたが見えていた。火穂もまた、遠くへ来たのだ。

「……きっと、よろこんでじゃ」

灯子は声のおさまった照三の顔に、死んでいった仲間にかわって自分たちを守ろうとしてくれた人のおもざしを、やっとかさねなおすことができた。

「照三さん、目がさめてそれを聞いたら、きっとよろこんでじゃ。火穂はきれいじゃもん、自分は幸せ者じゃって、よろこびなさる」

かたわらに犬の呼吸を聞きながら、灯子は胸いっぱいにやわらかな青葉が芽吹くのを感じた。灯子のほうをむいた火穂が、ふいに太陽を直視してしまったときのように、目を細める。その顔に残った無数の傷すらも、火穂を凛々《りり》しく見せていた。


「じゃ、行ってくる」

照三の容体に関係なく、年老いた父親はあくる日も朝早くに工場へ出かけていった。どちらかといえば背は低く、骨太な体つきで、顔も照三とは似ていない。ほんとうに親子なのだろうかと、灯子は幾度か疑ったくらいだ。ゆうべ、火穂が照三のお嫁になりたいと、両親が仕事から帰るのを待って告げたときの、おどろきとよろこびの入りまじった顔を見るまでは。

「さて、朝ごはんをすませたら、わたしも行きますね。あなたたち、食べるものはほんとにそれでいいの？」

貧民区で手に入れてきた食料を、おばさんは首をかしげて凝視した。部屋のすみの古い椅子の上に、保存のきく食べ物をまとめて置いてあるのだ。

町の住人と貧民区の住人に交流はなく、貧民区に住むのは卑しい者だと蔑《さげす》む気配があるのは、なんとなく察せられた。貧民区でものを買い、友人まで作ったという明楽は、相当な変わり者の部類に入るのにちがいない。

「かくまってもらえるだけでも、感謝しきれないですよ。あたしたちの食べ物はこれで充分だし、それに、ご恩にはかならず報います」

クンの食べこぼしを皿に拾いながら、灯子は明楽とおばさんの会話を背中に聞いていた。火穂は先に朝食をすませて、また照三のそばにつきそっている。まるで、灯子のそばをはなれないかなたのようだ。おばさんは身じたくをし、出かける前に照三のようすを見てきたところだった。

「……いいえ、感謝しきれないのは、わたしたちのほうですよ。あなたたちも、それにチビくんも、とんでもない思いをして。あんなけがをした者を見捨てずに、ここまで連れてきてくだすっただけでも、どれだけありがたいか。そればかりか、手当てまで世話になって……それぞれに、なさることがあると聞いたのに。それに――」

涙ぐんだふるえを帯びかけていたおばさんの声が揺らぎ、こらえきれない笑いがくちびるのはしからこぼれた。

「まあ、お嫁さんにしてくれなんて言ってもらうとは、夢にも思わなかったけれどね。

これじゃ、死ぬにも死ねないでしょう。起きたらあの子、さぞたまげるでしょうよ」

冗談めかして明楽にそう言ってから、おばさんはふいに、声の調子を落とした。

「……火穂さんは、郷里へ帰ることもできないのでしょう。ここにいてもらえれば、わたしたち夫婦もうれしい。せがれと連れそってもらうかはべつとして、あの子の身の上を聞いてから、ずっとこの先のことを案じていたんですよ。だからゆうべ、ここにいたいとわたしと夫に話してくれて、ほっとしたの」

その声の底には、必死の祈りの響きがこもっていた。明楽が、頰笑みながらうなずく気配がする。

「……ただ、ここがいつまで安全なのかどうか。神族からはなにも知らされないし、ほんとうかどうかもわからないけれど、首都が危険になるかもしれないだなんてねえ。――まあそれでも、毎日のことをくりかえすしかないわね。それじゃあ、今日もすまないけれど、昼間のことをたのみますね」

おばさんは明楽に、そして灯子とクンにも声をかけて、出かけていった。灯子はその小柄な背中を、もどかしく気をもみながら見送った。仕事をおえて夕方に帰ってくると、おばさんは灯子たちを休ませて、看病を交代する。夜も、ほとんど眠っていないはずだった。

(照三さんが起きなさったとき、おばさんの具合が悪うなっとったらどうしよう……)

照三は、病気の母親の医者代のために、回収車の乗員になったのだと言っていたのに。

灯子と明楽は、火穂から汚れた包帯をうけとって、洗面所へ持ってゆく。もう出血はおさまり、洗わねばならない当て布や包帯の量もずいぶんへった。

「――さてと」

洗面所で顔を洗うなり、明楽は足を肩幅より大きく開き、胸をそらしておどろくほど柔軟な伸びをした。

「あたしも、今日は出かけるわ。食料調達じゃないから、クンは置いていく」

灯子は、包帯を洗う手を止め、目をまるくして明楽にむきなおる。

「え？　ど、どこに……」

とうとう、神宮へ行くのだろうか。心臓が早鐘を打ちだす。足もとにてまりをまといつかせた明楽は、今度は体をかたむけて肩の関節を伸ばしながら、まなざしを遠くへ飛《ひ》翔《しょう》させた。

「狩りに行くんだ。医者代をはらわなきゃならないしね。工場地帯の奥に、黒い森へ通じるトンネルがあるんだよ。首都の火狩りが使う道が。……そこから森へ行って、狩りをしてくる。クンが退屈がるだろうから、灯子と火穂にたのめる？」

灯子はほっとしつつ、即座にべつの不安が頭をもたげてくるのを感じた。

「クンのことは、見とりますけど……そいでも明楽さん、大丈夫なん？　森に、もし大人の〈蜘蛛《くも》〉がおってじゃったら……」

湾で殺されていた、火狩りと狩り犬たち。クン以外の〈蜘蛛〉たちは、虫によって発火しない体を手に入れ、古代の火をとりもどしたのだという。千年彗星〈揺《ゆ》る火《ほ》〉を、〈蜘蛛〉もまたねらっているはずだと明楽は言っていた。そうだとしたら、うわさのとおり、首都の近辺の森にもひそんでいるのではないか。もしも明楽が、火を持った〈蜘蛛〉と行きあうようなことがあったら――

心配を追いはらうように、明楽が灯子の頭に手を載せた。

「平気だよ。まだ首都のそばに〈蜘蛛〉はいないだろう。いれば、町中にもっと神族の遣わすしのびがいるはずだもの。……ただ、貧民区のそばの処理場に、何匹かまだ若い犬の死体が持ちこまれるのは見た。町の人たちのうわさも、ただのほら話じゃないようだから、近々〈蜘蛛〉は来るんだろうけどね。狩りに行くとしたら、いましかないかもしれないから」

灯子を安心させようとするとび色の目は、擦りガラスから入る朝の陽を深くたたえていた。灯子は、おばさんからもらった風呂敷《ふろしき》にだいじにつつんである、形見の鎌のことを思い出す。いっしょに行けたらいいのに。小さなてまりでさえ、飼い主を守るため、危険な森で猛獣と対峙《たいじ》するのだ。明楽が炎魔に咬《か》ませた左腕は、問題なく動いてはいるが、まだ包帯ははずれていない。

「そんなら――明楽さん、かなたを連れてってください。回収車に乗っとらした火狩りさまは、自分の狩り犬といっしょに、狩りに連れ出しとってでした」

灯子が身を乗り出すと、洗面台の下でかなたが耳を動かし、明楽は表情にかすかな厳しさを織りまぜた。

「……灯子。あんたは、かなたを家族のもとへかえすために、首都へ来たんでしょ。このあいだは見つからなかったようだけど、まだいないと決まったわけじゃない。この犬はいっしょにたすけあってきた仲間だけれど、あんたやあたしの勝手にしてはいけないの」

落ちついて言い聞かせる声が、温かい水のように灯子の頭に染みわたった。明楽の言うとおりだ。――「自分の犬みたいに言うんじゃねえ」、炸六《さくろく》が厳しく吐き捨てた言葉が、胸にざくりとよみがえる。

「それに、あたしのてまりは、あんまりかなたと気があわないらしいしね」

鼻にしわを寄せて、明楽が足もとのてまりを指さす。まっ白い狩り犬は、冗談みたいにちっぽけな足を踏み鳴らし、かなたにむかって勝ち誇ったように鼻を鳴らす。かなたが、そのしりのにおいを嗅《か》ごうと近寄ると、あっというまに身をひるがえして牙《きば》をむく。

灯子はちょうちん袴《ばかま》をにぎって、自分のたよりないひざを、足を見つめた。

「そ、そいでも、気をつけて行ってください。明楽さん……ぜったい、無事で帰ってください」

ふるえそうになる声に、明楽は陽気に笑ってひらひらと手をふる。

「そんなに心配するなって。夕方までには、かならずもどるから。なにより、火穂がお嫁になるんだって知ったときの、あのうらなり瓢簞《ひょうたん》のたまげた顔を見逃したくないし」

狩衣《かりぎぬ》をまとい、おばさんにもらった新しいマントで赤い髪を隠し、被布で顔の半分をおおうと、明楽は男の火狩りとほとんど見わけがつかなくなる。そして、てまりだけをともなって、明楽は家を出ていった。

とたんに、でたらめな間取りの屋内が、がらんとひろく感じられる。クンが廊下を走る足音が、やけに大きく聞こえる。

灯子は急いで洗い物をすませ、あの廊下へもどった。

古い敷物をひろげた廊下で、ついさっきまでさかんに足音を立てていたクンは、床に腹ばいになって両足を宙にぶらぶらさせていた。明楽が行ってしまい、早くも退屈しているようだ。守《も》り神《かみ》さまの、神族の血をわけた〈蜘蛛〉の仲間であったとはいえ、やはりまだ年端のいかない子どもなのだ。

クンをうしろからのぞきこんだ灯子は、しかし、思わず息を呑《の》んでとびすさった。

「ク、クン、それ……なに、しとるの」

けろりとした顔で、クンはあごをのけぞらせてふりかえる。小さくまるい目、あどけない顔の、そのむこう。

床の上を、大小、形状もさまざまな、虫がうじゃうじゃと這《は》っていた。足に節を持った甲虫もいれば、やわな皮膚のすぐ下に透きとおる肉をうねらせる幼虫もいる。翅《はね》のあるもの、針の毛で身をおおったもの、数えきれないほど足のあるもの、六本の足をぎちぎちと鳴らしているもの。……

「遣い虫を、選んでるんだ」

幼い声が、全身をこわばらせる灯子を不思議がっている。畑仕事で、虫にさわるのは毎日のことだった。家の中にだって虫が這う。が、数も種類もまるででたらめな虫が、団子状に寄り集まってうごめいている、こんな光景は目にしたことがない。

「虫と、おいらの目と、つなぐんだよ。ばらばらに襲わすんじゃなしに……あっ、そうか。遣い虫は、ほかの〈蜘蛛〉にはできないの。父ちゃんも母ちゃんもできない、兄ちゃんたちも。だから、おいら、燃えない体にする虫が効かなかったのかなあ」

まるでひとごとのように、クンがぼやく。幼い声には、黒い森に一人捨てていかれたことへの悲しみも怒りも、ふくまれていなかった。ただ、灯子に背中をむけたまま、幼い声でいつになくよくしゃべる。虫たちが、クンの目の前で身をくねらせ、足の節を折りまげて、たがいにしがみつく。甲虫の爪が芋虫の肌を遠慮なくつかみ、おどろいた幼虫は威嚇用のつのをふり立てる――からまりあったほかの虫と虫のあいだに、長い体をしたものがぞろぞろともぐりこむ。

「大きいお姉ちゃんが、森へ行ったから。危ないことがないように、虫に見張らせるんだ。この中でいちばん強いやつが行く。――こいつ」

上になり下になり、うごめきまわる虫の中へ、クンが小さな人さし指をつき入れた。たがいの体をもつれあわせ、踏みこえ、もぐりこみ、さかんに動きまわる虫たちの中から、一匹がはじき出される。勢いよくはね出したのは、赤と黒の毒々しい縞模様《しまもよう》を光らせ、無数の足を狂いなく動かして這うムカデだった。子どものてのひらほどの長さで、まださほど大きくはない。クンに選ばれたムカデは、つるつると身をくねらせ、壁板のすきまへもぐりこんですがたを消した。

「あ、あれが……なにをしよるの？」

「大きいお姉ちゃんについてく。そんで、お姉ちゃんが狩りのとき危なくないように、見張っとくの」

壁に背をあずけて座りこみ、クンは自分の目を指さす。その視線は、なにもない中空をきろきろと見つめまわした。

「おいらの目に、這い虫の見るものが見えるから。そんで、おいらが咬めって思えば、虫が咬むんだ。お姉ちゃんに悪いことするやつがいれば、すぐ咬みつく。ただのムカデの毒より、もっと強い」

クンは空中を注視しつづけ、その目は一度もまばたきをしない。そしてクンは、口をきくのをやめた。集まっていた虫たちは、ばらばらに散開してゆく。床下へ、天井裏へ、あるいは宙を飛んで外へもどってゆく。

灯子は知らず知らず、かなたの首に手をやっていた。クンの異能をまのあたりにし、畏怖《いふ》につらぬかれて、長いあいだその場に立ったまま動けなかった。クンはまばたきも身じろぎもせず、這いに出したムカデの目を借りて、明楽を追い、危険がないかを見張りつづけていた。

火穂のようすを見に、灯子は奥の部屋へ入った。

部屋へ入ってからやっと、灯子は、朝からうめき声がしなくなっていることに思い至った。窓が細く開けられ、村でのそれとはちがうけれど、それでも圧倒的な春の気配が、そよ風といっしょになって部屋中に入りこんでいる。

火穂は照三の手をにぎったまま、寝台につっぷして眠っていた。まつ毛に日差しをうけ、すやすやと寝息を立てて。……こんなに安心しきった火穂の顔を、灯子ははじめて目にした。居場所が、ようやくできたのだ。火穂の、いてもいい場所が。その安堵《あんど》があふれて伝わったのだろうか。照三の顔からも苦しげなゆがみは消え去り、二人しておだやかに眠っている。灯子は急いで毛布をとってくると、椅子にかけたまま寝ている火穂の背中に、そっとかぶせた。

灯子が目もとをぬぐうのを、かなたが不思議そうに見あげている。灯子は、部屋のすみの机に置かれた紙と鉛筆をとって、火穂に手紙を書いた。

『もっかい、かなたの家族を探しにいってきます。明楽さんは狩りに行って、夕方までにはもどると言っていました。クンは、つかい虫というのをやっていて、動きません。虫で、明楽さんがあぶのうないように見はっとるって。動かんけど、心配ないと思います。火穂、ゆっくり休んどってね。　灯子』

寝顔のそばに紙を置くと、灯子は火穂を起こさないように部屋を出、服を着がえた。

おばさんが用意してくれた紅梅色の衣服にそでを通し、靴に足を入れる。そして、鎌の入ったつつみをかかえ、医者を呼ぶことがあったらと持たされていた鍵《かぎ》で裏口の戸締まりをして、かなたと家を出た。おばさんが話していたとおり、この家はつぎはぎをくりかえされて、三つも四つも出入り口がある。隣家の戸口はいまは使っていないと見えて、擦りガラスの内側にうずたかく荷物が積まれている。この裏口を使えば、すぐに人目につくという心配はなさそうだった。

それでなくても、昼間の町には人の気配がしない。みな、工場地帯か、そうでなければ町のあちこちにある炊事場や作業場に集まって働いているのだ。不穏なうわさが流れているというが、つぎはぎ細工の町はうららかな春の日差しを、建物の輪郭すらぼやけさせ、一心に浴びていた。屋根の上で、カラスが羽を温めている。暗がりを駆け去ろうとする大きなネズミを、すかさずかなたが捕らえて、腹を満たした。

「かなた。もう一回、あの家のとこへ行ってみようか」

かなたが食事をおえるのを待って、灯子はそう呼びかけた。

「もしかしたら、近くに、家族の人のおらすかもしれん。においは、おぼえとるじゃろ？　それをたどれば、会えるかもしれん。今日は」

天気がよく、肺がゆるむほど空気も暖かい。こんな日なら、平気だと思った。かなたとわかれることになっても、こんなにおだやかな春の日であれば。

灯子を見あげて、かなたはななめにあごをしゃくった。そこをなでてくれというしぐさだ。灯子は灰色の毛並みを指でかきわけ、熱いくらいの皮膚をしっかりとかいてやった。忘れることのないように、顔をくっつけてかなたのにおいを何度も嗅《か》いだ。しっかりと厚みのある三角の耳をなで、頰をはさんで瞳《ひとみ》をのぞきこんだ。

そして、歩きだした。

水路をまたぐ橋を越え、複雑な道をたどって、かなたは迷わず進んでゆく。灯子は全身の感覚を澄まして、道順を記憶に刻む。一人でも、迷子にならずに帰れるように。

胸さわぎと呼ぶにはおだやかすぎる、予感があった。今日は、かなたがとまどいはて尾を垂らすことはないだろう。灯子はばあちゃんに言われた務めをはたせるだろう。

ごみごみした路地、軒先に出した腰かけで居眠りをしているおばあさん。どこか遠くで、子どものはしゃぐ声がする。

まぶしい空を、雲よりもうんと近く、工場からの煙が流れてゆく。

あちこちをめぐる水路の水が、日の光をたゆたわせ、反射している。ざぶざぶと音がして、ふりむくと、ずっとむこうに水路の中を歩いている人がいた。あのあたりは水が浅いのだろうか。上半身をはだかにして、水路のまん中を歩いてゆく。水浴びをするにはまだ季節は早いはずだが、このうららかな陽気なら、仕事の合間に水に足をつけたくもなるだろう。

(村でも、そうしよったね。いまごろは、チビの子たちが川へ入って、兄さんたちから魚獲りを教わりよるかね)

たどり着いたその家には、やはり『売家』の貼り紙がされていた。中からは、だれの気配もしない。灯子はあたりを見まわし、黒い制服の警吏がいないのをたしかめると、犬に呼びかけた。

「――かなた」

鼻を地べたへ近づけて、かなたがにおいを探りはじめた。このあたりの道は、踏みかためられた土だ。そこかしこに、わずかずつの草が新しい緑の暦を芽吹かせている。

かなたは、熱心ににおいを嗅ぎつづけた。鼻を下にむけたまま家のそばを歩きまわり、家族の痕跡《こんせき》を探した。においだけで、どうして獣は探し物を見つけられるのだろう。かなたの背中を見守りながら、灯子は思った。灯子には見えない、ふれられない糸が、土の上や空気の中にめぐらされ、それを読みとるのだろうか。

さっきまであんなにうららかだった空が、にわかに灰色によどみはじめた。通り雨が来るかもしれない。灯子は、窓を開けたまま眠っている火穂を心配したが、窓のすきまはわずかだったし、ひどく降りだせばさすがに火穂も気づいて起きるだろう。

かなたが、ぴくりと顔をあげた。においの糸を見つけたのかと思った灯子は、犬がみるまに毛を逆立てるのに気づき、そばに身を寄せた。あたりを見まわすが、警吏のすがたはない。ほかの人影もない。それなのに、かなたがうなる。上を見あげて。

はっと、灯子が視線をあげたときには、なにかがとなりの屋根から落ちてきた。カン、と高い音が響く。炎魔だ、とっさにそう思ったのは、屋根の上から飛来してきたものが、まっ黒な獣に見えたからだ。が、炎魔であれば燃えさかっているはずの目は、顔ごと白い布で隠され、その足には一本歯の高下駄《たかげた》をはいている。

するりと姿勢を整えるそれは、黒い着物をまとった人間の形をしている。警吏でもない、〈蜘蛛《くも》〉でもない。顔をすっかり布で隠し、視界がおおわれているはずなのに、それは確実にこちらを見ていた。灯子をひたと見つめていた。

灯子は目の前におり立った黒装束が、帯にさした短刀を引きぬく動作を、ひどくじれったく感じた。なぜそんなにゆっくりとしか動かないのだろうか。――自分の感覚が追いついていないだけだと気がついたのは、かなたが吠《ほ》え、さらに背後から、だれかに声をかけられたあとだった。

「――かなた！」

声はたしかに、そうさけんだ。かなたの、名を呼んだ。

目の前に短刀をぬいた黒装束が立っているというのに、灯子はふりかえって声の主をたしかめようとした。刃物を持った者に、無防備に背中をむけて。

が、その動作が灯子の目を焼くことをふせいだ。

背後になにかが投げつけられ、すさまじい閃光《せんこう》が炸裂《さくれつ》する。同時に、灰色ににごった空から、雨が細く降りはじめる。

（雨じゃ……）

村の花は、もうみんな散ってしまったろうか、それともまだ残っているだろうか。灯子の意識は、突然現れて刃《やいば》をむけてきた黒装束からも、背後で鋭く炸裂する光からもはなれて、そんなことを思った。

　だれかの手が、ぼんやりと立ちつくす灯子の手首をつかみ、強引に引っぱった。よろける。転びそうになる灯子のひざを、かなたの頭が押す。――回収車を襲う竜神から逃げた、あのときと同じに。

　即座に、さまよい出していた意識が危険を思い出し、灯子の耳は、たしかに声をとらえる。

「走れ！」

　片手をつかまれたまま、走る。坂の上ではなく、細い路地へ入りこむ。すぐそばに、かなたの息。片手には、鎌の入ったつつみ。慣れないままの靴で、灯子は必死に走った。もう一方の手をつかんでいるのがだれなのかたしかめもしないで、とにかく走った。

　心臓が痛いほどはねる。全身の血が沸き立つ。それを雨がひやしてゆく。

　せまい路地を、あちらへこちらへまがりこみ、走った。刃物を持った黒装束から逃げているのだと、それだけは頭のすみで理解できていた。けれど――どこへむかってだれと逃げているのか、ようやく灯子の意識がそれを疑問に思いはじめたとき、灯子の手を引っぱっていたはずのだれかが大きく息を切らし、灯子よりも遅れはじめた。

　体と意識が噛《か》みあわず、たすけてくれたはずの人をふりかえろうとしたために、灯子はさらに前へ走ってその人にひざをつかせてしまう。かなたがぴたりと立ち止まり、うずくまった人物のにおいを気遣わしげに嗅ぐ。

あたりに人の気配はなく、さっきの黒装束は追ってきてはいないようだ。

腹を押さえ、荒い息をしながら顔をあげたのは、眼鏡をかけた少年だった。先日、道に迷った灯子に親切にしてくれた少女と、同じくらいの年だろうか。首都風の、仕立てのよさそうな衣服を着ている。びっしょりと汗をかき、顔をしかめて灯子を見あげるその顔を、どこかで見たことがある気がした。

「……はあ、足が速いな。病みあがりじゃ追いつけない」

まっすぐな、厳しげな眉《まゆ》。鋭い目。

「かなた」

犬を呼ぶ、その声の抑揚――

「……あ」

息を切らして地面にひざをつく少年の前に、灯子はぺたりとへたりこんだ。

――見つけた。眼鏡をかけ、首都風の上品な衣服をまとっているけれど、すさまじく光るものをはなち、犬の名を呼んだその少年の目は、村のそばの森で灯子をたすけたあの狩人《かりゅうど》にそっくりだった。かなたを託して死んだ火狩りに……

「お前だったんだな、綺羅が会ったのは。帰ってきたんだな。緋名子がよろこぶ」

少年が、笑みと呼ぶには苦しげな表情を浮かべて、かなたの背中をなでる。かなたはさかんに尾をふり、少年の頬をなめた。細い雨がせまい路地にも降りそそいで、少年と犬と灯子をひとしく濡《ぬ》らす。

「……ひ、火狩りさまの、ご家族さま、ですか」

ひざまずいたままたずねる灯子に、少年が眉を持ちあげた。

「さま、がつくような身分ではないけど……そうだ」

鼓動がはねあがる。灯子は大きく息を呑《の》み、ひざをついたままあとずさって、汚れた地面に手をつき、ひたいを押しつけて背をまるめた。

「ひ、火狩りさまに、命をたすけていただいた者です。森で、炎魔に襲われましたところを……そ、そんときに、火狩りさまが傷をおいなさって、森で、し、死になさりました。わたしのせいです。ごめんなさい。わたしのこと、たすけて、死になさりました。お墓は村に……ごめんなさい、ごめんなさい、ほんとに、ごめんなさい……！」

ちゃんと言葉になっているのかもわからないまま、灯子は地面にひたいをすりつけ、謝りつづけた。伝わっているだろうか。このまま、蹴《け》りつけられるかもしれない。どなられ、なぐられるのかもしれない。それでもいい。会えた。かなたが、家族に会うことができた。

ごぼごぼと胸の底からあふれる言葉におぼれそうになりながら、灯子は謝りつづける。

「……いいから、落ちついて、顔をあげろよ。過呼吸を起こすぞ」

肩に手がふれ、反射的に灯子は体を痙攣《けいれん》させる。が、少年の手はためらわず、しっかりと灯子の上体を起こした。手足の先がしびれて、視界が暗く明滅する。ぼうっとしながら、灯子の目はそれでも、かなたのすがたを探す。

「ほら、しっかり吐いて、それから吸うんだ。ゆっくり。もう謝らなくていいから、落ちついて」

　言われたとおりに息をすると、やがて手足の感覚がもどり、目のくらみが消えた。雨に毛並みを濡らしたかなたが、こちらを見つめている。

　灯子は目を見開いて、自分の肩を支える少年の顔を見あげた。灯子を心配してこちらを見おろすその目は、かなたの飼い主であった火狩りとやはりよく似ているが、同じではなかった。灯子と同じくらい不安げで、心細そうで、けれどもそれをどうにかしようと必死になにかを考えている、そんなふうに見えた。

「これを……」

　ひどくふるえる手で、灯子は、無垢紙《むくし》の上からさらに布でつつんだ火狩りの鎌をさし出した。鎌といっしょにつつんだ、守り石《もりいし》も。

「か、形見の鎌と、守り石と──かなたを、おかえししにまいりました」

　すると少年が、雨に濡れた眼鏡の奥で、目をみはった。

「かえしに、って──どこから？」

　その声が、すなおにおどろきをはらんでいる。

「か、紙漉《かみす》きの村から。たすけてくれなさった火狩りさまは、きっと首都の方じゃろう、て」

回収車のことは、まだ言えない。灯子が勝手に言ってしまうことはできない。知らないまに、手から全身へふるえが移った。カチカチと鳴る歯を食いしばり、無様にふるえる腕を、もう一方の同じくふるえる手で押さえこむ。

「……そうか」

ぽつりとこぼれたのは、少年の静かな声だった。

泣いているのだろうかと、とっさにその顔を見あげた灯子は、けれど、少年が厳しく眉を寄せ、それでもどこかおだやかな表情を浮かべているのを見て、とまどった。

「ありがとう。かなたを連れてきてくれて。病気の妹がいるんだ。かなたに会えば、きっと大よろこびする。それに……父は、きみをたすけて死んだんだな。それなら、よかった」

「え……」

まばたきも忘れている灯子を、少年の顔が見おろした。そこに浮かぶ表情を、灯子ははっきりと読みとることができない。

「ぼくはたしかに、かなたの飼い主の家族だ。父は家族を捨てて首都を出ていったのだと、ずっと憎んでいた。でも、最後に人をたすけて死んだのだと……ちゃんとまっとうなことをしたんだとわかって、すこし安心した。ありがとう」

まさか礼を言われるとは思ってもみず、灯子は言葉を失った。全身のふるえが、雨になでられて、しだいに消えてゆく。

「これ、きみのなんだろ？」

　さし出された手の上に、白茶けた石ころが載っている。守り石——道に迷ったときに灯子に声をかけ、飴玉《あめだま》をくれた少女に、たしかにわたしたものだった。友達がけがをしたのだと、笑顔のうしろに心細げな表情をかかえていた、長い髪の少女。綺羅という名前の。

「お……お兄さんが、けが、しとりなさったんですか？　お、おなか？」

　灯子はそこで、少年が腹部を押さえている理由にようやく思い至った。長く走ったりしたせいで、傷に障ったのではないだろうか？

「だ、大丈夫ですか？　立てますか？　どうしよう、お姉さんが、心配しとってじゃったのに……」

　狼狽《ろうばい》しきる灯子に、少年が苦笑いを見せた。

「ああ、大丈夫。もうほとんど治ってるんだ。ひさしぶりに走ったせいだ。足が速いんで、びっくりした。これ、だいじなものだろう？　かえすよ。おかげで、けがも治ったから」

　白茶けた、荒い文字で守り神さまの名を彫った石。……守り石が、思いがけず灯子の手にかえってきた。村を出るとき、ばあちゃんが、痛いほどの力で灯子ににぎらせてくれた守り石が。

「あ……ありがとうございます……」

灯子の頭は、まだたよりなくかすみ、混乱している。もっと言うべきことがあるのではないか。かなたの家族であるこの人に、もっと伝えるべきことが……

「早めに、首都をはなれたほうがいいよ。村からは、だれかといっしょに来た？」

とまどって口ごもる灯子に、地べたに座ったまま、少年は真剣な目をむけた。

「もうすぐここで、争いが起こるかもしれないんだ。〈蜘蛛《くも》〉と呼ばれる連中が、神族の宮へ攻めこむかもしれない」

――〈蜘蛛〉。やはり首都の人々は、もうそのことを知っているのだ。かすんでいた灯子の意識が、輪郭のある世界へ呼びもどされる。

「火を……ほんものの火を使いよります、〈蜘蛛〉は。そいじゃからお兄さんも、ここにおりなさったら、危ない」

「なんで、それを知ってるんだ――？」

いぶかしげに眉根《まゆね》を寄せて、少年が疑問を口にした。

手をあてていた脇腹から意識をそらすように眼鏡をぬぐって、少年が立ちあがる。手がさしのべられ、灯子は無意識にそれをつかんだ。二人は立ちあがり、かなたがそれを見つめた。

「とにかく、行こう。ここにいたら、またしのびに見つかるかもしれない」

屋根の上を見あげるそのまなざしは、やっぱりかなたの主《あるじ》に似ている。

灯子は形見のつつみをわたそうか、自分が運ぶほうがいいのか迷った。平気だとは言うけれど少年はけがをしているのだし、重みのある鎌を持たせては、傷に障るかもしれない。かなたの灰色の毛並みが、雨のしずくをやどして光っている。犬の目が、まだこちらを見ていた。三角の耳が、まだこちらをむいていた。

そのとき、異質な影が、弱い雨の中に立つ灯子たちの意識を一度に集めた。一人の子どもが、路地のむこう、腐りかけた塀の上からおどり出たのだ。すすけた髪、ぼろぼろの衣服。おどろいている灯子や少年の視線も意に介さず、その子どもはするするとべつの板塀によじのぼると、流れるような身のこなしで鉄柱にとびつき、さらに上へのぼってゆく。

人間ばなれした動きを見せる子どもを前に、灯子も少年もただ言葉を失ってそのすがたを目で追った。その子のめざす先、鉄柱の頂上に、一羽の小鳥がとまっていた。ヒバリかなにか、灰緑色の羽毛をまとった鳥が、細い柱のてっぺんでしきりに首をかしげている。

ぼろをまとった子どもはぱっと身をおどらせ、はばたいて逃げようとする小鳥を素手で捕まえた。灯子があっと思ったときには、小鳥を捕まえたまま家屋の屋根よりも高い位置から飛びおり、軽々と両足で着地した。

鼻が異臭をとらえる。翼を傷つけないよう手でつつみ、もう一方の手で小鳥の視界をさえぎったその子どもは、ようやく灯子たちの存在に気づいて、大きな目でじっとこちらを見た。その目が、あざやかな翡翠色《ひすいいろ》に輝いていた。

（木々人――）

砂の色をしたざんばら髪、灰色の肌に植物の刺青《いれずみ》。幼くはあっても、それはたしかに炎魔よけの体臭をはなつ、木々人だった。

灯子は、黒い森で照三とアセビたちが話していたのを思い出した。首都にも木々人がいる――どうしてこのことを忘れていたのだろう。人間の医者に照三をたすけられないとしても、そうだ、木々人の薬なら、効くかもしれない。

「あの」

小鳥を捕まえた木々人の子どもに声をかけようとすると、その子は黙ったまま首をかしげ、また身をひるがえした。入り組んだ路地をすばしっこく駆けぬけ、そのすがたはあっというまに見えなくなる。

「ま、待って……」

灯子はあわてた。木々人を追いかけなくては。けれど、まだ形見をかえしておらず、かなたにちゃんとわかれも告げていない。

ところが、灯子に先立って、かなたが木々人のあとを追って走りだした。

「いっしょに行くよ。あの木々人を追うんだろ？」

少年も、息を整えて駆けだす。

「居住区の場所なら知ってる。それに、一人で行ったら、また迷子になる」

やわらかな雨によって、空気中によどんでいたもやが洗い流されてゆく。せまい路地を、灯子は少年のあとについて走った。まだ、かなたといっしょに。

五　老木の井戸

すばしこく動く幼い木々人のすがたは、あっさりと見失ってしまった。が、どの道をたどるとしても、居住区へもどるはずだ。木々人の居住区——隔離地区の場所なら学院でも教わったし、油百七に用意を依頼した神宮周辺と工場地帯の見取り図にも、その場所は記されていた。

（木々人のすがたを見たのは、はじめてだったけど……）

煌四は思いがけず目撃した木々人の子どもと、いまそれを追っている自分たちを、ひどく奇妙に感じていた。父親の死を見とどけたのだという、会ったばかりの少女。一年ぶりにもどってきた、父の狩り犬——

変わらない。鋭さと柔和さをともにやどした顔。全身をおおう、ごわつく灰色の毛並み。ふさふさと誇らしげな尾、太い爪をまとったたくましい脚。ひどく汚れてはいるが、父親とともに首都を去った約一年前と、かなたはまるで変わらない。

狩りで鍛えられた足裏を歩みにあわせてのぞかせながら、かなたは煌四と、村からやってきたという少女の前を歩く。ときおりうしろをふりかえる犬の深い色をした目は、煌四のややうしろを歩く少女を見つめていた。

（火狩りのくせして、森で死んだのか……）

そう考えてしまった自分を、煌四は軽く頭をふるって叱咤《しった》した。火狩りの死因としてもっとも多いのは、炎魔との戦いによるものだ。森で火の恵みを追い、森で死ぬ、火狩りとはそういう仕事だ。……が、炉六の言っていたとおり、煌四たちの父親は、たしかに腕の立つ火狩りだった。どこかで、思っていたのだ。自分たちの父親が、炎魔の歯牙《しが》にかかって死ぬことなどありえないと。心の底では、無邪気に信じていたのだ。自分たちの父親こそ、だれよりも強い火狩りなのだと。

少女からもたらされた父親の死の報《しら》せは、正直なところ、まだうまく煌四の頭にはまってこなかった。紅梅色の衣服に、長い髪をそっけなく一つにたばねた少女は、金の鎌が入ったつつみを胸にかかえ、こわばった表情をしてついてくる。まだ十か、多めに見つもっても十二歳くらいだろう。ずいぶん痩《や》せているが、それが村での暮らしによるものなのか、首都までの道のりによるものなのか――後者のためにちがいないと、煌四は胸が重くなるのを感じながら思う。村から首都へは、炎魔の棲息《せいそく》する危険な黒い森を越えなければならないのだ。

どんな思いをして、ここまで来たのだろう。たすけられたとはいえ、見ず知らずのよそ者の残した犬を連れ、形見をかかえて、こんな子どもが首都まで……

かなたはどうやら、これからむかうべき場所がわかっているらしく、迷わず道を選びとってゆく。ごちゃごちゃと入り組んだ路地をぬければ、水路だ。町の居住区と工場地帯をへだてる、首都最大の水路。弱い通り雨は、犬を先頭に煌四と少女が進むのにあわせてしだいに空を流れてゆき、もうすぐ水路へ至るというころにはまた日差しがもどってきた。

「……さっきの雨は、お兄さんが降らせなさったの？」

ふいに足を止めて、少女がまぶしそうに目を細め、あばら家にはさまれた切れはしの空を見あげる。まるで天から読みとれる文字がこぼれてくるとでもいうように。

「まさか。そんなことができるのは、神族だけだ」

はあ、とたよりなく返事をして、少女は歩いてくる。細かな毛玉の浮いた布のつつみを、生き物かなにかのように抱きしめて。……あの中につつまれているのは父の形見の鎌、炎魔を狩る三日月形の刃物のはずだ。それを、少女はおそろしがるそぶりもなく抱いている。

「そいでも……お兄さんの投げなさったたん、雷みたいじゃった」

背の低い体、うつむきがちなその目がどこを見ているのか、煌四には判じがたい。さっき、地面に打ちつけるように土下座をしたせいで、ひたいにはすり傷ができてしまっていた。

雨が消えてゆき、真昼に近づく日差しが、屋根からつき出た錆《さ》びた鉄竿《てつざお》を金色に照らす。屋根の上で、物音がする。――あれはカラスだ。しのびではない。注意深く、煌四は周囲に目をくばりながら足を進める。

「雷瓶だよ。衝撃をあたえると、さっきみたいに閃光《せんこう》をはなつんだ。火狩りは目くらまし用に短刀なんかで割るんだけど、投げて使えるように、薄いガラスの瓶を使った。持ち運びにはすこし不便だけど」

「雷瓶、て……そんな貴重なもん」

おどろきはてて、少女が目も口もまるくする。

「さっき襲ってきたのは神宮の遣わすしのびで、その正体は紙人形なんだっていう。いま味方についてくれている火狩りに、教わったんだ。神族がどこかから操っているんだけど、まじないを断てば、しのびから紙きれにもどる。雷瓶でそれができるのかどうか、一か八かだったけど……まだべつのしのびがいるかもしれないと思って、走らせた。おどろかせてごめん」

煌四は前をむいて、歩きつづける。かなたが自分たちの前を行く。父親が連れていた、強く賢い犬。……同じ名前の犬を連れた迷子に会ったと綺羅に聞いてから、ずっと気になっていたのだ。鎮痛剤を飲んで無理やり起きあがり、前に住んでいた家を見に行ってみた。「お父さんとかなたが帰ってきたら、おうちがわからなくてこまらないかな」――緋名子の声が、ずっと胸に引っかかりつづけていたために。

そして煌四はほんとうに、かなたと再会することができた。綺羅の会った迷子にも。

「灯子、っていうんだよな」

「え」

　かなたが足を止める。路地がとぎれ、目の前には首都最大の水路が深々と水をたたえ、海へむかって流れつづけている。そばには橋。路地の先に、かなたが危険を察知したようすはない。

　首都づきの火狩りを監視しているという、神宮のしのび。そのすがたを、煌四はさっきはじめてまのあたりにした。

「友達が教えてくれた。綺羅は、人の名前をおぼえておくのが得意なんだ」

　巨大な水路、そこに架かる長い橋。橋の規模のわりに、華奢《きゃしゃ》な黒い欄干。水路と橋の大きさに圧倒されていた灯子の目が、行く手にかまえる工場地帯を前に、ますます見開かれる。立ちのぼる莫大《ばくだい》な煙、耳をろうする稼働音。灯子が工場の威容にひるんで、足をすくませる。

　緋名子みたいだと、煌四は感じる。足が速く日に焼け、太い眉《まゆ》を八の字にしたこの少女と、また体調を崩して寝こんでいる妹とは、まるで似てはいないけれど。

「行こう。この奥に、最初に生まれたという木々人たちの住む地区がある。さっきの子どもも、そこへもどったはずだ。木々人のところへ行って、なにをするつもりなんだ？」

「お、お薬を、もらえんかと思うて。……いっしょに首都まで来た人が、ひどいけがをしとりなさるんです」

　灯子の声は、工場地帯から絶えず鳴り響く音にかき消されてしまいそうだった。煌四はそのかすれた声の結んだ言葉に、胸の奥をきしませる。けがをした人……ひょっとしてその人は、灯子とともに首都をめざす道程で、負傷したのではないか。

「そうか……木々人は、村の人間を薬でたすけるんだったな。そして、この世界のかなり古い知識も持っているっていう……神族しか知らないようなことも、彼らは知っているって」

灯子にむけてかけていた言葉が、しだいに独り言の声音に変わってゆく。駆け去っていった幼い木々人の目、それと同じ色の目を、たしかに森の中で見た。不確かな記憶が錯覚だったのではないと、木々人の目に告げられたような気がした。……

「〈揺る火〉のことも、ですか？」

煌四の耳が、灯子の訛《なま》りのある言葉をとらえなおそうと、もう残らない音を空気中に探る。

「──なんで、そんなことまで」

かなたを連れて黒い森をぬけ、命からがら首都へ来たはずの少女が、なぜ、中央書庫の第三階層にあったその星の名を知っているのだろう。

「とにかく、行こう。こっちだ」

かなたとともに、二人は工場群のあいだをぬけてゆく。運搬用の小型車に乗った工員、金属のデッキにのぼり、計器類の点検をおこなっている工員、道具を荷車に積んで運ぶ清掃員……もう昼休みの時間帯に入っているため、外にいる者はすくない。それでも人目につかない道を選んで、進んでゆく。

灯子が、そびえる機械群に、そのただ中に堂々たるすがたを見せつける巨樹に、われを忘れて見入っている。はぐれないよう、煌四はふたたびその手をつかんだ。が、それにも灯子は気づいていないようすだ。工場地帯の平らな舗装にも、縦横に水路がめぐらされ、目の粗い格子状の鉄蓋《てつぶた》がはめられている。巨大な機械や建物をふりあおぎながら歩く灯子は、つかまえていなければ、うっかり鉄蓋に足を引っかけてしまいそうだった。

「お兄さん……ここは、あの世かどっかですか」

ほうけたように上をむいたままそうこぼす灯子の手を、煌四はしっかりとにぎる。細くてかさかさした手だ。こんなちっぽけな手で、いったいどうやって、黒い森を越えてきたものだろう。かなたのために。煌四が許すものかと思っていた父親のために。

「あの世なんかじゃないよ。工場地帯――神の庭とは、呼ばれるらしいけど。ここは、森とも通じているんだ。南端にトンネルがあって、そこから火狩りや回収車は出入りする。トンネルには、姫神《ひめかみ》の張った結界が……それは村と同じか」

手を引くと、灯子がたよりなげな顔をこちらへむけた。

「それから、ぼくのことは煌四でいいよ。そういう名前なんだ」

ひたいにすり傷を作った灯子は、煌四に手を引かれ、かなたのすがたを見つめながら、はあ、とまた、嘆息にも似た返事をした。

木々人の居住区の場所は、煌四が頭にたたきこんでいる神宮周辺と工場地帯の見取り図と、正確に一致していた。

過去に起きた大火災の慰霊碑として植えられた、工場地帯の屋根や煙突をさらに見おろして立つ巨樹の、その一本――神宮をいただく崖《がけ》にもっとも近い木の根方に、入り口はある。火狩りの出現とほぼ時を同じくして現れたと言われる最初の木々人たちの住む、隔離地区。それは地底に、この木の下にある。

煌四は、目をはなすと灯子がふらふらとどこかへ迷いこんでしまう気がして、ずっと手をつないだままでいた。ほんとうに、緋名子のようだ。もっとも、緋名子の手を引く必要があるのは病から足もとをふらつかせるせいで、迷子になる心配からではなかったが。

かなたは煌四たちをふりかえり、巨樹の根もとのにおいをしばらくたしかめてから、ある一点に場所をさだめて前脚で地面をかいた。さっきの雨でわずかに湿った土と、工場地帯の鈍色《にびいろ》の舗装とが、見わけづらい境目を入り混じらせている。

「あの……さっきのまっ黒い人、追いかけてきやせんですか」

煌四に手をつかまれたまま、灯子が不安げにあたりを見まわす。煌四はその視線をたどり、またかなたの背中へ目をもどしながら、うなずいた。

「ああ、いつもならこのあたりは、しのびの監視が厳しいらしいんだけど……最近、森で火狩りが不自然な大けがをする事件があって、その調査にしのびが駆り出されているらしい。すこしはこっちが、手薄になっているはずだ」

煌四の声は、知らず重くなった。今朝になって油百七から聞かされたが、〈蜘蛛《くも》〉の拷問をおこなっていた火狩りたちは四人とも後遺症の残るけがをし、火狩りの職を失うことになるかもしれないらしい。

炉六を計画にくわえることになったあの夜から、事態はおどろくべき速さで動いている。油百七はよその工場へも根まわしをし、投じる資金に糸目をつけず、雷火打ちあげ用の機械の製造を秘密裏にはじめさせた。

燠火家当主には、しのびの監視がついた。負傷した火狩りたちのだれかが、燠火家に雇われていたことを神族に話したのだ。油百七はそれを逆手にとって、しのびと、それを統括する者の注意を自分に集中させている。おかげで、各所に雷瓶の埋めこみをおこなう炉六は、ずいぶんと動きやすくなるはずだ。駒が動きやすい道を作っておいてやると言った、言葉どおりに。

「お兄さん、煌四さん、これ」

灯子の声が、煌四の意識を現実に呼びもどした。つないでいる手に力をこめ、灯子は煌四に身を寄せる。煌四もまた、ほとんどまばたきを忘れて、息をつめた。

目。澄んだ翡翠色《ひすいいろ》の二つの目が、巨樹の根方からこちらを見あげている。木の根もとに開いた穴、暗い土の下から。

同時に、工場地帯にこびりつき、噴出されるさまざまなにおいのどれともちがう悪臭を、煌四の鼻は感じとる。苦みと渋みの入りまじった、大量の虫を鍋《なべ》で煮つめたかのような……かなたが平気な顔をし、灯子が安堵《あんど》に肩を落とすしぐさに、合点がいかなかった。

慰霊の大樹の下から、こちらをのぞく目。それは土の中からよみがえった亡者にも見えたが、死者と見まちがえるには、二つの目はあまりにあざやかに澄みとおっていた。

（木々人……）

飛びたとうとする小鳥をすばやく捕まえた、ぼろをまとった子ども。これと同じ色をした目を、たしかに森で見た。〈蜘蛛〉の拷問場で、そっくりな翡翠色の一対の目を。かたわらの灯子がすばやくひざをつき、こちらを見あげる若葉の色の目をのぞきかえした。

「木々人さん、ですか。お薬を……仲間がひどいけがをしておって、お薬をわけてもらうことは、できませんか」

ぱちぱちと、からみあう根のむこうでまばたきがくりかえされた。好奇心のために大きく見開かれた、無防備にすら見える目だ。

平らにかためられた舗装にかこまれ、塔のようにそびえる巨樹の足もとに、入り口らしき穴が開いている。その周囲の土に、煌四はかすかな不自然さを感じた。幼い木々人が出入りしたためとは思えない、いくつもの足あとをもみ消したような乱れが見てとれたのだ。

だれかの手によってならされたと思われる土の先、巨樹の根方の小さな穴。うさぎかなにかの巣にも似たその穴は、のぞきこむと、深く地下へとつづいているらしい。

そして、その小さな地下への入り口から、幼い木々人はなにも言わずにこちらをじっと見ている。男女の区別はわからない。灰色のまるい顔に、砂の色をしたざんばら髪がかかっている。幼い頰の片側には、植物の枝葉をかたどった刺青《いれずみ》があった。さっきの小鳥を片手につかんだままでいるらしく、チュイチュイとくぐもった鳴き声が聞こえてくる。

無言のままにくるりと身をひるがえし、木々人の子どもは入り口の奥へ、地面の下へ入ってしまう。下はまっ暗だ。

かなたが尾をひとふりし、煌四たちをふりかえる。煌四は、地面にひざをついた灯子の頭が、犬の視線をとらえてうなずくのを見た。父親がそうしていたのと同じに。

灯子がおずおずと煌四をふりかえり、木々人の子どもが身をひるがえしていった先を指さす。穴の奥に、足場らしきものが見える。相当に古い、石の階段だ。燠火家の書斎から地下室へ通じる階段と同じく、それは地の底へとつづいているようだ。

「行こう」

灯子が自分の返事を待っているのを察して、煌四はうなずいた。が、まっ先に入り口へ身をすべりこませたのは、かなただった。煌四は自分の体の大きさと、穴をくぐるときに傷に障らない姿勢を考え、わずかに時間がかかりそうだと判断して、灯子に先に行くよううながした。

ところが、灯子はひどいかたくなさをこめて、首を横にふる。

仕方なしに、煌四が先にくぐった。ここは神宮のそばだ。もたもたしていては見つかってしまう。

土のにおいと、木々人の体臭がきつくからみあい、感覚を襲う。煌四はできるだけすばやく入り口をくぐり、足場をたしかめると、上からこちらをのぞいている灯子に手を伸ばした。灯子が手をつかむ。その顔は、ずっと泣きそうなままだった。

(そんなに、気に病まなくていいのに)

緋名子に似ている。最後にこの子を守って死んだのなら、煌四は、もうそれほど自分たちの父親を憎まないですむと、そう思った。自分と緋名子は、ほんとうに両親を失った。けれどそれは、かえって煌四の思考を過去からそむけさせ、前をむく覚悟をさせた。

もう、煌四や緋名子が帰りを待たなくてはならない人はいないのだ。

灯子の手をにぎる。緋名子のそれよりはずっとたくましく、綺羅のそれよりはずっと貧相な、村で育った子どもの手を。

おどろくべき大きさの竪穴《たてあな》が、巨樹の下に隠れていた。

入り口をくぐって踏みこんだ足場は階段になっており、それは円筒形の壁に沿ってらせん状に下へつづいている。視線を下へやるほど暗さは深まり、底を見ることはできない。ぐるぐるとまわる階段の先は、井戸の水のような暗闇に呑《の》みこまれているのだ。石でかためられた壁のそこここに卵型の照明が吊《つ》るされているが、中の火が長く入れかえられていないのか、明かりがぼやけかかっているもの、もう火を使いはたして消えているものもある。手すりもないらせん階段から、万一にも足をすべらせないよう、煌四はかばんに入れてきていた携行型照明をともした。

前を行く木々人の子がほとんど九十度に首をかしげ、煌四の持つ明かりを不思議そうに見つめたあと、また猿のような身のこなしで石段をおり、あるいは地底へ延びる井戸のような穴の空洞部分を縦横に伝う木の根にぶらさがって、どんどん下へおりてゆく。小さな手につかんだ小鳥は、とうにあらがう気力も失《う》せたのか、おとなしくしている。粗末な衣服からのぞく手足に、なにかの装飾品がついていて、すばやい身のこなしにあわせてひらひらと動いた。

工場地帯の足もとに、ここまで巨大な空間があるとは知らなかった。工場の地下には、建物どうしをつなぐ連絡通路がもうけられているが、これほどまでの規模ではないはずだ。地の底へ、さらに底へ、階段はひたすらにつづいている。煌四たちのたどる階段も石壁も、摩耗し、苔《こけ》むし、びっしりとはびこる木の根におおわれている。首都が整備されてから百年もたたないはずだが、この地中の建造物は明らかにそれよりも古い。ひょっとすると、旧世界の建造物を利用してあるのかもしれなかった。

「……さっき言ってたこと」

土と木のにおいの封じこめられた薄暗いらせん階段を、前を行くかなたを見つめておりながら、煌四は声を低めてきりだした。背後で、灯子がひくっと肩を縮める気配がする。

「〈揺る火〉のことや、〈蜘蛛《くも》〉が天然の火をとりもどしたこと――どうして、知ったんだ？　ひょっとして、ぼくの父から聞いた？」

すると一つに縛った髪を左右にはげしく揺らして、灯子が首をふった。

「ち、ちがいます。火狩りさまは、ほんとに……襲うてきた炎魔に、一瞬のことで、その……そいですから、わたし、かなたの名前しか、聞いとらんで……ごめんなさい」

声は、土と石と苔の組みあわさった石壁に、吸いとられて消えていった。

煌四は先を行く木々人の子を見失わないよう注意しながら、うつむいている灯子をふりかえる。煌四のほうが階段の下にいるのに、それでも灯子の頭のほうが低い。

「そのことはほんとうに、気にしないでくれ。ここまでかなたを連れてきてもらったことに、ぼくのほうが感謝しなきゃならないんだ。埋葬までお世話になったんだろ。もう謝らないでくれ。――いまぼくは、〈蜘蛛〉の襲撃から身を守る方法を探っていて」

そこで一旦《いったん》、口をつぐんだ。他言は無用だと、油百七から言われたこと。けれど、この少女、灯子は、首都にいる自分たちより多くのことを知っているかもしれない。それに……煌四は、たゆみない足どりで前を行く灰色の犬の背を見つめた。〈蜘蛛〉が首都に近い森に現れ、武器としての雷火の実用化も進めているいま、油百七の言葉を枷《かせ》にしている場合ではない。

「いろいろと調べるうちに、〈蜘蛛〉が古代の火をとりもどしたことや、千年彗星と呼ばれる星、〈揺るる火〉のことも知った」

　背後で、灯子がうなずく。

　木々人の子が、ちっぽけな体の重みで綱のように張った木の根をたわませ、そこに吊るされていた卵型の照明を大きく揺らした。照明は古いものも新しいものもまちまちに、あちらこちらに吊りさげられている。空洞部分にはびこっているのは木の根だとしか思っていなかったが、新しい緑の葉を伸ばしているあれは、この上に立っている巨樹の根とはまたべつの植物にちがいない。さまざまな形の枝葉が縦横無尽にからみあって、地底へつづく空間を鬱蒼《うっそう》とさせている。

「ぼくは首都にいる火狩りや本からそういうことを調べたんだけど、きみは、いったいどうやってそれを知ったんだ？　村に住む人は、もう知ってるのか？」

　またしても、灯子がかぶりをふる。緊張をみなぎらせてうつむき、煌四のあとをついてきながら、灯子はしごくゆっくりと、言葉を引きずり出した。

「あの……煌四さん、このこと、だれにも言わんでくれますか」

「うん」

　灯子が深呼吸をする、その音がふるえている。

「……わたしは、かなたといっしょに、回収車に乗せてもらうたんです。いま、けがをしとりなさるのは、その回収車の乗員じゃった人です。回収車には、乗員さんやわたしだけじゃのうて、厄払いの花嫁さんが、乗っとりなさったんです。あちこちの村で、土がおかしゅうなったというて。……」

そこから灯子が打ち明けた話は、煌四の胃をひややかな不安で満たし、頭を乱暴にぐらつかせた。

灯子がたどたどしく話しおえたあとも、しばらく煌四は、言葉をかえすことができなかった。灯子と負傷したという乗員、生き残った花嫁を首都まで護衛した、明楽という名の火狩り――その火狩りと同じく、姫神が字を書くのに使う紙を、煌四たちの父も手に入れに行ったのかもしれないと、灯子は言った。それは、母の手紙に書かれていたことと一致する。灯子の住んでいた村をめざして、父親は首都をはなれたのだ。

煌四は頭をかきむしり、散らかっている記憶を必死で探った。

（姫神――手揺姫《たゆらひめ》は、祝詞《のりと》を書いているのだって……この世をことほぐ歌を。それに使われるのが、そうか、灯子の村で作る紙なのか……）

「無垢紙《むくし》ならば、きっと守り神さまの目にとまると、明楽さんはそう言いなさって。〈揺るる火〉を狩り場へ導いてもろうて、そいで、狩るのじゃと」

しりすぼみな声のあと、灯子が顔をあげると同時に、煌四たちは階段のおしまいへ着いた。

地の底に、鬱蒼《うっそう》と茂る枝葉とわだかまる暗さ。そのために、はっきりとしたひろさは見てとることができない。それでも、燠火家や富裕層の屋敷の敷地と同等か、それ以上の広大さはあると見てよさそうだった。

石と砂でかためられた床に、思い思いに植物が生えている。庭を作ろうとしたのかもしれない。ここは「庭園」とも呼ばれる地区なのだ。しかしそれは燠火家の庭のようには整っておらず、日光もささない地底で、生え出た幹はまた地中をめざすかのようにうねり、枝葉はほとんど怒りの形を表してぼうぼうと伸びていた。上から垂れてくるつるや蔦《つた》も、ちぎれた配線や破れた布を思わせる。

わずかの照明だけでいびつに育った木々は、それでも黒い森の甘ったるい腐臭とはちがうにおいを立ちこめさせ、そして、あの木々人の体臭が、ふれられそうなほど強固に充満していた。

煌四は思わず、服のそでで鼻と口をおおう。こんなところで、薬など手に入るのだろうか。

かなたが、上をむいて軽くひと声吠《ほ》えた。見れば、ここまで煌四たちをいざなってきた小さな木々人が、よくしなる枝にとりついてこちらを見おろしている。きょろりとまるく開かれた翡翠色《ひすいいろ》の目が、興味津々にこちらへそそがれている。手の甲に、すっかりなついたようすで小鳥がとまっていた。煌四は、粗末な衣服をまとったその体を見て、顔をこわばらせた。腕や足にひらひらと揺れて見えたのは、装飾品などではなかった。幼い、やわらかな手足の皮膚から、じかに植物の葉が生えているのだ。石の色をした肌とは対照的に、体から生えた若葉は青々としている。

「客人か。客か。めずらしい。めずらしいものを、シュユが連れてきた」

視界をさえぎる植物群のむこうから、かすれた声がした。とっさにそちらへ顔をむけるが、だれのすがたも見えない。かさ、と葉擦れの音がした。灯子が息を吞んで、鎌の入ったつつみを抱きしめ、わずかにあとずさる。煌四は灯子の察知したものがなにかわからず、あわただしく視線をめぐらせた。

風がないはずの地底の荒れはてた庭、その中の梢《こずえ》の一つが動く。枝の下に、翡翠色の一対の目があった。

灯子と同じく、とっさに身をこわばらせる煌四を、かなたがどこか不思議そうに見あげる。

さっきの梢が、さらに動く。そのすぐ下で、あざやかな緑の目がこちらを見ている。灰色の肌の上、砂の色をした髪のあいだから、その丈の低い木は生え出ていた。刺青《いれずみ》の頰、つやのない長い髪、ここまで案内してきた子どもよりはるかに年をとった木々人が、ひざを立てて座りこんだ恰好《かっこう》で、側頭部から生えた木を重たげに揺らしている。

明かりのとぼしい地の底で、煌四のかかげる照明が、木々人のすがたを無遠慮にさらす。ぼろぼろの衣服から、しわにまみれた体がほぼあらわになっているが、男女の区別は、すばしこい子どもと同様わからない。それ以前に——それが人であるのかどうか、まずそれを判断することが、できなかった。

　煌四は異臭に耐えながら息を整えた。首都に、木々人の一族のはじまりの者たちがいるということは知っていたが、いままで目にしたことはなかった。森のむこうの村では、彼らが薬草から作る薬や、その医学の技術をたよりにしているのだと学んだが……それにしては、灯子のようすがおかしかった。村で育った灯子なら、木々人のすがたには慣れているはずなのに、煌四と同じようにとまどい、愕然《がくぜん》としている。

　ふいにかなたが首すじの毛をふくらませた。煌四と灯子をかばう位置に移動すると、低くうなりだした。

「客人だ。客。犬だ。うなるな。エンは悪さをしない」

　笑いをふくんでかすれた声が、朴訥《ぼくとつ》に響く。側頭部から木を生やした木々人は、その重みに首をかしげて顔中にくねった笑みを浮かべ、こちらを見ている。

「あ、あの、薬を……」

　鎌のつつみを抱いたまま、灯子がこわばる声を発した。

「薬を、もらわれませんか。仲間がひどいけがをしておって、目をさましなさらんのです……」

　すると、座りこんだままにたにたと笑う木々人のむこうから、ごつ、ごつと重たげな足音が近づいてきた。廃墟《はいきょ》と呼んでもおかしくないひび割れた石の床、そこにわだかまっている暗さを引きずって、木々と草のむこうから歩いてきたのは、また新たな木々人だった。

「薬」

聞きとりにくい声。ぎょろりとした目が、こちらへむけられた。新たにすがたを現した木々人は、全身の皮膚が木質化しており、くちびるも、それにまぶたもまともに動かすことができないようだった。頭髪はなく、灰色の樹皮でおおわれたまぶたの奥の、翡翠色をした目だけが際立っていた。この木々人は、ぼろの衣服すらまとっていない。

あの目。やはり、見たことがある。黒い森で、血のにおいのする中で。

「キリを呼べぇ……」

灰色の樹皮で全身をおおわれた木々人が、発声しづらい口を大きく開け、鼓膜を引っかく声で呼ばわった。

鳥の声がする。見あげると、幼い木々人が捕まえたものと同じ種類の小鳥が、さえずりながら飛びまわっていた。一羽だけではない、よく似た鳥が十羽ほど、木々人の呼ばわる声におどろいたのか、煌四たちに警戒しているのか、不穏にはばたいている。

木々人は本来、居住区から出ることがないはずだ。生き木《い ぎ》と呼ばれる植物が木々人の生活圏内にはあり、その木からはなれすぎると、体の機能が止まってしまうのだ。

(そうか、さっきの子どもは、逃げた小鳥を追って出たのか)

けれど、それなら煌四が森で見たあざやかな緑の目の持ち主は――？　ただの錯覚だったのか、それとも、森に住みかを持つ木々人だったのか。

さわさわと、また葉擦れの音がする。むこうの藪《やぶ》が揺れる。この地下居住区には、どれくらいの奥行きがあって、何人の木々人がいまも住んでいるのだろう。神宮や工場地帯の見取り図にも、地底の隔離地区の構造まではかかれていなかった。

「来たよ、ゴモジュ。なんのさわぎ？」

おそらくキリという名の、またべつの木々人が植物群のむこうから現れた。今度は、その性別が女なのだとわかる。砂色の髪、灰色の肌は変わらないが、そのすがたはほとんど、煌四たち地上に暮らす人間と同じ作りだ。簡素な衣服からあらわになった腕、その左前腕から上へむかって伸びている数十本の細い枝をのぞいては。

女の木々人は、煌四たちのすがたを見るなり、仲間と同じ翡翠色の目を見開いた。

「人間？　なんで入ってきてるの？　ノイバラを連れてった連中の仲間？」

「客。客人だ。シュユが連れてきた」

頭に木の生えた木々人が、座りこんだままにやりと笑みを貼りつけてこたえる。長い髪を背中に流したキリという木々人が、眉間《みけん》にしわを寄せ、枝の生えていないほうの手で髪をかきあげる。

「ああ、だから鳥なんか飼わすなと言ったのに。どうせクヌギが剝製《はくせい》にするだけだろう？　風の小せがれめ、もうちょっとましなひまつぶしをあたえろよ」

仲間たちにそう吐き捨てると、気の強そうな顔がくるりとこちらをむいた。灯子の背中が、びくりとこわばる。左の前腕部から細い枝を頭より高く伸ばした木々人が、頭上をにらみながらはだしの足でこちらへ歩みよってくる。シュユという名であるらしい、あの幼い木々人が、石段の上に体をまるめてなりゆきを見守っている。腕や足にひらひらと生えた葉っぱが、シュユにあわせて息をひそめている。

煌四は、灯子が緊張しておびえているのを見てとり、自分が前に出た。他者の領域、立ちこめる異臭、はびこる植物と埃《ほこり》のにおい。薄暗い照明の下に集まる、異形の者たち。だがすくなくとも、いま眉《まゆ》をつりあげてこちらへ来る木々人とは、意思の疎通が図れそうだと判断した。

「なんの用？」

煌四たちの前に立つなり、女の木々人はぶしつけな声をよこした。秀でたひたいにすらりと通った鼻すじの、美しい顔立ちだが、表情は不機嫌そのものだ。

「この子は、薬がほしい。ぼくは、あなた方から話が聞けないかと思って、やってきました」

こたえると、キリと呼ばれた木々人の眉が、ますますつりあがった。

「話？」

仏頂面のまま、こちらへ体をのめらせる木々人の体臭に、煌四は思わず眉をゆがめた。

「……地上で、もうすぐ争いが起こる。神族から、聞かされていないんですか？」

丁寧な言葉遣いを選んだのは、身を乗り出してにらんでくる女の木々人が、すくなくとも煌四よりも年上に見えたからだ。木々人が動くたび、腕の表面からびっしりと生えた枝が、わさわさと重たげに揺れた。値踏みするように煌四と灯子、それにかなたをにらみまわし、木々人は顔をしかめて軽い舌打ちをする。

「神族？　神族さまが木々人に、首都でなにが起ころうが、知らせるわけがないだろう。あたしらは、試験体。村の人間をたすけるために森に配属された連中とはちがうんだ。試作品で、失敗作。恥ずかしくって人目にさらせないから、神族さまはあたしらを、ここへ隔離してるってわけ」

キリという名の木々人は、しゃべるうちにますます不機嫌をつのらせる。その目が、じろりと灯子を見おろした。

「くれてやるような薬はここにはない。薬草や医学の知識をあたえられたのは、森へ遣わされた適合者たちだけだから。――それから、この世界の話を聞きたいって？　それも残念だけど、あたしたちはこの井戸の底にずっと閉じこめられてるから、世の中のことなんてなにも知らない。あんたたち、けが人だか争いだか知らないけど、用事がある場所へ帰ったら？」

ひと息にまくしたててから、木々人は頭上からこちらを見おろしている小さな仲間をにらみあげた。

「シュユ！　二度と外へ出るんじゃないよ。人間なんて連れてくるな」

一喝されて、じっとこちらを見ていたつぶらな目が石段のむこうへ隠れた。

「待って――待ってください」

か細い声を発したのは、灯子だった。鎌の入ったつつみを抱き、腰に手をあてたキリをおずおずと見あげる。

「木々人さんは、守り神《もかみ》さまが——神族さまが、人の体を作り変えて生まれなさったと、そう聞きました。ほんとうですか。神族さまが、なんで……こんなこと、しなさるんですか」

問いかけに、キリの目がとげとげしくすがめられた。

「そうだ……」

煌四は、腹の傷口のそばで手をにぎりしめる。

「なぜここへ、閉じこめられているんですか？　たしかに木々人の居住区は隔離地区とも呼ばれていて、ふつうの人間は接触できないけれど……それは、木々人が神族にとって、特別な存在だからだと、首都の人間はそう思っています。ちがうんですか？　試験体って——いったい、神族はあなたたちに、なにをしたんだ？」

いまいましげに舌打ちをしてから、キリはまた長い砂色の髪をかきあげた。枝におおわれた左腕は自由がきかないらしく、もっぱら右手ばかりを使う。

「うるさいな。なにを教わったんだか知らないけど、すくなくともあたしらは、神族さまのご寵愛《ちょうあい》はうけてないね」

「……モグラ」

聞きとりにくい声を発したのは、全身を木質化させたはだかの木々人だった。たしか、ゴモジュと呼ばれていた。キリの眉間に、いよいよ深いしわが刻まれる。

「モグラ？　ああ、こいつらか。あっちこっちに雷瓶を埋めてまわってるのは。木の根伝いにわかるんだよ。ばれちゃまずいことなんだろ？　神族に知られるのがいやなら、これ以上ここへ首をつっこむな。上の世界がどうなろうが、あたしたちには知ったことじゃない。仲間まで連れていきやがって」

（仲間？）

煌四のこめかみが、ぴくりと引きつる。混乱した暗闇の中、こちらを見ていた目。〈蜘蛛《くも》〉の拷問のそばにいた、翡翠色《ひすいいろ》の目の持ち主。

「さっき言った、ノイバラという人ですか？　ひょっとして……あなたたちの仲間を連れていったというのは、火狩りですか？」

その言葉が、キリの顔に攻撃的な険しさを呼び起こした。

「うるさい！　もう出ていけ。――エン。こいつらを追い出せ」

キリがさけぶと同時に、かなたがふたたび牙《きば》をむいてうなった。灯子が息を呑《の》む音がし、今度は煌四も、はっきりとその気配を感じた。なにかが近づいてくる。木々人ではない。二本足の生き物の気配ではなかった。

とっさに黒い森の炎魔を思い出し、煌四は背すじを緊張させる。ちがう、身をかたくしてはいけない、いつでも動けるように、ゆるく緊張を張りめぐらせておくのだ。……頭ではそう思うが、体は言うことを聞かない。耳の中の器官がざわりとあわ立ち、首すじから下が一気につめたくなった。

崩れかけた石壁の上に、なにかが立った。

獣だ。かなたが、敵意をむき出しにする。

煌四は──それに灯子も、微動だにできないまま、それでもわが目を疑った。

犬。壊れた壁の上に立っている獣は、たしかに犬のすがたをしているのだ。かなたと同じ三角の耳、とがった鼻面にごわついた毛。かなたよりも脚が長く、全体にひとまわりほど大きい。けれど、問題はそこではなかった。かなたの体毛よりも長く、薄汚れてはいるが白い毛皮。そのところどころから、獣は金色の火を噴いていた。ひたところをとらえる目にも、煌々《こうこう》と火が燃えている。片方の耳の先だけ形が崩れ、灰白色の毛がちぢれてこびりついている。

音にならない悲鳴をのどから発したのは、煌四といっしょに立ちつくしている灯子だった。そのたよりない手が、視線を異形の獣にむけたまま、鎌の入ったつつみを解こうとしているように見えた。

体の内側に火をやどした大きな犬は、白々と燃える火の棲《す》みつく眼窩《がんか》をこちらへむけ、煌四たちを見おろしている。燃えているはずのそのまなざしはしかし、どこまでもひややかだった。そのすがたからは、なんの思慮も計算も、読みとることができない。

「凶暴だぞ。こいつも、廃棄された試験体だから」

憮然《ぶぜん》と、キリが言いはなった。くちびるのはしが、毒気をふくんで笑っている。

「試験体……？」

ここにいる木々人たちと同じ……煌四の頭の中で、あっていいはずのない解答が組みあわさりかける。

「客だ。客人だ。シュユが連れてきた。エンに追わすな」

頭から木を生やした木々人が、にやにや笑いの顔のまま言った。キリは仲間へ、鋭い舌打ちを投げかける。

「うるさいよ、ムクゲ。ここは試験体の投棄場所だ、客なんか来るところじゃない。人間は上へ帰れと言ってんだ。帰らないなら、エンに追わせる」

キリのいらだちに呼応したのか、エンと呼ばれる大犬が、太く短く吠《ほ》えて威嚇した。その声は井戸の底で逆巻いて、嵐のようにこだまする。井戸中に密生する痩《や》せた木々の枝葉が、かさかさとふるえた。

かなたがためらわずうなりかえすが、いまこちらをにらんでいるあの白い獣は、まともな生き物ではない。まるで……発火を起こしかけているかのようだ。

「……待ってくれ」

ひたいに汗がにじむ。まだ動くなと、どちらの犬にも念じながら、煌四は左腕から枝を群生させたキリのほうへ声をむける。

「その犬は、なんなんだ？　試験体として……作られたのか？　木々人と同じく、神族に。森に住む炎魔も——神族が生み出したものなのか？」

「え……？」

驚愕《きょうがく》の表情でふりむいたのは、灯子だった。その手がつつみの上から、はっきりと鎌の柄をにぎっている。

　ここから出なければ。理性ではそうわかっていても、煌四は動くことができない。いま、目の前にこたえがある。ずっと疑問に思ってきた、この世界のこたえが。自分たちの生きる、このいびつな世界の正体が。……返答を得ずに、地上へもどることはできなかった。

　閉じ開きもままならないまぶたの奥から、ぎょろりとやりとりを見つめていた木々人ゴモジュが、しごくゆっくりとくちびるを動かした。

「逃げ――ぬぞ、キリ――エンを、見ても――」

「じゃあ、襲わせるまでだろ」

　キリの声が、はっきりと怒りを帯びて低くなる。そしてキリの口が、犬に号令をかけるために息を吸った、まさにそのときだった。

「やめなさい。その子どもは鎌を持っている。またエンにけがをさせますよ」

　なめらかな声が、上からおりてきた。声と、それを生み出す口を備えた顔が、するするとおりてきたのだ。翡翠色の、切れ長の目。仲間たちと同じく、頰には刺青《いれずみ》。しなやかな一本の枝が、ひとりでに動いてこちらへ伸びてくる。その枝の先に――木々人の、頭があった。頭部だけが。

　灯子がとっさに身を引き、煌四にぶつかる。よろけた拍子に、治りかけの傷が悲鳴をあげる。が、おかげで煌四は、正気を失わずにすんだ。

「やはり、小鳥はいけませんね。虫を食べてしまいます。われわれを餓死させようというつもりなら、それも効果的かもしれませんが。シュユ、キリの言うとおりです。鳥が逃げても、外へ追って出てはなりません。生き木からあまりはなれては、われわれの体は死んでしまうのですよ」

蛇のように、木の枝が――あるいは太いつるが、生きて動く。その先端に、灰色のすべらかな肌をした人の頭がついている。その頭が、翡翠色の目に理知的な光をやどし、おだやかな声でしゃべっている。

枝の先の頭は、火を噴く白い犬の前に割って入り、煌四たちを真正面から見つめた。

「ヤナギといいます。キリたちの言ったとおり、われわれはうまく木々人になりそこね、ここへ隔離されているのです。わたしとちがい、キリやシュユは森でやってゆけそうに思うのですがね」

ヤナギと名のった木々人が流し目で見やると、キリはいまいましげに、左腕を揺さぶった。

「こんなもん、切っても切っても生えてくるんだ。痛いんだよ。邪魔になって仕方ないだろ。シュユは大きくならないし、中身も赤ん坊のまんまだ。森に行ったら、仲間とはぐれて死ぬ」

ヤナギはキリの言い分を妹を見守るようなまなざしでうけ流し、また煌四たちのほうをむいた。

「あなたは森を越えてきたのですね。べつの仲間のにおいがする。薬をあげられないのは、残念です」

そう言葉をかけられて、青ざめてふるえていた灯子の気配が、明らかに変わった。灯子は首から下に長い植物のつるを持つ木々人を、まっすぐに見つめた。なにか言おうとして、けれども口を閉ざして下をむく。

「そしてあなたは、われわれの知ることを、聞き出すまでは帰りそうにない」

蛇のようなすがたの木々人の目が、今度は煌四をとらえた。目と口を細めて、その顔があやしげに笑う。

「いいでしょう、知っていることを話しましょう。だれかが知らなくてはならないのだから。人が犯した罪を。炎魔はたしかに、結果として神族が生み出したものです。その昔――」

話しはじめたヤナギのむこうで、頭から木を生やして座りこんでいる、たしかムクゲと呼ばれた一人が、ひょいと腕を伸ばして宙を飛んでいた虫を捕まえ、そのまま口へ入れてむしゃむしゃと咀嚼《そしゃく》した。

「世界が一度死んだとき。神族は、野に生き残った獣に、火を託そうとしたのです。かつて人は、野の生き物から火を授かったのだという神話があります――火をとってきた鳥や鹿、火をおこす方法を人に授けた猿や虎、火を生むすべを盗み見てきた虫。……そんな物語が、この星中にあったといいます。多くは火盗り譚、盗んだ火を人が手に入れた物語として」


ヤナギのわずかに首をかしげるしぐさが、木々人特有の異臭をにおい立たせる。

「神族は、それらの神話の逆をたどったのです。人も神族もともに人体発火をかかえ、火を使うことができなくなった。忌むべきものとなった火を遠ざけておくために、野山の生き物へ、返納の儀が執りおこなわれました。獣たちが火を身の内にかかえ、二度と神々に近づかぬよう」

「でも、そんなこと……」

「ええ、これは神話です。といっても、つい二百年ほど前の。神族がどのようにそれをやったのか、当時あった技術をどのように使ったのか、神族以外に知る者はありません。……けれど、そうやって炎魔は生まれたのです。黒い森に適応し、身の内に火をかかえて生きる、かつてはいなかった獣。……その体内の火がいまのようになることは、神族も予測していなかったようですが」


はあ、と大げさなため息が発せられた。ヤナギの話すうちに、大犬の立つ壁まで移動して背中をもたれさせたキリが、重たげな左腕を抱くようにして、こちらをにらんでいる。

「エンは、そのなりそこないだ。なりそこないの、生き残りだ。失敗したほかの獣は、みんな殺されたって話だから。神族も人間といっしょで、火に近づけば発火する。だから火は穢《けが》らわしい、神を殺すような力は、あってはならない。けど、消し去ってしまうこともできないから、獣にそれをせおわせたんだ」

いつのまにかエンという名の大きな白い犬は、壊れた壁の上にふせ、楽な姿勢をしている。命令を解かれ、疲れはてたかのように。そのすがたは、大きな老いた犬にしか見えなかった。

「でも……それならどうして、同じ神族が火狩りを、火の鎌を生んだんですか」

現実ばなれした空間で、煌四の声はかすれた。井戸のどこかで、鳥がさえずっている。

書庫の手綴《てと》じ本には、最初の火狩りは常花姫《とこはなひめ》という姫神だと書かれていた。自らの体を発火させながら、金の鎌を鍛えたのだという姫神──寿命や異能で生存にすぐれるはずの神族が、なぜわざわざそこまでして、また火を手に入れられるようにしたというのだろう。

ヤナギの切れ長の目が、おもしろそうに見開かれた。

「あなたたち人間と同じに神族も、世界の死に対して、おそれをいだいたからです。もとよりこの国で、生まれ死ぬ人間たちを見守るのが、神族の役目だったという。その盛衰をことほぎ、祈り、見とどけるのが。……火を失い、住む土地を黒い森におおわれてなお、人は生きのびた。その力は、神族よりもしたたかであったかもしれません。死をおそれ、火を忌避した神々よりも」

「それで、常花姫が、火の鎌を鍛えた……？」

ふうと、ヤナギの首から先しかない顔が笑う。ヤナギの口はよく研がれた刃物による切り口にも似て、頰笑むとそこから血がこぼれるのではと思われた。

「そう。常花姫は、野の獣の体内で、火が人を燃やさぬものに変わっていたことを発見し、世界が死んでなお生きのびた人間たちを生かすため、火の鎌を鍛えた。炎魔の火には、神族もおどろいたことでしょう。人を発火させていた火が、まさか生き物の体内で、人を生かすものに変質していたとは。生きのびた……生きようとした人間たちの強さが、姫神の心に火をつけたのかもしれません。まだ民は死なないのだと、今度こそ同じ轍《てつ》は踏まないだろうと。結果、世界は以前とたいして変わらないようですが。――このような体のためか、神族の思いもわかります。その遠々しい真意にはおよばずとも」

腹の底から、寒気がせりあがってくる。

人を生かす火、それをかかえた獣。自身の体を炎上させながら火狩りの鎌を鍛えた姫神。火狩りの出現は、炎魔たちの成長を待っていたかのようであり――

賜り物。

火の鎌でとどめを刺されると、即座に黄金の火をさし出す炎魔たち。自分たちを狩る者をめざして、馳《は》せてくる獣たち。

「じゃあ、世界は……いまのこの世界のすがたは、神族が作ったものなのか？」

ぽつりとこぼれた煌四の声に、ヤナギが首をかしげた。砂色の、仲間たちのそれより幾分やわらかな髪が、はらりと揺れる。

「ある意味ではそうであり、ある意味ではちがいます。世界を破壊し、黒い森がはびこるようにしたのは旧世界の人間たちです。火を忌まわしいものとして、野の生き物に託したのは神族。それでも生きのびた人間たちを生かすため、神族はまたその業を行使した。その過程で生じたのが、この古井戸の底にいるわたしたち。……」

「木々人を……森であなた方と同じ色の目をしただれかを、見たんです。一瞬のことだったから、はっきりとたしかめたわけじゃないけど。あれは」

ヤナギの木の首が、ぬるりとうねった。それはうなずく動作のようでもあり、同時に敵を威嚇するヘビの動きのようでもあった。

「われわれは、木の根を伝わってくる物事を聞きとることができるのです……あまり遠くのことまでは察知できませんが、あなた方が雷瓶をあちらこちらに埋めこんでいるのも、根を伝わって知ることができた。その力を利用しようと思ったのでしょう。何人かの人間が来て、仲間を連れていきました。ノイバラ。あなたが見たのは、おそらく彼でしょう。森で見たということは、ずいぶんと衰えていたのではありませんか？　トンネルを越えれば、生き木からは致命的に遠い。もともと、試験体であるわれわれの体はもろい。もう命をおえていることでしょうね」

煌四のこめかみが引きつる。入り口の小さな穴のまわりの、土を埋めなおしたようなあとは、そのためか。だれかがこの居住区へ入りこみ、木々人の一人を連れ出したのだ。

（しきやたつたの、飼い主たちが……？）

いくら燠火家当主に金で雇われていたとしても、そこまでするものだろうか。いや……煌四は、自分の意識が危うくぐらつくのを感じた。自分も、同じではないか。油百七に住む場所と緋名子の医者をあたえてもらう見かえりとして、雷火による武器を開発している。

ひどく肩をふるわせながら、灯子があとじさった。鎌のつつみといっしょに、服の胸もとをきつくにぎりしめている。気の弱そうなその顔に、青ざめながらもはっきりとした怒りがやどっていた。

「あの」

灯子の発した声は、本人が思っていたよりも大きく響いたのだろう。だれよりも灯子自身が、怖気《おじけ》づいて肩をすくめ、それでもわななく口から言葉をつむいだ。

「も、森に、黒い森におらした木々人さんたちは、首都のお仲間は、庭園いうとこに住んどるはずじゃ、って……言うとってでした。え、ええところと、ちがうんですか？　こんなとこへ閉じこめられて、自分らのこと、失敗作じゃと言うて。炎魔も、守り神さまが、神族さまが作りなさったって、ほんとですか？　そんな、そんなめちゃくちゃなこと、なんで」

灯子の目が火を噴く大犬を見、この場にいる木々人たちを見、むきあったヤナギの目をとらえて、何度もしばたたかれる。キリが眉《まゆ》を寄せ、そっぽをむいて鼻白んだ。灯子は凍えたように肩を縮めて口を閉ざし、問いかけは宙に浮いたまま残される。

「……めちゃくちゃなこと、ですか。たしかにそうかもしれません」

充分すぎるほどの時間を置いてから、ヤナギの髪が、長い首の下で揺れた。

「けれど、昔の人間もいまの世界と同じ程度には冷酷で、無謀であったのだろうと思いますよ。あなた方の体を、火に近づけば発火するようにした、旧世界の人間たちです。彼らはふえすぎた同類を、敵対する者を効率よく殺す手段として、火に近づけば燃える体に作り変えたのです。病原体を使って。――思いどおりにことが運べば、必要のない人間がこの星から消え去り、生きるに値すると判断された人間だけが、残るはずでした。ですが……そうですね、あなたのように、怒りをいだいた人間が、きっとたくさんいたのでしょう。火に近づけば燃える体にされた人間たちは、地上をさすらい海をわたって、その呪いを星の全土へひろげ――」

なめらかな声音が、ひたいにすり傷を作った灯子の顔をみるみる引きつらせる。やめろと、煌四は言いたかった。だがその前に、雷に似た音が、ヤナギの言葉をさえぎった。居住区全体が、かすかに、けれど確実に揺れる。

煌四たちはとっさに上をふりあおいだ。崩落の予兆に、その音と揺れは感じられたのだ。かなたがせわしなく足を踏み鳴らし、警戒すべき相手を探して煌四と灯子のまわりを歩きまわった。

が、それは石壁の崩れる音ではなく、

「……シュユ、鳥をくれ」

日々の会話と同じ調子の大音声《だいおんじょう》が空気をぐらつかせ、

「腐らぬようにして、琥珀《こはく》の目玉を入れるのだ」

木のつるでできたヤナギの長い首をふりむかせ、石段の陰のシュユをおびえさせ、

「おや、人間がおるのか。犬もか。また作り変えられるのか」

苔《こけ》むした石壁と密生する植物の奥、壁としか見えていなかった場所に、ぼくんと二つの、信じられないほど巨大な目が開いた。その二つの目もまた、翡翠色《ひすいいろ》をして透きとおっている。木々人特有のそれと同じに。

「この子たちは試験体ではありませんよ。もうここでは、新たな木々人は生まれません。シュユを追って、迷いこんだのです」

ふりかえったヤナギが、おだやかな口調のままこたえる。

灯子が自然な動作でかなたの首にすがりつくのを、煌四はどこかべつの場所のできごとのように見ていた。目の前で展開される光景に、頭が決定的についてきていない。

なんだ、あれは？

巨大な目。そこからたどると、鼻と口が枝葉のむこうに見えてくる。煌四はやっと、その顔の部分は石造りの壁でなく、ほとんど平らな木の肌におおわれていることに気づく。その樹皮の上を、ちょうど両眼のあいだを断絶する形で、シュユを追っておりてきた階段がななめに横切っている。煌四たちがたどってきた石段が。

「あれが、クヌギ」

面倒くさそうに、キリが呆然《ぼうぜん》としている煌四たちに言いはなった。

「なにをかたまってるわけ？　木と人間を混ぜあわせたんだ、失敗作の中には、巨人化するのだっているに決まってるだろ」

当然のごとくそう言われても、煌四の頭はおどろきに凍えて、ほぼ思考を停止しかかっている。

むこうの壁から巨大な手が伸びてきて、むずかるシュユから小鳥をとりあげた。つまみあげたそれを、異様に長いもう一方の手が、くきりとひねる。首を折られて鳴かなくなった小鳥を、二本の腕がするすると木々のむこうへ隠していった。階段の上で、シュユがすすり泣く。

神の庭──その言葉が、煌四の脳裏にじわりとにじみ浮かんでくる。「工場地帯は、別名を〝神の庭〟という」……油百七が言っていた言葉が。

その異名にふさわしく、工場群のただ中に屹立《きつりつ》する巨樹たち。その一本の下に、ここはある。木々人たちの居住区、「庭園」という名を冠せられているはずの、隔離地区。

これが。こんなものが。

こんなものが、この世界の正体か。

ふいに、母親の葬儀の場面がよみがえった。腐敗時に発生する火を予防するためまぶされる薬剤で、棺桶《かんおけ》の中の遺体は、生きていたときの面影をどんどん失っていった。母の遺体はどこか迷惑そうに、けれどまぶされる薬剤をはらいのけることもできないで、

皮膚の色を煤《すす》けさせていった。

病原体を最初に植えつけられた、必要のない人間たち。人体発火を拡散させていったという、死ぬべき人々の呪詛《じゅそ》は、どれほどのものだったろう。いまのこの世界を見て、その人たちはよろこぶのだろうか。ざまを見ろと思うのだろうか。

世界が破壊しつくされてなお、人を生かそうとその異能を行使した神族は、世界のあり方がこれでいいと思ったのだろうか。人の最大の力であった火を失い、黒い森によって分断され、体が病もうとただ働くことに明け暮れるしかない。神族にたよることでしか、この世界にしがみつくことができない。そして、神族によって体を作り変えられた者たちは、こんな荒《すさ》んだ地の底の庭に、首都の人間にすらそのすがたを知られることなく、閉じこめられている。

「……世界をまともにする方法が、〈揺るる火〉を手に入れることなのか？」

だれに対してでもなく、問いは自然と口からこぼれた。煌四は、自分と灯子のそばにぴたりとついているかなたの背中を見つめていた。こんなにでたらめな場所にいるというのに、なぜこの犬は、いまだに自分たちを守ろうとしているのだろう。

「〈揺るる火〉――」

空気をひずませる声音は、巨人化した木々人、クヌギの発したものだった。

「〈揺るる火〉は怒るぞ、こんな世界を見ては。手揺姫は〈揺るる火〉を鎮めるための、手紙を書きつづけておるのだ。〈揺るる火〉が荒ぶれば、世界はまた焼きつくされるぞ……神族はそれをおそれているのだ、怖がっているのだ」

地響きにも似た声が、独り言をくりつづける。

「わしは知っておるぞ。木々人たちは知っている。火狩りの王が現れようとしておるのだ。王というその名をつけた、常花姫の思いのとおりに。人が神族にかわって、〈揺る火〉に許しを乞《こ》うだろう。火狩りの王が」

つづいて地の底からつきあげた轟《とどろ》きが、クヌギの笑う声だと気づくのには、数秒が必要だった。

「だがそれも、〈揺る火〉の耳には入るまい。火狩りの王が許しを乞うても、その怒りは止まるまい。〈揺る火〉の好きにさせろ。世界を焼きつくすならばそうさせろ。迎え火をともせ。星を呼ぶ迎え火を」

どうやってらせん階段をのぼって地上へもどってきたのか、煌四の記憶は混乱し、あやふやなままだった。さっきの通り雨が洗っていった空気をつらぬいて、日の光が目を射る。

かなたが盛大に身をふるい、そのとなりで灯子がぺたりと地べたに座りこんだ。ひたいのすり傷が生々しく、ひどく長く感じられた地下での時間が、ほんのわずかであったことを知らせている。

煌四は、地の底で見た木々人たちのすがたを一人一人思い出す。胃の奥からせりあがってくるかたまりを、歯を食いしばってこらえた。

（ああ……綺羅だったら、一人ずつの名前を、みんなおぼえておくんだろうか）

そう思うと、自分がひどくみじめに感じられた。望んであのすがたになったわけではないのだろう。まともに燃料を交換されてもいない照明がともるだけの井戸のような地中深くで、どれほどの時間を、あの人たちはすごしてきたのだろう。

見送る者はなかった。ふりむくと、巨樹の根方の小さな入り口は、その奥に底知れない暗さだけをのぞかせ、沈黙している。

呆然としている灯子の頰を、かなたが何度もなめる。灯子ははっとして、犬に首をふってみせる。ためらいながらかなたの頰をなで、それからその手で、犬の鼻を煌四のほうへむかせた。

「あの……ありがとう、ございました。こんなとこまで、連れてきてもろうて。すみません、お薬はもらえんじゃった……」

立ちあがるそのひざが、あまりにたよりない。

煌四は立とうとする灯子に手を貸し、見聞きしたことを整理しようと、頭をめまぐるしく働かせた。……過去に人の手によって製造された、選ばれた人々を効率よく殺すための病原体。その病原体は星の全土へひろがり、世界が一度死んだあと、煌四たちの体にもうけつがれた。黒い森にはなたれた獣たち。神族に火をかかえさせられた、炎魔たち。なおも生きる人々へ贈られた、姫神の命と引きかえに鍛えられた火狩りの鎌。神族と対峙《たいじ》する〈蜘蛛《くも》〉、もうすぐここで起こる争い、その拡大をふせぐためのいかずち。

古代の火をとりもどしたという〈蜘蛛〉を、空からの攻撃で威嚇し、いかずちによって、争いから首都を守る防壁を築く。雷火の威力を考えれば、決して不可能ではないはずだ。古代の火にも、雷火が発生させるいかずちでなら、対抗できる。

だが、そのあとは？

油百七のえがく思惑どおりならば、〈蜘蛛〉の進攻によって神族は敗退し、その〈蜘蛛〉も、雷火のいかずちによって制圧する。けれど、統治者のいなくなった首都を、この国を、燠火家当主はどう落ちつかせるつもりであるのか、どうやって世界を維持してゆくのか、それを話さない。

（火狩りの王について……油百七は、知っているのか？）

夜の森で一瞬だけ見た緑の目の持ち主。あれが、居住区の木々人の一人のものだとしたら、火狩りたちは、隔離地区へ立ち入ったのだ。だとしたら、煌四たちと同じく、火狩りの王について聞いていたとしてもおかしくはない。しかし、燠火家当主から火狩りの王という言葉が出てきたことはない。

「われわれは神族にとって、管理でき、とりかえのきく、石ころや草木と変わらないのだ」――油百七の言葉がよみがえり、胃の腑《ふ》をつめたくさせる。神族の人間に対するおこないと、油百七の指示をうけた火狩りたちがあの木々人にしたことに、どれほどの隔たりがあるというのだろう？

（……そういう生き物なんだ）

寒々とした失望が、腹の底に巣くう。他者を嬉々《きき》として踏みにじる。必要がない者は効率的に殺す。人間というのは、それができる生き物なのだ。

煌四は手をこぶしににぎって、自分の頭をたたいた。ずれる眼鏡を、急いで直す。灯子が心配そうに、こちらを見あげている。血の気を失った、心もとない顔で。

手に熱いものがふれ、はっとした。かなたが、煌四の手をなめたのだった。煌四はかがみこみ、かなたの耳をつまみ、頭を、背をなでつけた。

「……かなた。よく帰ってきたな。早く、緋名子にも会ってやってくれ。それから……」

頭痛を起こす頭をふって、灯子へ顔をむけた。

「木々人からは薬をもらえなかったけど、ぼくが置いてもらっている屋敷に、腕のいい医師がいる。その人から薬をもらえるかもしれないし、けがしている人を診に行ってもらうこともできるかもしれない」

けれど、灯子はくちびるを嚙《か》んでかぶりをふった。

「いえ、それは……」

しかし、その先を言うひまはあたえられなかった。かなたが気配を察知する。まだ湿り気をふくんだ空気の奥に、犬は何者かの敵意を感じとる。

ヒュン、と空を切って、煌四と灯子のすきまを、なにかが縫った。背後の木の皮を破ってつき立ったのは、人の手ほどしか丈のない細い刃物だ。見あげると同時に、煌四は灯子の手を引いて走った。巨樹のうしろへ。身を隠しながら視界にとらえることができたのは、崖《がけ》に隣接する工場の屋根の上に立つ黒装束だった。

（……来た）

木のうしろへ隠れたところで、意味がない。走って逃げたところで、しのびにすぐ追いつかれてしまう。

煌四は木々人の居住区の上に立つ巨樹に背中を押しあてたまま、崖の上を見あげた。炉六が、近くで雷瓶埋めこみの作業にあたっているはずだ。どうにか、たすけを呼ぶことができれば──

カツンと、目の前の舗装に、高下駄《たかげた》がおり立った。墨染の装束、黒い頭巾《ずきん》と白い布でおおわれた顔。煌四は、かたわらでまっ白な顔をしている灯子を見、威嚇の姿勢をとっているかなたを見、閃光《せんこう》用の雷瓶を使うことを決めた。神宮のすぐ下。神族に見られてしまうおそれがあるが……

（変更のきかない計画なんて、成功させる気がないのと同じだ）

かばんへ手を入れながら、さっき飛んできた細長い菱形《ひしがた》の武器はなんという名前だったか思い出そうとする。目の前のしのびが、帯のうしろから二本目をとり出している、あの特殊な武器の名前。

しかし、しのびはその武器を投げなかった。影のようにつかみどころのないしのびの動作は、後方からの衝撃で阻害される。飛んできたのは、錆《さ》びついた工具のように見えた。鉄のかたまりが、ほぼ直線の軌道をえがき、しのびのひじに命中した。

手甲をはめたしのびの手から、武器が落ちて大きな音を立てる。

「灯子のばか、どこで油売ってんの！」

つづいて耳に飛びこんできたのは、怒声と、それにかぶさるかん高い犬の鳴き声だった。

白い小さなかたまりと、狩衣《かりぎぬ》をまとった人物がこちらへ駆けてくる。「おん！」かなたが、ひと声吠《ほ》えた。

「ご、ごめんなさい、そいでも……」

瞬時に肩をすくめる灯子に、狩衣すがたのだれかはすばやく声を投げつける。

「あんたね、クンの世話してろって言ったでしょ！　言い訳はあとで聞くよ、いまはこいつの相手が先だ。そのけが人といっしょに、すみっこに隠れてろ！」

「は、はいっ！」

こたえるなり、灯子は煌四がつかんでいた手を反対に引っぱって、巨樹からはなれ、建物わきに置かれている鉄箱の陰に身を隠した。人がすっぽり入れるほど大きな箱は、廃品の集積箱だ。さっきの工具は、駆けつけながらここからとったのだろう。

灯子の知りあいであるらしい狩衣の人物は、帯から短刀をぬき、しのびにむかってゆく。利き腕をやられたはずのしのびは、それでも人間ばなれした動きで三本目の武器をとり出し、くり出された短刀の軌道をそらして高下駄で敵対者の顔面を蹴《け》りぬこうとする。身を引き、灯子を知るだれかは、下駄の歯を鼻の先すれすれにかわすと、身を沈めて体を回転させながらしのびの足をはらう。が、それもまたかわされ、しのびは高く飛びあがって巨樹のいちばん低い枝へ手を伸ばしながら、地上に残る人物へむけて、銀色のなにかを投射した。まるい形のそれは、空中で炸裂《さくれつ》し、中におさめられていた無数の針を地上へ射た。

吠えまわっている白いかたまりをかかえこみ、その勢いのまま舗装の上を転がって、広範囲をおおう針の雨から、ぎりぎりで逃れる。が、何本かは体をかすめたらしく、血がはねるのが見えた。

「あれは、知りあいか？」

煌四がたずねると、灯子はあわててうなずく。

「じゃあ、たすけに行かないと――あのままだと、危ない」

「待って」

走り出そうとする煌四の腕を、灯子が力をこめて引きとめた。体の中で痛みと疑問が混乱を起こし、煌四は灯子の腕力であっけなく動きを止められてしまう。見おろすと、かなたが戦いを注視しながらも、灯子のそばを決してはなれずにいる。

「あれ……」

煌四の腕をつかんだままで、灯子が前方を指さす。さしのべられた手は、中空のひどく中途半端な位置をしめしている。

灯子の指さすものを確認する前に、ざわっと全身が総毛立った。異形の木々人を前にしたときの恐怖とはちがう、さらに異質なものがそばに来たと、体内に警告音が鳴り響く。

——おそろしいものがいる。

目をあげた。まばたきを完全に忘れて灯子が見ているものを、目で追った。

人に、それは見えた。巨樹の枝の上に、背すじを伸ばして立っている。狩衣やしのびのまとう装束と似た、けれども明らかにそれとはちがう仕立ての、きめ細かな模様におおわれた着物を身につけただれか。煌四と年の変わらない、少年に見えた。が、目がとらえたそれを、頭がはげしく否定する。

人ではない。あれは……

（——神族だ）

みずらと呼ばれる、はるかに高い身分の者だけの髪型。左右の耳の横で結わえられた髪の先は長く垂れ、風にそよぐのが遠目にもわかる。はじめてまのあたりにする神族の一人に、煌四の体は反射的に畏怖《いふ》をおぼえ、同時に統治者に対する平凡な怒りが、おそれをいだく本能をなぐりつける。

「そのくらいにしておけ」

巨樹の上から、声が響く。風に乗ってとどく澄んだ声は、まだにごりを得ず、少女のそれのようだった。

「ここで血を流すな。姫神さまの御許《みもと》を穢《けが》すんじゃない」

その言葉にしのびがうなずくしぐさを見せ、無言のままに、枝を蹴ってすがたを消した。しのびは動作に一切の音をさせず、また少年神の登場とともに、あたりからすべての音がしりぞけられたように感じられた。工場の稼働音さえも、消えている。

白い小さな犬の、さかんに吠えたてる声だけが響いている。狩衣の人物に抱きとめられたその犬を見おろして、神族の少年が笑った。この距離からでも、その表情がなぜか読みとれた。

「いい犬だ。白い獣は姫神さまが好まれる。——早々に立ち去れ。ここは姫神さまの御許だ、血もけがも、ここにはふさわしくない」

おだやかな声は、空気の中にはっきりと刻まれ、少年のすがたが宙に溶けるように消えたあとにも、その声音の余韻を聞きとることができた。

(空気が、操られているんだ)

煌四は、にぎりしめたままだった小型の雷瓶を危うく指からこぼしそうになり、はっと息を吸って持ちなおした。不用意に瓶を割らないよう、かばんにしまう。その横を、灯子が走りぬけていった。

「明楽さん!」

舗装された地面につき刺さっていたはずの太い針が、いつのまにか消えている。しのびと戦った人物は、頭をおおっていた頭巾を針に破られ、高く縛った赤毛をあらわにしているというのに。

よくめだつ、赤い髪……煌四の脳裏に、円形につらなる文字列が幾重にも立ち現れる。

「明楽さん、けがが……」

駆けよった灯子が、明楽と呼ぶその人の肩や腕にふれようとして、目をみはる。たしかに煌四も、血の玉が飛ぶのを見た。ところが――

「あ。あーあ、ここにあのうらなり瓢簞《ひょうたん》、連れてきとけばよかった。神族がついでに傷を消してくれたかもしれないのに」

くやしそうに言って、その人は無傷になっている腕と肩をさする。神族の異能で消された傷のあった場所を、乱暴にこする。腕から解放された小犬が、いつまでも落ちつきをとりもどさずに、吠えたりはねたりをくりかえしている。かなたがぴたりと灯子のそばについて、明楽と呼ばれた人のにおいをたしかめている。

工場の稼働音。一瞬、たしかに静まりかえっていた工場は、ふたたびいつもと変わらず轟音《ごうおん》で空気を満たしている。

煌四は現実味を失った足に力をこめ、灯子たちのほうへ近づいていった。そばへかがみこむ灯子の頭をこづいているのは、火狩りだ。その狩衣の帯に、金色の三日月鎌がさしてある。

しのびとほぼ互角に戦い、灯子に眉《まゆ》をつりあげてみせるその火狩りが若い女であることに、煌四はおどろいた。危険な仕事であり、体力も腕力も必要な火狩りになるのは、男ばかりだと思っていたからだ。事実、煌四は女性の火狩りというものを見たことがない。けれど、目の前の若い女は、たしかに火の鎌を腰に帯びている。そして、これを狩り犬と呼べるのかわからないが、犬と同じ骨格を持つ小さな獣を連れている。

かなたが煌四のほうをむき、親しみをこめて短く吠えた。ふりむいた火狩りが、眉を大きく持ちあげる。

「……見つけたんだね、かなたの家族」

火狩りの手が灯子の頭をなで、灯子は深く深く、うなずいた。

まだどこかおぼつかなさをかかえたまま、煌四は火狩りのそば、巨樹の根方に、一匹の虫が死んでいるのを見た。腹を見せ、動かなくなっているムカデ——その毒々しい色をしたすがたが、きつく目に焼きついた。

六　遠雷

見てはならないものを見た。

その思いが身の内にきつく根を張り、灯子の全身をしびれがおおっていた。

地底の、異形の木々人たち。炎魔になれなかった獣。顔のないしのび。――そのどれにもまさって、圧倒的な恐怖をもたらしたのは、巨樹の上から涼しげな声をかけた少年だった。

村の祠《ほこら》に祀《まつ》られている童《わらし》さまとはちがう、生身の神。

はるか高い位置からこちらを見おろしたあの視線が、自分たちの体を一瞬にして粉砕した。灯子はそう感じ、明楽に肩をつかまれ顔をのぞきこまれても、その声を聞いても、うまく反応することができなかった。一度粉々になったかけらが、まだ完全につながりきらずにもとの形をなぞって空中に浮かんでいる。そんな感覚が灯子を支配していた。

「…………」

灯子は開いたてのひらを、うつむいてじっと見つめる。砕けてなどいない、それはもとのままの灯子の手だ。その手の中に、灯子の見てきた木々人たちの顔が、しのびの影が、こちらを見おろして頬笑む少年神のすがたがめぐり、耳にした言葉の数々が体中ではぜて光る。

「灯子！」

明楽の鋭い声が、ゆるんでいた灯子の体をひと息につなぎなおした。はっとして顔をあげる。そしてかなたをふりかえった。かなたはいつもと変わらない表情で、ぴたりと灯子のそばに立っている。

（ちがう……そことちがう。かなた、お前が立つのは、このお兄さんのとなりじゃ）

灯子はまなざしで、かなたにそう伝えようとした。てまりが、煌四を見あげてちっぽけな牙《きば》をむき、うるさくうなっている。

「早く行こう。神族じきじきの警告だ。いつまでもいると、今度は血も流れないうちに絶命させられる」

明楽が灯子の腕をつかみ、煌四に顔をむける。

「家はどこ？　この子は、この犬をあんたにかえしに、村を出て首都まで来たんだ」

煌四のうなずくのを、灯子の目が視界のはしにとらえる。そのすがたが、視野の中でかすんでいる。明楽は、しのびと戦うために建物のわきに置いてきた火袋をとってきて肩に担ぐ。

「……こっちです」

煌四が返事をするのも、ぼんやりと輪郭を失った音にしか聞こえなかった。

歩きはじめる。明楽が腕をつかんでいるので、灯子はそれについてゆく。目にしてきたものが、耳へ入れられた言葉が、灯子に呼吸することを忘れさせる。灯子は、自分で決めたのではなしに、村を出てきた。ばあちゃんにさとされ、おばさんが紙漉《かみす》き衆にたのんでくれて。乗員たちの動かす回収車に乗せてもらって。この世界の人間も、それと同じなのだろうか。勝手に失敗をして、あとは自分たちより大きな者、力のある者たちの決めるまま、生かされているばかりなのだろうか。

森で聞いたときには、まだどこか信じられなかった。けれど、会ってしまった。砂色の髪、灰色の肌、植物の刺青《いれずみ》と植物の名を持つ木々人たちは、もともとただの人間であったのに、神族によって体を作り変えられたのだと。そして、森に棲《す》む炎魔もまた——工場の音がうるさい。人の力をはるかに超えた金属群が火を食べて動き、異臭をはなつ排煙を空へ、色を病ませた排水を水路へ吐き出している。

笑っていた。あの気高さを全身にまとった神族の少年は、こちらを見おろして笑っていた。

その笑みにふくまれる意味が読みとれず、灯子の背にずっと寒気がのしかかっていた。しのびと戦ってけがをしたはずの明楽から、血のにおいがしない。それがおそろしかった。

「それで、上のほうに住んでるってわけ」

「はい、いまは。……あの、いま、まわりにしのびはいますか」

「ん？　いや、いないみたい」

「変なことを訊《き》きますが……中央書庫へ入られたことは、ありますか？」

「中央書庫？　そんなとこ、入れるわけないでしょう。あたしはこないだまで、森で流れの生活をしてたの」

　歩きながら明楽と煌四が話すのを、灯子は雲の上の音でも聞くかのように、遠くに感じていた。犬たちの呼吸音のほうが、ずっと近かった。てまりがときおり、大きな黒い目を細めてこちらをにらむ。

「こっちに……」

　いざなう声の尾がさがり、煌四がこちらをむいたのがわかった。灯子はまたうつむけていた顔をあげ、あ、と声をもらした。いやに視界が暗かったのは、頭がぼうっとしているせいだけではなかった。空にまた、湿り気をふくんだ雲が流れてきていたのだ。そしてその雲を背に、しみ一つない門がそびえ立ち、門柱の上にとりつけられた角灯がくっきりと光をはなっている。火の色をした、それは星の明かりに見えた。

　首都へ来てすぐに、灯子とかなたが迷子になったあの区画だ。綺羅という名の、煌四の友達だという少女が声をかけてくれた場所。

「へえぇ、すごいとこに住んでるんだな」

　明楽が、閉ざされた門と高い塀に守られた屋敷を見あげる。これから、かなたが入ってゆく場所――そこは、灯子の目にはおとぎ話の城かなにかに思えた。神族の住まうという神宮とならべても、遜色《そんしょく》はないのではないかと思えるほどの。

「ここ、首都でも指折りの大金持ちでしょう」

軽口めいてはいるが、どこかふくみを感じさせる声音で、明楽が煌四にむかって言う。

「はあ……首都づきの火狩りの慰労の席も、この燠火家がほとんどもうけているそうです」

こたえる煌四の声は、かたいままだ。屋敷の大きさにあきれているのか、明楽が見あげたまま首をかしげ、それからこちらへ視線をおろした。

「──ほら、灯子」

明楽が肩を押す。灯子はよろめいて、ずっと火狩りの鎌と守《も》り石《いし》を自分が持っていたことに気がついた。かなたの目を見る。黒い目の奥には、灯子のよく知る賢い意思がやどっている。言葉の形をとらない問いかけが、灯子とかなたのあいだにかわされた。それがわかれの挨拶《あいさつ》だった。

「あ、ありがとうございました……たすけてくれなさって、木々人のとこへも……けががありなさるのに、いっしょに行ってもろうて」

頭をさげる。煌四の顔が見えないように。ささげるように、鎌と守り石の入ったつつみをさし出した。

ややあってから、煌四の手が、つつみを持つ灯子の手をそっと押しもどした。

「これは、持っていてもらえないかな。役に立つようにしてもらっていい。ぼくと妹が世話になっている人は、腹の底がわからない人で――かなたはトンネルをぬけて自分で帰ってきたことにできるけど、形見をとどけてくれた者があるとわかれば、いずれ灯子たちにも迷惑がかかるかもしれない。身勝手を言うようだけど、そうしてもらえるとうれしい」

顔を見た。かなたの主《あるじ》であった火狩りと、よく似たまなざし。灯子をたすけて死んだ人と。

「……わかりました」

灯子は、すなおにうなずいた。

「それから、これを。……礼のつもりじゃないけど、これなら、邪魔になることはないから」

つつみをかかえなおす灯子の手に、つめたくなめらかなものがにぎらされた。その中身がじわりと輝いているのを見て、灯子は目をみはる。雷瓶だった。筒型の小さなガラス瓶の中に、金色の火が、雷火が入っている。

「こ、こんなもん、もらえません。これは、木々人の言うてじゃった、迎え火に使うものとちがうんですか」

その問いに、煌四が胸をつらぬかれたようなおどろきをあらわにしたが、すぐにまっすぐな眉《まゆ》を厳しく寄せ、かぶりをふった。

「あそこの木々人たちの言うことが、ほんとうだとは限らない。それに迎え火をともせと言っていたけど、雷火を使えと言ってたわけじゃない。これっぽっちだけど、持っていてほしい。狩りのときにも役立つだろうし、身を守るのにも使える」

「もらっておきな、灯子」

さりげなくあたりに目をくばりながら、明楽が言った。灯子はうなずいたが、動作はひどくぎこちなくなってしまった。

「ほんとうにありがとう、ここまで来てくれて。かなたを、連れてきてくれて」

かたい響きの煌四の声に心がこもるのを、灯子は雨の中へ立ちつくすときと同じに、全身にひたすらうけとめた。

「気をつけて……どうか、無事で」

「はい。煌四さんも」

じきに、また雨が降る。遠くで、雷が低くうなった。

そのときふいに、明楽の両足のあいだにおさまっていたてまりが、背中の毛を逆立てて牙《きば》をむき出した。小さな体をわななかせて、敵意を表している。なにに威嚇しているのかと、明楽までもが目をまるくした。

かた、とごくなめらかな音をさせて、門のわきの木戸が中から開けられた。

「……お兄ちゃん？」

顔をのぞかせたのは、ひどく華奢《きゃしゃ》な女の子だった。あごの下で切りそろえた髪が、痩《や》せた頬を隠している。仕立てのよさそうな服を着ているが、小柄な体に、その服がまだうまくなじんでいないようだった。

門の内側から顔をのぞかせた少女に、てまりがますます警戒する。全身をこわばらせてうなる犬を、明楽がさっと抱きあげて狩衣《かりぎぬ》の懐に隠した。

小さな少女が煌四のすがたを、つづいてかなたのすがたをみとめて頬を上気させるのを、灯子は明楽のうしろへ隠れながら見ていた。

「かなた……」

女の子が名前を呼ぶとき、灯子は思わず目を閉じた。細い、きれいな靴をはいた足が、木戸の敷居をまたいで駆け出してくる。

「かなた！」

名前をさけぶ声と、かなたののどが鳴らす高くかすれた歓喜の音が、上空からおりてくる湿った空気の中でからみあった。

あの子が、煌四の妹だ。病気なのだと言っていたとおり、その体はひどく貧弱で、小作りな顔に目だけが際立っている。煌四の妹が、しゃにむにかなたの首っ玉にすがりついた。何度も何度も、犬の名を呼びながら。

かなたが太い尾をふりあげるのを、灯子はなにも言わずにじっと見ていた。女の子の頬を、大きな舌でなめるのを。この人たちがかなたの家族なのだ。煌四と、この小柄な妹が。

（やっと……）

やっと会えた。首都に、かなたの帰りを待つ人たちが、ちゃんといた。灯子は腹の底がぬけたように安堵《あんど》し、同時にこみあげてくる感情を、押しとどめることができなかった。だから、明楽のうしろに隠れ、かなたの背へむけて一心に念じた。

（ふりむかないでな。こっち、見ないでな。もう会われんから——かなた、元気でおってな）

と、かなたに抱きついていた少女が、はたと視線をあげて煌四を、それからおびえたようすで明楽を見あげた。

「……お父さんは？」

ざくりと灯子の胸が割れたように、全身から血の気が引いた。——そうだ。この子にも、謝らなくては。この兄妹《きょうだい》は、灯子のせいで親を亡くしたのだ。

ふらつく足に力をこめて、前へ出ようとする灯子を、明楽の手が引きとめた。煌四もこちらを見すえて、短くうなずく。

「ぼくから話す。早めに、帰ったほうがいい。雨が降りそうだし、それに……」

目をあげ、煌四が確認しようとしたのは、きっとしのびの影だ。先ほどから、明楽がその気配がないか探っているのと同じもの。

「わかってる。あんたたちも、中へ入りな。それじゃあね」

こたえながら明楽の手が、強く灯子の肩を抱いていた。とまどいのこもった目をしたまま、女の子は煌四にうながされ、木戸の内側へもどってゆく。そのあとを、かなたがついてゆく。灯子が念じたとおり、一度もこちらをふりむかずに。二人の兄妹のすがたにしっくりとなじんで、家族といっしょに、大きな門の内側へ入ってゆく。

かなたのすがたが、見えなくなった。

最後に木戸の内側から、煌四がまっすぐこちらを見、深々と頭をさげた。木戸が閉じられると、さっきまですぐそばにあったかなたのにおいも、もう感じられなくなってしまった。

「帰るよ、灯子。おぶさりな」

明楽が、かがんでこちらへ背中をむける。

「え、ええです、歩けます」

「そんなに泣いてるやつ連れて、歩けないよ。あたしが警吏にあやしまれちゃう」

灯子は息をつめて、うつむいた。まともに息をしては、嗚咽《おえつ》をもらしてしまいそうだった。慣れない靴のつま先を、整った舗装を、ぽたぽたと灯子の目からあふれる涙のしずくが染める。

担いでいた火袋を紐《ひも》で肩にかけ、形見の入ったつつみに雷瓶もいっしょに入れて明楽が持つと、灯子は言われるとおりにその背におわれた。明楽はよどみのない足どりで、人の目につきにくい細い路地を選んで歩いてゆく。

「灯子、えらかった。犬とわかれるのはつらいよね。あんたみたいなチビすけの女の子が、村から出て黒い森を越えて、こんなとこまで来て。よくやった。——あんたを送り出した人たちは、いまは言いたくても言えないだろうから、かわりに言っておくよ」

おぶさって下り坂になった道をたどるあいだも、こみあげる涙は止まらなかった。明楽の肩にきつく顔を押しつけて、灯子はむせび泣くのを必死でこらえた。

かなたの手ざわりを、表情を、吠《ほ》える声を走るすがたを、一つも忘れまいと胸に刻んだ。灯子を守り、ほたるや火穂の顔にも笑みをもたらした、賢く強い犬の気配を。

（ああ、また雷が……）

遠雷のうなりを、耳がとらえる。

かなたも、あの兄妹とともに聞いているはずだ。木々人たち……地下の荒れた庭に閉じこめられたあの人たちにも、雷の音は聞こえるのだろうか。

ざぶざぶと、どこかの水路から水音がした。また、だれかが水に入っているのだろうか。重い雲が垂れこめ、雨の気配に空気がうねっているのに。

明楽の懐にすっぽりおさまっているてまりが、小さくうなった。

明楽の足が速いおかげで、雨が降りだす前に、海際の家へ帰り着くことができた。

家へ入るとほぼ同時に、はげしい雨が首都のつぎはぎ細工の屋根屋根をたたきはじめた。照三の両親は、まだそれぞれの仕事場からもどらない。雨具は持っているだろうか、それとも仕事が引ける前に、雨が去ってゆくだろうか。

「お姉ちゃん！」

裏口から入った明楽のすがたを見るなり、クンが突進してきた。背中に灯子をおい、荷物も身につけた明楽は、よろめきかけた体を、軽くひざを沈めて持ちなおす。灯子はあわてて、明楽の背中からおりた。

「どうしたの、クン」

ぐいぐいと力まかせに抱きついてくるクンの頭を明楽の手があげさせると、クンの目もとには、べそをかいたあとがはっきりと残っていた。

「遣い虫が死んじゃったから、お姉ちゃんもだめかと思ったんだ。お姉ちゃん、帰ってきた！」

「遣い虫？」

明楽が首をかしげたとき、奥の部屋から火穂が現れた。べそをかくクンにてこずったらしく、ひどく疲れた顔をしている。火穂もまた、帰ってきた灯子と明楽へ駆けよってきたが、抱きついて甘えるクンとは反対に、眉《まゆ》をつりあげている。

「灯子、どこに行ってたの？　心配した。クンは目を開けたまま動かないし、動くようになったと思ったら、今度は泣いて暴れるし……」

つめよられて、灯子はたじろいだ。火穂の怒った顔を、はじめて見たせいかもしれない。

「え、えっと……かなたの家族を、探しに行く、って……手紙を、置いてったんじゃけど……クンのことも、書いといたんじゃけど……」

　すると、火穂がますます怒りに顔をゆがめた。顔中の傷痕《きずあと》が引きつる。

「手紙って、あれ？　ふとんに置いてあったやつ？　あんなの、あたし、読めないもの」

「えっ？」

　火穂が懐から引っぱり出した紙をひろげる。のぞきこんだ明楽が、うひゃあ、とおかしな声をもらした。懐のてまりが床へ飛びおり、ぷるぷると体をふるう。

「灯子が書いたの、これ？　すごいな。首都の学生の字みたい。ああ、そうか。あんたの生まれた村は字を書く紙を作ってるから、それでうまくなるのかな」

「はあ……」

　明楽が手わたすつつみを、灯子はぼんやりとうけとった。ほんとうはかなたといっしょにかえすはずだった形見の品。明楽の背中でずっと泣いていたせいで、鼻の奥が痛い。消外からもどってくると、家の中にこもるいやなにおいがいっそうきつく感じられた。毒液と、甘ったるい日なたのにおいと、便所汲《く》みのときのにおいがいっしょくたになって、家の中に充満している。

「ふうん」

　しがみついたままのクンの背中を軽くたたいてあやしながら、明楽は火穂の手からうけとった灯子の書き置きを、しげしげと見つめている。そのまなざしが、やけに真剣だった。

「灯子、かなたは……？」

そこでようやく、火穂の大きな目が、だれもいない灯子のかたわらへそそがれた。

灯子は、ただうなずいた。もう涙は出なかった。灯子のかたわらにも、体の中にも、いままでずっといてくれた犬の不在だけが残された。虚《うつ》ろなそこへ、勢いを強める外の雨音がそそぎこまれる。土砂降りだ。風のうめき声もした。夜どおしの嵐になるのかもしれない。

突然に、火穂が灯子のことを抱きすくめた。ぼうっと下をむいていた灯子は、つぶれた蛙のような声をもらした。なにも言わずに、火穂が両の腕に力をこめて灯子を抱きしめる。そうしていないと灯子が、どこかへ消えてしまうとでも思ったかのように。

（ああ、火穂に、謝らんと。そいで、ええと……ああ、なんで声が出んのじゃろう）

まだ灯子の意識は、今日目にしたもののすべてをうけとめきれずに、鈍麻している。かたわらにぽっかりと残された不在を、明楽が、火穂が、温めようとしてくれている。雨の音が、心臓をわななかせる。

そのとき――

「……うああ、くそ。痛《いて》えよう。なんだよ、これ」

声がした。奥の部屋の、半分開いた戸のむこうから。

「――照三さん！」

灯子は、火穂といっしょに駆けだしていた。

「痛え、腹へったあ……」

寝台の上に横たわったまま、それでも右目を開けた照三が、苦しげに顔をしかめている。手足を、大儀そうに動かしかけている。

「いくら生き意地汚いからって、ほかに言うことないの？」

ぴしゃりと火穂に叱りつけられて、照三が、ぽかんとまのぬけた顔をする。クンを連れて部屋をのぞきこんだ明楽が、声を立てて笑った。

「ほんと、護衛失格のあたしが言うのもなんだけど、あんまり火穂に苦労かけるんじゃないよ」

「……はあ？」

言いかえそうとした声が、かすれきっている。灯子は急いで部屋を飛び出し、水を汲みに廊下を走った。

（お白湯《さゆ》のほうが、いいかもしらん）

湯を沸かせるくらいの火は、この家にも蓄えてあった。外からのぞけると気にしていた食堂の窓には、おじさんが古い布で窓掛を作ってくれたから、出入りしても大丈夫だ。

簡易型の炉に、そばの密閉瓶から火をそそぎ入れ、やかんを載せた。灯子が走ればぴたりとついてくるかなたの足音は、もうしない。すぐ横から、あるいはうしろから見守っていたまなざしも、もうない。

かえされてしまった形見の入ったつつみを食卓の上へ置いて、結び目を解いた。灯子は煌四からわたされた雷瓶を、そっと手につつんだ。筒型のガラスの中に封じられた雷火が、決然とした黄金色に輝いている。とろとろと揺れるそれは、紅緒が嫁いでゆくはずだった蜂飼いの村で採れるという、ほたるがうっとりと話していた蜂蜜《はちみつ》に似ているかもしれないと、そう思った。

まだ明るい時間のはずだが、大雨のせいで外はほぼ暗転している。

（雨。……やっぱり、お兄さんが降らせなさったようじゃった）

煌四が投げ、すぐ背後で炸裂《さくれつ》した閃光《せんこう》の強烈な輝きを、まだ皮膚がおぼえている。とり残された木々人を見た。なりそこないの炎魔を見た。かなたが、行ってしまった。

こんなに雨が強いのに、雷の音はまだ遠い。屋根のさらに上、空をおおう重たく厚い雲の上で、くつろいだ獣がのどを鳴らしているようだ。そのすがたを想像すると、灯子の心はすこしずつ落ちついていった。

首からさげ、服の中へ隠した守り袋は、またもとのささやかな重みをとりもどしている。飴玉《あめだま》のつつみを解き、灯子は、そのにおいを嗅《か》いだ。花の蜜のかおりだ――紅緒が行くはずだった蜂飼いの村では、この甘いかおりが満ちていたのかもしれない。行きたかったろう、あんなところで踏みつぶされるよりは、よっぽど。……

目を閉じ、村へ帰ってきたような気持ちになって、灯子は雷瓶を両手につつみ、湯が沸くのを待った。

第四部

翔ける者、這う者

一　夜半の鳥

強い風と雨が、首都を揺すぶっていた。

燠火家や近隣の邸宅はびくともしないが、下の町では雨戸もひどく揺れ、あちこちで雨漏りがしていることだろう。

しかし、そのひどい雨のおかげで、かなたは屋敷の中へ入ることを許された。磨きのかかった玄関口に、耳や毛の先をかすかに緊張させ、かなたはおとなしく座っている。そのそばに座りこんだ緋名子が、じっと黙って、犬の首にすがりついている。スカートから出たひざを、石の床にじかについて。もっと厚着をしないと、また高い熱を出してしまう……煌四がそれに思い至ったときには、綺羅が肩掛けを持ってきて、緋名子の背中にかぶせてくれた。

「たしかにこの犬が、きみたちのお父上の連れていた狩り犬なのだね？」

きゅうくつそうに腕組みをした油百七が、かなたを見おろす。体毛のあちこちが汚れてからまり、あばら骨が浮いて見えそうになっているかなたは、油百七を前にすると小型の狐かなにかに見えた。が、毅然《きぜん》とした顔立ち、迷いのない目つきは狩り犬として父親のそばにいたころのままだ。

「まちがいありません。今日、書庫を訪れようと外へ出ていて……そのときに、見つけました」

煌四はうなずいた。言葉をぼやけさせたのは、かなたをここまで連れてきてくれた灯子のことを隠すためでもあったが、この場に綺羅だけでなく、燠火家の夫人である火華《ひばな》がいたからだ。〈蜘蛛《くも》〉に備えて雷火で対抗する、その計画を進めていることを、なぜか燠火家当主は自分の家族にひと言も話さないでいる。油百七が火華や綺羅に内密にしている以上、煌四が勝手に計画を口にすることは、許されていない。

油百七が煌四の考えを読みとって、軽く鼻を鳴らす。かすかなそのしぐさは、ずいぶんと威圧的だ。煌四を生意気だと感じていることを、油百七ははっきり態度に表すようになった。

「崖《がけ》のトンネルをぬけて、ということか……しかし、犬だけが帰ってきたということは」

煌四は、ふたたびうなずく。そのしぐさと重苦しい表情だけを見せ、なにも言わずにおいた。灯子の存在を気取《けど》られないためには、そのほうが効果的だと考えたからだ。

緋名子が、ひくっと背中をふるわせる。油百七の顔に、沈痛ともいまいましげともとれるゆがみが表れた。

すその長い、ゆったりとした部屋着に深紅の上掛けをはおった火華は、鼻と口もとを手でおおい、白い眉間《みけん》にしわを寄せている。

「その犬、あの炉六とかいう火狩りに連れていかせることはできないの？　このごろ、屋敷へしょっちゅう出入りしてるじゃありませんか。狩り犬の繁殖所へ引きとらせることだってできるでしょう？　ごめんなさいね、煌四さんや緋名子ちゃんに悪気があって言うのではないのよ。ただわたしは、どうしても獣がだめで……」

「お母さま、そんな……」

顔をしかめてかなたを見おろす母親を、綺羅があわててとりなそうとする。が、娘の言葉をさえぎって、油百七が太い声を響かせた。

「かまわん。煌四くんたち兄妹《きょうだい》にとって、たいせつな犬だ。わが家に置くのに、なんの問題もないだろう。犬の一匹や二匹、養うことは充分にできる」

その瞬間に火華の目にやどった鋭利な光は、見る者の背すじをぞっとさせるものだった。

「……これで三匹目よ。拾い物を養うのは」

低い声が、赤いくちびるからもれた。間髪を容《い》れずに、油百七のどなり声が玄関に轟《とどろ》く。

「口をつつしみなさい！」

緋名子ばかりか、綺羅までがびくりと身をすくめた。火華は形のいい眉《まゆ》を曇らせ、傲《ごう》然《ぜん》とその場から顔をそむけると、赤い上掛けをひるがえして自室へ引きあげていった。

自分の妻がのぼっていった階段を陰気ににらんでから、油百七はたっぷりとした口ひげをうねらせ、咳《せき》ばらいをした。パンパンと手を鳴らし、使用人を呼ぶ。すぐに駆けつけた四人の使用人のうち二人が、なにも言われないままに階段をのぼり、火華の部屋へむかった。

「浴室を使ってかまわない、犬を洗ってやりなさい。そのあとに餌をあたえるんだ。さて、どこに寝床を用意するかだが……」

「……あの」

か細い声を発したのは、緋名子だった。かなたの首を抱いたまま、おどろいたことに油百七の顔を見あげている。

「わたしのお部屋に、連れて入っちゃだめですか？　かなたは賢いから、いたずらは、ぜったいしません。お願いです」

煌四は思わず目をみはった。この家で、綺羅と焚三医師、庭師の焦二老人以外にはいっさい心を許していなかった緋名子が、油百七に直接話しかけている。この屋敷で暮らしはじめ、食事をともにする機会は何度もあったが、そのときにもうつむいて視線すらあわせようとしていなかった油百七に。かなたが、同じ姿勢をしていることに飽きたのか、ぐふんとのどを鳴らし、首をそらして耳をかいた。

ひたと見つめられ、油百七はひげの奥で歯がゆげに口をゆがませたが、やがて緋名子へむけてうなずいた。

「まあ……いいだろう。かまわんよ。そのほうが、緋名子くんの容体も落ちつきそうだ」

油百七があっさりと要求を呑《の》んだことも、さらに煌四をおどろかせた。

「……ありがとうございます」

小さな声を発する妹が、恥ずかしさからうつむいたのか、それとも感謝を表すため頭をさげたのか、判別がつかなかった。

使用人たちがかなたを風呂場《ふろば》へ連れてゆくのを、綺羅も手伝った。かなたはまったく無抵抗に、はじめて立ち入る屋敷の中を、見知らぬ人間たちに導かれるままついてゆく。そのすがたは、弱々しくすら映った。あの村から来た少女、灯子がそばにいたときには、全身に狩り犬としての使命をみなぎらせていたのに――

かなたにも、ひどい疲れがたまっていたのだろうか。火狩りの灰十は煌四と緋名子にとっては父親だが、かなたにとっては狩りの相棒であり、命令によって自分を走らせる、体の一部にもひとしい存在であったのかもしれない。それを失った気持ちがどんなものか、煌四には推し量りようもなかった。

汚れのこびりついた体を清められ、食事をあたえられたかなたが緋名子の部屋へ入れられるのにつきそうと、煌四は深く息をつき、緋名子の寝台に沈みこむように腰をおろした。癒《い》えきっていない腹の傷が、熱を持っている。犬好きの綺羅も、さすがにはしゃぐことはしなかった。黙々とかなたの世話を手伝ったあと、いまは自分の部屋へ引きあげている。

緋名子は、上質な絨毯《じゅうたん》の上に寝そべるかなたの腹へ、子犬のように頭を持たせかけ、体をまるめて横たわっている。犬の心音に耳をすましているはずのその顔は、母親の葬儀のときと同じに、眉間にかすかなしわを刻んでいる。これから煌四が話そうとすることを、もうすでに知っているかのように。

腹の傷のあたりにしがみついてとどまろうとする言葉を、煌四は無理やりにのどまで引きずりあげた。

「……緋名子、あのな。父さんはな、森で死んだらしい。かなたを屋敷まで連れてきてくれたあの人たちが、見とどけてくれたらしい。ここから遠い村のそばで、父さんは死んで、あの人たちはかなたをぼくらのもとへかえすために、森をぬけて首都まで来てくれたんだそうだ」

泣きだすだろう。緋名子は顔をまっ青にして、きっとひどく泣く。なだめつづけるだけの力がもつかどうか、煌四は疲れはてた体の中から余力をかき集めようとした。

しかし、緋名子は泣かなかった。ふう、と息をつく音が聞こえた。緋名子は床の上に犬といっしょになって寝転がり、どこかうっとりとした表情を浮かべて目を細めている。煌四は妹の読みとりがたい表情に、かすかなとまどいをおぼえた。煌四の言葉に、なんの声も発することなく、赤ん坊のようにまるまっている。衣服からのぞく瘦《や》せた手足が、ますます弱々しく見える。頰にかかる髪が、緋名子のまなじりをいっそう読みとりにくくしている。

「緋名子？」

眠ってしまったのかと思い、しばらくたってから煌四は声をかけた。しかし、うん、と妹は、小さくうなずいてこたえる。

「かなた」

緋名子がさしのべた手を、かなたは労《いた》わりをこめてなめる。かなたもまた、旅をおえて腹を満たし、もう眠くなっているのかもしれない。

「……帰ってきて、よかったな」

そう言うと、緋名子は、今度はすぐにこたえた。

「うん。お兄ちゃん」

「今度、ちゃんとお礼をしなきゃな。かなたを連れてきてくれた人たちに」

それにもすなおにうなずいて、緋名子はますます、かなたへ体を寄せた。煌四は、緋名子の寝台から立ちあがる。

父親は灯子をたすけるために死んだのだというが、そのことはまだ黙っておくつもりだった。体調の落ちつかない緋名子が回復してから、きちんと話そう。ちゃんと話せば、緋名子は灯子への恨みも怒りも持つことはないだろう。生まれつき病をせおった妹が、どこか人より深い心を持っているのを煌四は知っていた。

「寝るときは、ちゃんと寝台を使うんだぞ」

こっくりとうなずく緋名子の頭をなで、そしてかなたの頭をなでた。黒々とした目がなにかを言いたげに煌四の瞳《ひとみ》をのぞきこんだが、煌四は洗われて幾分やわらかくなった毛並みをしっかりとなでて、緋名子の部屋をあとにした。

もう外はまっ暗で、廊下の天井には淡くぼやけた照明だけがともされている。閉ざされた窓のむこうから、雨風の無鉄砲に降りしきる音が聞こえてくる。傷のあたりに、つめたい疲れがよどんでいる。腹にどぶ水のような痛みを引きずりながら、廊下をわたり、階段をおりた。むかう先は、応接室——雷瓶の設置にあたっていた炉六が、油百七への報告のため屋敷を訪れているはずだった。

先ほど油百七がどなり声をあげた玄関の近く、応接室の扉の前には、主《あるじ》の呼びかけにいつでも応じられるよう、使用人が一人、背すじをまっすぐに伸ばして立っていた。煌四のすがたをみとめると、無言のまま頭をさげた。深い黙礼をかえし、煌四は応接室の戸を軽くこぶしにかためた手でたたいた。中から油百七の声が応答する。

「入りなさい」

軽く頭をさげながら、応接室へ入った。廊下も玄関も、照明がしぼられて夜が幅をきかせていたが、応接室の中は例によって、ふんだんな照明に彩られていた。

室内へ入って顔をあげるなり、煌四は目をまるくした。

「はじめまして」

明るい声がかけられる。応接室の中には、三人の大人たちがいた。

油百七と炉六の前には発酵茶ではなく、酒の盃《さかずき》が置かれている。それと同じ盃を前に、椅子の上で脚を組み座っている人物。くせのある赤い髪を高く結わえた火狩りが、きらびやかな応接室にまるで気後れしたようすもなく、煌四にむかって手をあげる。

灯子とともに去ったはずの火狩り——明楽が、どういうわけか燠火家にいる。

返事をできず立ちつくす煌四に、炉六が苦笑してみせた。

「よう、坊主。いま当主どのにも話していたところなんだが、今日は手短に報告をすませたいんだ。この雨だし、おれの犬がべつの犬のにおいを嗅《か》ぎつけて、ひどく機嫌が悪くてな。この火狩り娘は、当主どのに重要な知らせがあるのだそうだ」

「まず、かけなさい」

油百七が低く声をかぶせた。

煌四はとまどいながらもうなずいて、あいている席にかける。その動作にいらだったように、油百七は意匠の凝らされた盃をあおり、中身を飲み干した。

明楽の前に置かれた盃には、手がつけられていないらしい。組んだひざの上、狩衣《かりぎぬ》の懐が不自然にふくらみ、中でなにかがもぞりと動くのが見えた。

「工場地帯への雷瓶の設置はおわった。あとは、神宮周辺の指定位置に埋めてくるだけだ」

深紅の酒をひと口飲むと、炉六は腕を組んで椅子の背もたれにのけぞるように上半身を伸ばした。計画を知るはずのない明楽が同席しているのに、炉六は堂々とそれを告げ、また油百七も、まったくあわてるそぶりがない。

「ずいぶんと仕事が早いな」

そう言って、片側の口ひげを持ちあげる。ひそめられた眉《まゆ》には、怪訝《けげん》な色がやどっていた。煌四も、この工程にはかなりの時間が必要になると思っていたので、おどろきのまなざしを炉六にむける。

「急いでおわらせんことには、しのびに目をつけられるのでね」

炉六の返答はそっけない。が、たしかにすじの通ったこたえではあった。炉六に雷瓶設置を依頼したのは、この飛びぬけた腕前を持つ火狩りが、神宮の遣わすしのびの目をかいくぐって作業を遂行できると踏んでのことだったのだ。作業が長引けば長引くだけ、神族に感づかれる確率もあがってしまう。

「あのぅ、この子、同席していていいんですか？」

軽く首をかしげながら、明楽が問うた。昼間、煌四と一度会ったことは隠しているらしい。問いかけに、油百七がどこか優越感をふくめてうなずく。

「ああ、彼はかまわん。そちらの話というのも、火急の用なのだろう。このまま話していただいて結構だ」

はあ、と、明楽は小首をかしげるようにうなずく。とび色の目をまるくした表情は、あどけなくさえ見えるほどだ。

「でも、けがしてるんじゃないんですか？　けが人や病人は、においでわかりますよ」

「かまわん」

油百七の返答に、迷いはない。明楽はひょいと肩をすくめてみせ、しかしつぎの瞬間、その瞳の底にひやりとするほどの鋭利さをやどした。

「……では、単刀直入に。〈蜘蛛《くも》〉が動きだしました」

油百七の眉が、ぐっと寄せられる。この若い火狩りの口からくり出される報告を、貪《どん》欲《よく》に呑《の》みつくそうというかまえがありありと見てとれる。

「先ほど言ったとおり、あたしは流れ者で、森で単独の狩りをして暮らしていました。西の森で仕事をしていたときに、竜に襲われて破壊された回収車を見た。二台とも、もうだめでした。竜はどこかの村で結界の役割をしていたんでしょう。姫神が自身の分身を憑依《ひょうい》させていた特殊な獣です。それが、いるべき場所をはなれ、回収車を襲った。〈蜘蛛〉が毒虫に咬《か》ませて操ったのではないかと……見つけたときには、もう竜は死んでいましたが」

灯子の話していたことと同じだ。わざわざそれを、油百七に伝えに来たというのだろうか。

「それを、首都へ知らせなければと、湾から船に乗って急ぎこちらへむかったのです。湾でも〈蜘蛛〉によって、流れ者の火狩りが大量に殺されていました。〈蜘蛛〉が古代の火をあつかえる体になったことを、当主さまはご存じですか？」

古代の火、その言葉に、煌四の首すじはひやりとつめたくなる。

油百七が、口もとを指でひねる。そのためにひげが大きくゆがんだ。油百七からのこたえを待たず、明楽が先をつづける。

「回収車が道中で破壊され、流れの火狩りも大勢命を落とした。これでは、回収車を待っている村々に、火が供給されない。こちらが首都でも屈指の力をお持ちだと見こんでのお願いです。待機中の回収車を、すぐにでも出発させてください」

「……それは本来、神族に進言すべきことでは？」

油百七が眼光に疑念を漂わせる。明楽はその声音を切り裂くように、はっきりと告げた。

「それではまにあわないから、こちらへ来たんです」

とび色の目にやどる鋭利さは、狩人《かりゅうど》のものだ。そのまなざしで油百七を射ぬき、明楽ははっきりと一つずつの言葉を響かせて話をつづける。

「姫神の憑依獣である竜に異変があった段階で、神族はそれに気づいたはずだ。しかし、なにかしらの手を打っているようすはありません。あたしが首都へ着いた段階で、ひょっとしたらすでにべつの回収車が森へ発《た》っているかとも思ったが、それもない。あてにならないでしょう、神さま方は。燠火家さんなら、うまくほかの工場とも連携して回収車を動かせるのじゃないかと。急がないと、村に住む人々の命にかかわる」

油百七が、鼻から長い息を吐く。部屋の中は暖かく、酒も入っているはずだというのに、その息がいやにつめたいものであるかのように、煌四には感じられた。おもてから、みぞれの細長く鳴く声がする。かなたへの威嚇か、すくなくとも雨の中で待たされていることへの不満がこめられていた。

「回収車がもどらないという確証は？」

「これです」

油百七の問いを当然のごとくうけとり、明楽はテーブルの上に、鎖のついた銀色の小さな金属片を置いた。土や血のようなものがこびりつき、刻印は削れかかっている。

「……乗員の鑑札か」

「ええ。竜にめちゃくちゃに破壊されて、生存者はなし。死体から一つ、もらってきました。証拠と利益の見こみなしには、首都の人間は動かないでしょう？」

口のはしをあげる明楽に、油百七が盛大に声を立てて笑う。

「おっしゃるとおりだ。村に住む人間たちは、神族への素朴な信仰心が篤《あつ》いと聞く。ここで、首都の工場が恩を売っておいて、たしかに損はないだろう」

「湾から船を使って首都までは、二日ほどでたどり着きました。〈蜘蛛〉はきっと森をぬけてやってくるでしょうが、来るとすれば仲間を集めて森の中を歩いて、残り十日かそこらといったところでしょう。それまでに、回収車を出発させなければ」

そこまで言ってから、明楽はふっと、表情をやわらげた。

「すごい人が首都にはいるもんですね。しのびの統括をしている神族の一人を、懐柔したわけですか？」

頬杖《ほおづえ》をついた炉六が、珍妙なものでも見物するように、横目で明楽を見やる。油百七はたっぷりと時間をかけて紅玉《こうぎょく》の色の液体を味わうと、華奢《きゃしゃ》な脚のついた盃をテーブルにおろした。

「とんだ誤解だ。神族を懐柔することなど、どんな工場経営者にもできるわけがない。わたしの身辺の動きがあやしまれてしまってね。まさかこんな状況になるとは計算外だったが、いまわたしは、しのびの統括じきじきの監視をうけている。……そんなわけで、そちらも目をつけられぬよう、気をつけておかれたほうがいい」

ゆったりと笑みをふくんだ油百七の声に、煌四のこめかみがうずく。

そのとき、庭で待たされているみぞれが、ひときわ高く抗議の鳴き声をあげた。油百七が、ひげの奥で舌打ちをする。獣をきらう火華が、この声にまた機嫌を悪くすると思ったのだろう。

大した興味もなさそうにやりとりを聞いていた炉六が、頰杖をはずして椅子から立った。

「では、おれはこれで失礼しよう。見取り図の写しに、設置場所は書いておいた。あとで坊主といっしょに、あらためてください」

折りたたまれた見取り図の写しが、テーブルに載せられる。丈夫な紙を使ってあるはずだが、しわが寄り、はしがめくれかかっていた。

「よろしい。今回のぶんの報酬だ」

そう言うと燠火家の当主は、テーブルの上にどさっとばかり金子袋を置き、それを炉六の席の前まですべらせた。煌四は思わず、軽く口を開けてしまった。高級紙でできた袋の外見からだけでも、火狩りの通常の報酬の十倍は入っているのがわかる。報酬の入った袋をつかむと、炉六は応接室に残った三人に軽い会釈だけを残し、庭でさわいでいる自分の犬のもとへむかった。

油百七は炉六が退席すると、椅子に背をあずけて腹の上で指を組み、あらためて明楽にむきなおった。

「そちらの申し出にも、なんとか手を打とう。流れの火狩りだということだが、〈蜘蛛〉について、もっとくわしく調べてもらうことはできるかね」

「約束すれば、回収車は出してもらえますね？」

その声の底にやどる必死さを、煌四はたしかに聞きとった。

「ああ。明日中にでも、手はずを整えよう。積みこむ火をすぐかき集めることはできないが、首都の火狩りを数名同行させれば、村をまわりながら火を採ることもできる」

瞬間、明楽がにっと笑った。すがすがしい、子どものような笑みだ。

「よろしくたのみます。それじゃ、また」

言うなり、明楽は椅子から立ちあがった。先ほど炉六が出ていった扉へ体をむけるとき、懐からのぞくちっぽけな犬の顔が見えた。あのおどろくほど小さな、白い狩り犬だ。

客人たちが応接室を去ると、大きなげっぷの音が、煌四をふりむかせた。油百七が、やれやれとばかりに、ふたたび盃《さかずき》をあおっている。二人だけ残った応接室で、油百七がこちらへ目をむける。色の薄いその目が、いやにつやつやと光っている。

「さて。あとは〈蜘蛛〉に備えるばかりだが、煌四くん。お父上の犬をどうするか、こちらも早いうちに決めなければならん。狩り犬としてまだ使えるのだろう？」

煌四はうなずいた。なぜか、灯子のすがたを思い出しながら。

「それならば、いずれは火狩りに引きとらせるか、あるいは繁殖所へ連れてゆく段取りをつけなければ。首都では、狩り犬以外は処分の対象になる」

つめたい息が、自分の口からもれた。……首都に、どぶや屋根裏に棲《す》む小動物や野良猫はいるが、野良犬は一匹もいない。狩り犬への病気の感染をふせぐため、狩りに使えない犬は殺処分されるのだ。動物どうしの感染症予防のために、猫やネズミも駆除はされているが、犬は火狩りが狩りの相棒として連れるようになったとき、徹底的に狩り犬とそうでないものにわけられ、狩りか、あるいは繁殖に使える犬以外は、いまや一匹もいない。

せっかく、もどってきたというのに。緋名子が、安心しきって寄りそっているのに。

しかし、青ざめる煌四を、油百七は余裕のある表情で睥睨《へいげい》した。

「まあ、そう案ずることもない。きみたちの犬がさわぐことさえしなければ、屋敷に隠しておけるだろう。そのあいだに〈蜘蛛〉がやってくる。統治体制は転覆し、犬どころではなくなる」

笑っている。でっぷりと肥えた頬がゆがみ、ひげがうねる。まるで——首都が戦場と化すその日が、待ち遠しくてならないかのように。見えない敵を見晴るかすその目には、無邪気さすらやどっていた。

「しかし、ここへ来て、いろいろと珍奇な連中が首をつっこんでくるものだ。なんだね、あのおかしな流れ者は。抱き犬を見たのははじめてだよ。大昔の人間たちが、自分たちの道楽のためにあのような品種を作り出したというではないか。まさかあんな犬を使って、若い女が火狩りを生業《なりわい》にしているとは」

煌四は腹の底にわだかまる重みが、しだいにひえびえとしてくるのを感じながら、油百七の顔を見ていた。

「……ほかにも、不確定要素がくわわるかもしれません。〈蜘蛛《くも》〉と同時に、そちらにも注意が必要になるかと」

「きみが以前言っていた、千年彗星とやらのことかね？　旧世界の人間が神族とともに製造し、制御しきれなくなったという。わたしはかれこれ五十年以上もこの首都で暮らしてきた。神族や首都の裏の顔を知る者とも何度も会ったが、そのような話はいままで聞いたことがない。おとぎ話のたぐいだろう」

油百七の酒気の混じった息が、煌四の言葉を空中からかき消し、煌四はそれ以上話す気力を失った。胸の中に、腹の傷よりも大きな穴が、縫いあわされないまま口を開けている。

「さがりなさい。傷がまだよくないようだ。しばらく雨がつづきそうだ、落雷実験を続行する。そのあとはいよいよ、雷火打ちあげ用の機械の動作確認だ」

応接室を出る足もとが、思いがけずふらついた。緋名子が使っていた鎮痛剤を飲むとでどうにか動いていたが、薬のせいか、胃のあたりがひどくむかつく。疲れのために、頭もぼんやりとにごっていた。

その視界に赤い髪が映り、煌四の顔をあげさせる。廊下の先、階段下に、まだ明楽のすがたがあった。そのむこうにいるのは綺羅だ。なにか話していたようすの二人は、応接室を出てきた煌四に気づいてふりむく。綺羅の腕には、たしかてまりという名の、あの狩り犬がおとなしく抱かれていた。

「犬が好きなんだね。てまりがあたし以外にこんなになつくなんて、めずらしい」

綺羅になでられて目を細め、犬は気持ちよさそうにぐぅぐぅとのどを鳴らしている。いとおしげに白いにこ毛に顔を埋《うず》めていた綺羅は、わずかに頰を赤らめて煌四のほうを見た。

「あ、ありがとうございます。だいじな狩り犬を、抱かせてくださって」

明楽は打ち解けたようすの横顔を綺羅にむけ、どこかうれしそうに頰笑む。

「また連れてくるよ。この子、人見知りだけれど、かわいがられるのは大好きなんだ。じゃ、もう子どもは寝なさい」

綺羅は犬を明楽にかえすと、ぺこりと頭をさげ、寝間着すがたを煌四から隠すように、階段を駆けあがっていった。煌四は、明楽になにか問うべきだと思いながら、思考をまとめることができない。昼間見たさまざまの光景、出くわしたものたちを自分の意思とは関係なしに思い出し、疲労のどぶ水がかさをましてゆくのを感じた。

煌四にむけてなにを言うわけでもなく、明楽は平然と玄関を出てゆく。マントをかぶって赤い髪を隠すと、小さな狩り犬を懐にしまい、燠火家を去った。

「…………」

廊下が急に暗くなった気がする。もてなしの片づけのために使用人が二人、応接室へ入ってゆく。それを見送ってから、煌四は階段をのぼった。自分の部屋へ入る。腹のあたりにまとわりつく底冷えのする痛みと疲れを手できつく押さえ、靴も脱がないまま、寝台の上へ背をまるめて横たわった。

ずるずると、頭の中に木の根がもぐりこんでくる幻覚と、閉じたまぶたの奥にバチバチとはぜる不気味な光がひどい頭痛を呼び起こした。窓をたたく雨風の音がうるさい。

ほんとうに、こんな世界で、自分たちは生きているのか。

黒い森で炉六が狩った炎魔……あれは、神族が作り出した生き物なのか。獣たちの体を使ってまで古代の火を遠ざけ、それなのにまた人に火を狩る鎌をあたえた。三日月の形をした金の鎌を、常花姫が自分の命と引きかえに生んだと伝えられている……あの手《て》綴《と》じ本に書かれていたことを、木々人たちは知っていた。

(それじゃあ、ぼくたちの使っている火は)

煌四は目を開け、横になったままで自分の頭をかきむしる。父親が言っていたのは、そういうことだったのだ。人と見れば見境なしに襲ってくる、そのくせ鎌で命を絶つと、痙攣《けいれん》すらせずに身の内の火をさし出す獣。

——これ以上は言うまい。言っては、モリカミさまに祟《たた》られる。

狩人《かりゅうど》たちは、本能的に知っていたのかもしれない。あの動物たちが、たとえ炎魔などと大仰な忌み名をつけられようと、あるべきすがたを失った生き物でしかないことを。そして、意図せずそんなものを生み出したのが、神族であり、過去の人間の罪であることを。

そのとき、頭をきしませる雨風の音が、ふっと消えた。腹の底が浮くような感覚がする。

その無音の中に、静かな気配が訪れた。

「雁首《がんくび》をそろえて、〈蜘蛛〉退治の算段か」

鈴の音にも似た声が、窓のほうからした。息を呑《の》み、煌四は寝台の上にはねるように身を起こす。内側から施錠してあるはずの窓が開き、敷居の上に一切の重さを感じさせずに、一人の少年が立っていた。

みずらの頭から、長く垂れた髪。雨も風も、世界から消え去っている。煌四の心臓が圧倒的な恐怖に、はげしく脈を打ちだす。——それは昼間、木々人の隔離地区を脱出したところで会った、神族の少年だった。

「そう怖がるな。とって食おうというのじゃない」

声も顔も、まるで少女のようだ。部屋の中に照明はつけていない。にもかかわらず、その表情がはっきりと見えた。微細な模様におおわれたあの着物の形は、そうだ、たしか水干というのだ。

涼しげな微笑を浮かべて、少年神は窓辺から、おもしろそうに煌四を見つめた。

そうしていまだ変声期を迎えない声音で、語りかけてきた。

「まずは名のろうか。風氏族のひばりという。しのびの統括をまかされている」

威圧感など一片もこもっていないその声に、煌四は恐怖を抑えることができない。

（これが……）

昼間、高い木の上から自分たちを見おろしていたあの少年神。これがしのびを統括し、いま油百七を直接監視している神族なのか。

風がゆらりと髪をそよがせ、月光が一滴の雨にも濡《ぬ》れていないそのすがたを照らしている。その瞬間、煌四はこの少年神が、自分を殺しに来たのかもしれないと思った。整った顔は、静かに笑っている。切れ長の、大きな目だ。きめの細かな肌が、月光に輪郭をとろかしている。

「お前とあの村娘はおもしろいな。お前たちは、ここがいかなる世界かを知ろうとしている。どうにかたすかろうとあがくのでもない、破滅を望むのでもない。この世界がいかにあるのか、ただそれだけを知ろうと、強く思っている」

おそれが鉤針《かぎばり》となって、煌四の臓腑《ぞうふ》をえぐるようにつきあげた。灯子のことも、この少年神は知っている。先ほどは明楽が燠火家へ訪れ、油百七と接触を持った。灯子に、ふたたびしのびの手がおよぶのではないか……

煌四の顔色が変わるのを楽しむかのように、少年神の口もとが、ごく上品な笑みをたたえた。

「あの火狩りの言葉を補足しておこう。〈蜘蛛〉が来るのは、いまから九日後の夜だ。森に散在する仲間を集め、天然の火をたずさえて、首都を襲う」

「なんで……それを、ぼくに話すんだ？」

「おもしろいからだよ」

ひばりと名のった少年神は、ほがらかに首をかしげた。身長から、煌四と年の変わらない少年に見えるが、人間とは寿命の異なる神族の年齢は察しがつかない。首も手も、綺羅よりも細く、白いのではないか。人の形をしてはいるが、そのすがたはたおやかな、一羽の鳥に見えた。

「〈蜘蛛〉など、ぼくら神族にとっては敵視するほどの相手ではない。首都を焼きつくそうというなら、そうするがいい。……そろそろ、寿命がつきるのかもしれないな。この世界の寿命が」

そこで少年神のまなざしは煌四からはなれ、部屋のすみの暗がりへとさまよった。光っている。そのすがたは、月明かりを身の内にやどしたかのように、ぼうと白銀に輝いて見える。

「まあ、破滅は〈蜘蛛〉がもたらすのではないかもしれない。〈蜘蛛〉よりも先に、星の子が帰ってくるつもりらしいから」

星の子——頭痛はいつのまにか消えていて、煌四は窓敷居に立つ少年神に、まっすぐ視線をむけた。

「……〈揺る火〉のことか？」

少年神の目に、黒々とした敵意がやどる。

「火狩りの王——お前の父親は、それになる者かもしれなかった。だが、森でたおれたのは幸運だったのかもしれないな。〈揺る火〉を狩ることは、ぼくが許さない」

言いおえると同時に、雷鳴が窓をふるわせた。稲光は一瞬で消え、闇がもどる。はげしい雨が開いたままの窓から吹きこみ、煌四は駆けよってあわてて窓を閉めた。

体があっさりと動くことに、窓を閉めてから気がついた。脇腹の傷痕《きずあと》にずるずるとまつわりついていたつめたい重さは、きれいに消え去っていた。服をめくり、あて布をはがしてふれてみる。傷痕そのものが消えてなくなっていた。ただ、心臓は煌四の体から逃げ出したがってのたうちまわり、指先は細かにふるえていた。

閉めた窓のむこうで、もう一度稲妻が闇を流れる。その光で、煌四はあやうく踏みつぶす前に、床になにかが落ちているのを見つけた。

小鳥——拾いあげ、目をすがめて確認する。目玉が、きらりと光った。つめたく動かないその小鳥は、剝製《はくせい》のヒバリだった。

雨が首都を揺すぶっている。

琥珀《こはく》の目玉を入れるのだ……地底の荒れた庭に響きわたった声がよみがえる。クヌギの、倦《う》んだ胴間声。

迎え火をともせと、同じ声が言っていた。

星と〈蜘蛛〉が、まもなく来る。迎え火が、星を、〈揺るる火〉を呼ぶのだろうか。

ちっぽけな小鳥の剝製だけを残し、ひばりのすがたはとうに消えていた。

二円

工場地帯を、煌四は油百七と、工員に扮《ふん》した数名の使用人たちとともに歩いていた。偽肉工場の白い作業服を着てはいるが、ふだんは屋敷で働いている男性の使用人たちだ。ともに歩く、べつの工場の経営者が二人。栽培工場と、製鉄工場をとりしきる者たちだった。油百七ととくに懇意にしているらしいこの二人が、雷火打ちあげ用の機械を製作、提供してくれるのだという。

空気の中に春の陽気がたゆたって、工場の吐き出す煙までをも光らせている。晴れた空を、工場群の煙はほとんど無邪気と言っていいほどに、くたくたと汚し、その色をくすませてゆく。

かなたが父親の死の報《しら》せとともにもどってきた日から、今日までに五日がすぎていた。風氏族の少年神の言葉をそのまま信じるとすれば、〈蜘蛛〉の首都進攻は四日後の夜。残された時間はほぼないにひとしい。

一行が先にむかったのは、製鉄工場の建物だ。製作所と燃料タンク、製造物の格納庫も擁した建物は工場地帯の中でも飛びぬけて巨大だった。轟音《ごうおん》ときしみが絶え間なく響く製作所をぬけて、格納用の棟へむかい、格子状の鉄扉がついた昇降機で上の階へのぼる。工場はどこも多階層の構造になっており、屋上からもさらに、梯子《はしご》を使って煙突やタンクにのぼることができる。

むせそうだったにおいにも、耳をつんざく音にも、もうすっかり慣れた。もともとそれらは、町で毎日耳の底に聞き、風に乗って生活のにおいに混じっていたのだ。煌四は、このおびただしい機械群が自分の故郷なのだと、そう思う。母に毒を、緋名子に病をあたえた工場が、揺るがしようもなく自分の産土《うぶすな》なのだと。鉄蓋《てつぶた》をされた水路が、足もとから異臭と春の陽気を混ぜあわせてせせらぐ。

この工場の経営者、炬口《たきぐち》家の当主は、骨ばった血色の悪い顔をし、神経質にふちの太い眼鏡を持ちあげながら、油百七を先頭にした一行を格納庫の一区画に案内する。

「こちらに用意してあるものがそれで……」

黒光りする真新しい機械が、長い鉄の腕をななめ前方へかかげて沈黙していた。天体観測用の望遠鏡にも似た機械。大きさは、工場地帯を走る二人乗りの小型運搬車と変わらない。運搬車とちがい、車輪がついていないのは、製造を急いだためだ。雷火を打ちあげたときの反動は、組みこんだ懸架装置で吸収する。この機械は砲身のむきを変える以外には動くための機能を持たず、ただその体をつなぐ鎖によって動かされる。

天井から伸びてきた鎖が、ものものしい機械に幾条もとりつけられている。身動きのとれない戦車——昔の戦争で使われたという乗り物を模した機械が、動くための脚を奪われ、鎖につながれている。時が来れば、この鎖が滑車によって巻きあげられ、この打ちあげ機は工場の屋上にすがたを現すのだ。

「今日は作動点検をというお話だが、その……彼がするんですかね？」

怪訝《けげん》な視線は、煌四にむけられたものだった。煌四は決して油百七の前へは出ずに、ひかえめな会釈をかえす。大きくせりだした油百七の腹が、笑いによってふるえた。

「心配はご無用、学院のもと特待生で、いまはわが家で研究をおこなってもらっている。今回の作戦の発案者だ。こちらの技術は信頼しているが、彼に見てもらって最終の調整までを相談してほしい。来《きた》るべきときに、万事とどこおりのないように」

ぶ厚い眼鏡をかけたこの工場の経営者は、〝来るべきとき〟がいつであるかを訊《き》きたそうだったが、先をうながす油百七の首肯に言葉を封じられ、「こちらへ」と煌四を手まねきした。

「栽培の燻《いぶし》家さんと、機械の構造はあわせてある。こちらのほうが神宮から遠いので、砲身を太く、モーターも出力の高いものにしている」

工場の経営者、油百七と同じ身分であるはずの人物は、自分の工場の下請けが雇っている年少労働者と変わらない見た目の煌四を相手に、どういった口調で接していいか、まださだめあぐねているようだった。

煌四の腹の底には、ずしりと重いものがわだかまったままでいた。……自ら雇い、〈蜘蛛〉への拷問をさせていた火狩りたちをどうするつもりなのかと、雷火の作戦が本格化してから、油百七にたずねてみたのだった。ここ数日つづけておこなった、牧草地での実験のときに。

「……森で負傷した火狩りたちは、どうするつもりなんですか？　犬も、死にました。狩り犬の替えはきくとは思いますが……あのけがでは、きっと火狩りの仕事には復帰できない」

細い雨が降っていた。馬たちは厩舎《きゅうしゃ》に入れられ、もうすぐ自分たちの草場をふるえあがらせる稲妻を予感して、落ちつきなくさわいでいた。油百七は雨具も身につけず、上等な長衣《ながぎぬ》が濡《ぬ》れそぼつのも意に介さず、雷瓶の埋めこみ地点と、牧草地の反対側で石弓をかまえている炉六を泰然と見やっていた。

「そうそう、彼らは、お父上と懇意にしていたのだったな。そうだな――契約どおりの仕事は完遂されなかったが、報酬は支払った。それでもたりないとつっかかられては面倒だ。彼らとその家族が飢えないだけの肉を、今後継続的に提供するというのはどうかね？」

「肉？」

煌四の眉間《みけん》に、無意識にしわが寄る。

「そうだ。絶望の淵《ふち》にあろうと人間を立ちあがらせるのは、なによりも、うまく焼いた肉だ。腹を満たすことができれば、人は動く」

にいと笑った口のはし、ひげの先から、雨のしずくがしたたる。煌四の目にそれは、く。猛獣の垂らすよだれに見えた。しかし油百七の声は、飄々《ひょうひょう》と煌四の意識を踏みこえてゆく。

「この戦いのあと、再建後の首都の住人たちにも、ぜひうまい肉をふるまおう。——おっと、合図だ」

むこうで、炉六が雷火を打ちあげるという合図に、空を指さしている。炉六の手によって、凍らせた雷火をつがえた石弓が作動する。固形になった雷火が、灰色の雨の中を鋭い金の軌跡をえがきながら飛ぶ。

そして、それは起こる。

上空へはなたれた雷火は一定の高さへ到達すると、空気中に荒々しい光の裂傷を生み、一瞬にして土の中に埋めこまれた雷瓶をめがけて落ちる。誘導用の雷瓶の蓋の金属が、瞬間、鋭く光をはなつ。直撃をうけた瓶の周囲の地面は焼け焦げ、濡れた草は飛び散った銅とガラスの破片をへばりつかせて、ちりちりと身もだえてしおれてゆく。

まるで天然の火の燃焼とそっくりの現象。しかし、雷火は人体発火を引き起こさない。馬たちがはげしくさわぐ。煌四たちの足の下には絶縁体が敷いてあり、感電をふせいでいた。

煌四は、となりで満足気な笑みを浮かべている油百七を、雨具の陰から盗み見た。……捨て駒として、火狩りたちは黙殺されるのだ。いくら偽肉をあたえられてもかえられないものを失ったまま。自分や炉六も、しくじったと見なされれば、同じ道をたどるのだろう。

記憶をふりはらって機械へ近づき、煌四は全体像と機構をつぶさに観察した。設計図は燠火家にとどいており、先にそれを見ていたので、構造は頭に入っている。細長い金属の腕は筒状になっていて、機械の胴体部分に氷状の雷火を入れ、作動させると、機械内部で圧縮された空気によって雷火が押し出され、筒の先から噴出する。その空気圧縮のための動力に使うのもまた、雷火だ。強力な圧で押し出された固形の雷火は一気に上空まではなたれ、地上に埋めこんだ雷瓶をめざして帰還雷撃が起こる……上空で帯電し、その性質を変化させた雷火は、地上に居残った自分の分身をめがけ、すさまじい力で落下する。

炉六に依頼した雷瓶の設置地点は、神宮と工場地帯の境界に線を引くように指定した。天然の火を手に入れたという〈蜘蛛《くも》〉と、天候や地形、植物を操ることができる神族の戦闘がはじまったとき、ぶつかりあう大きな力が、工場へおよばないよう、いかずちの壁を作る――〈蜘蛛〉にも神族にも、こちらからは干渉せずに。が、内容を伝えたときの油百七の反応は、決してかんばしいものではなかった。

「……たしかに、防壁は必要となるだろうが、こちらからも手を打てるようにしておくべきだ。きみがほしがったのは、神宮周辺のくわしい見取り図、だったね？　落雷地点には、当然、神宮の敷地内もふくめる。もちろんきみも、それは考えていたのだろう？」

今朝、屋敷を出る前に、地下室で見取り図をひろげて話しあった。雑然と散らかった地下室を、油百七はひげの下でくちびるをゆがめながら見わたしていた。煌四は自分の内臓をかきわけて観察されているような居心地の悪さを感じながら、それでも燠火家当主に対して声を高めた。

「けれど、それじゃあ、神族たちの戦いに、介入することになりませんか？」

「無論、介入するのだ。そのための武器だ。きみは、連中の争いと工場とのあいだにいかずちの壁を築いて、安全地帯を作ろうという考えのようだが……そこで戦闘がおわるとは限らない。対岸で、神族と〈蜘蛛〉がうまく共倒れしてくれるとでも思っているのかね？　われわれは、自らの力で自由にならねばならない。神族からも、〈蜘蛛〉からも」

きつく目をすがめた油百七の声音が、煌四の中にずぶりと食いこんで根を張る。自分のあまりにも甘い考えは、その言葉にあっけなくつぶされた。

炬口家の当主は、自ら機械のあちこちを操作し、構造や部分ごとに使ってある素材について説明する。煌四は黙って、黒い機械のあちこちを目で点検した。特別な目的をもって作られた機械が、たった一匹隔離された、なにかの生き物に見えた。鎖につながれ、暗い倉庫に閉じこめられて抵抗すらしない、大きく孤独な生き物に。

まわりで油百七や経営者たち、工場の上層部の大人たちがさかんに話しあっているが、その内容は頭に入ってこなかった。図版の落款は、こんなに不恰好《ぶかっこう》ではなかった。黒い色をした、獅子《しし》のような、犬のような生き物。その目は大きく見開かれ、口は牙《きば》を見せて、地上にいるものへ脅威を知らしめていた。

「…………」

そっと、なめらかな機械の表面にふれてみる。いわくありげな重みを持ち、つめたいその手ざわりは、煌四の心情にひたと寄りそい、ますます胸を重くさせた。

「動作確認は、工場の稼働音にあわせておこなう、ということですね。定時に圧縮機が轟音《ごうおん》をあげる。周辺の工場から、よく苦情の声をいただく音です。それと同時に空砲で確認……ですが、それでうまくいきますかね？」

炬口家の当主が懐から金鎖につながった小型の時刻計をとり出し、眼鏡を幾度も小刻みに持ちあげながら時間を読む。

「すでに牧草地での小規模な雷撃の実験は、わたしも同席して成功させている。こちらの機械でも実物を装填《そうてん》して試したいところだが、神族の足もとで手の内を見せるわけにはいかんのでね」

泰然とこたえる油百七の言葉に、それでも当惑を隠そうとしない炬口家当主のむこうで、耳飾りをちらりと揺らしながら、燻家当主が小首をかしげた。指示をうけて動く自分の工場の工員たちを、炬口家の当主が落ちつかなげに見まわす。そのすがたへ、どこか蔑《さげす》みの混じった視線をむけながら、油百七がひげの下に笑みをちらつかせる。

煌四は目を閉じ、いま見えた表情を脳裏から引きはがそうと努めた。

「……そろそろです」

炬口家の当主が、眼鏡を上下に揺すりながら時刻計の目盛りを確認し、そう告げた。

それを合図に、製鉄所の工員数名がすばやく持ち場につく。

鉄骨造りの建物の一部、製鉄用の区画が、すさまじい熱を帯びだすのがここまで伝わってくる。同時に、煌四たちの頭上、凹凸に噛《か》みあわさった天井の中心部が、自動的に開いてゆく。大型製造物の格納と運搬のため、この棟では各階の床および天井が開閉できるのだ。

開いてゆく天井のむこうには、青い空があった。

ここが、殺戮《さつりく》の場所になる。そのための道具を考案したのは、ほかならない自分だ。あてはめる場所の見つからない感情が、煌四の思考をかき乱し、そしていまは、心のどこかを麻痺《まひ》させている。

鎖につながれ、自分の意志では身動きのできない、目の前の機械と同じに。

鎖が巻きあげられ、機械が持ちあがってゆくのと同時に、煌四たちも当主を先頭に昇降機に乗りこんだ。足が悪いのだという栽培工場の経営者は、杖《つえ》に寄りかかって機械についてゆく一行を見送った。

「全体を屋上へ出すことは可能ですが、今回は砲身だけを外へ出す。この機械用の足場も同時に製作しておいたので……そこに」

炬口家当主の指が、黒い機械の足もとをさししめす。さっきまで煌四たちが立っていた部屋のすみで、壁にとりつけられた機械を操作している工員がいる。空をのぞかせている天井と同じく凹凸に嚙みあわさった床の中央が動きだす。蛇腹状の台座が伸びあがって、うつむきがちに沈黙した機械を、そのまま持ちあげはじめた。巨大な台座が伸びあがってゆくのと連動して、打ちあげ機にとりついた鎖が上へ巻きあげられてゆく。

昇降機は一旦《いったん》屋上へ人間たちを運び、炬口家当主と数名の工員、そして煌四は、簡易な梯子《はしご》を伝って機械の鎮座する台の上へおりた。油百七の体格では梯子をおりることができず、連れてきた使用人たちとともに屋上で待つことになった。

開いてゆく天井から空が青く見えたのは、錯覚だったのだろうか。密集する工場からの排煙で、空はどす黒く塗りたくられている。晴れていることにはまちがいなく、ときおり煙をはじくかのように陽光がさす。

建物全体が、そのとき大きく揺れた。時間だ。

機械の操作台に乗りこんだ工員の一人が、砲台の背部の操作盤に手をそえるのを、煌四はうしろから見ていた。製鉄所が、一個の生物のようにふるえ、あたりに轟音をはなつ。雷火用の機械にエンジンがかけられ、砲身が持ちあがる。空へむけ、撃ち出すべきものを装塡されないままに、機械は高出力の空砲をはなった。すさまじい反動が、煌四たちの立つ台座をきしませる。かけられていた梯子が小刻みに揺れ、壁や床にぶつかった。金属の塊が建物を打つ音が、ひどく小さくくぐもって聞こえた。機械の作動音が、全身の骨を振動させ、耳をおかしくしていたのだ。

砲口から撃ち出された空気が、頭上の排煙をずたずたに引きちぎっていた。やがてゆがんだ煙は新しい煙と風に押しやられ、耳をふさぐ残響もちりちりと細かくしりぞいてゆく。

「……機械は問題ないと思います」

耳鳴りがやむのを待ってから、顔をあげ、そう言った。

「いまのは最大出力じゃありませんよね？　屋上へ出す前にエンジンを温めておけるよう、操作台にあらかじめ人を乗せておいてください。この台座に乗った状態で、打ちあげ機を屋上まで持ちあげるんですよね。実用のときには、連射の必要も出てくるかもしれません。衝撃で台座のほうの懸架装置が壊れるかもしれないので、屋上へ移動させるほうが安心だと思いますが」

ぶ厚い眼鏡をかけたこの工場の最高責任者は、どこか不気味そうに、げっそりと青ざめた顔で煌四を見やる。

「その……固形の雷火というのは、安全なんですか？」

製鉄工場の最高責任者のしりごみをした問いに、屋上にいる油百七が大口を開けて笑い、さっきの爆音の余韻をかき消した。

「おかしなことをおおせだ。雷火がいかなるものかは、よくご存じでしょう。それを使って、ことを起こすのです。安全なわけはない」

油百七はそこで一旦言葉を切り、口ひげを太い指でもてあそんだ。

「だが、こちらの工場で暴発が起こるようなことはない。その点にかんしては安全だと保証する。雷火は、わが工場で使う冷却庫で保管している。いつでも機械へ装塡できるよう、各工場にも冷却庫を配置する予定だ。万が一、中身をくすねようとする手癖の悪い者でもいない限り、溶解がはじまる心配もない」

気弱げな物腰の炬口家当主は、重そうな眼鏡を鼻すじの上へ持ちあげた。

「……ではすぐに、運びこんでいただきましょう。〝そのとき〟まで、もう時間がない。おたくの新しい犬が、信用できるかどうかはべつとして」

青ざめた顔が、ふいに毒々しさをみなぎらせる。明楽のことだ。片側の頰をあげて、それに応じる油百七から、煌四は目をそらした。話しながら、また昇降機へむかう。

「ご心配はいらない。若いが、前の犬たちよりよほどよく動く。首都に登録がないぶん、あつかいも楽だ。機械の点検は問題なしだった。おっしゃるとおり、冷却庫をすぐにこちらへ用意させよう」

煌四は、大人たちについてゆきながら、くちびるを嚙みしめた。あと四日という残り時間に焦る煌四とは裏腹に、油百七は始終泰然とし、顔色さえ以前よりも冴《さ》えて見えた。心待ちにしているのだ。神族のたおれるときを。

昇降機の扉が開くと、栽培工場の経営者が、上品に巻いた白髪の頭をかたむけて待っていた。

「お見事でしたわね。それでは、つぎはわたくしのほうへ。……先にこちらの機械をご覧になってからでは、お見せするのがお恥ずかしいわ。うちは食用植物の栽培工場ですから、炬口家さまのように、洗練された機械にはしあがっていないのですよ」

いくつもの穏和なしわを笑みの横にならべながら、燻家の当主は杖に寄りかかって体のむきを変える。髪はすっかり白く、杖にたよっているが、足どりに迷いはない。耳や胸もとを宝飾品で飾り、長いスカートの上に臙脂《えんじ》色《いろ》の長衣をはおったすがたは、老いてなおたくましい獣を連想させる。

そして煌四たちは製鉄工場をあとにした。鉄のかごに乗って金属のロープ伝いに空中を移動し、栽培工場で作られた雷火発射用の機械を見に行った。

その日はずっと晴れていて、煌四はだれかの夢の中へまぎれこんだ心地がしていた。腹の傷は、やはりきれいに消えている。帳面の入ったかばんの中には、麻布につつんだ小鳥の剝製《はくせい》がおさまっている。工場地帯を移動するあいだ、煌四はずっと、どこかからしのびの影が、あるいはあの白い少年神がこちらを見ているはずだと、そのすがたを探した。だが、煌四の目に、どちらの影もとらえることはできなかった。

（見ていないのか。人間が統治者に歯むかおうとしていることを、仲間に伝えに行かなくていいのか）

ここは、だれかの夢の中のようだ。それがいい夢であるにせよ、悪夢であるにせよ。

工場地帯から、煌四はひと足早く帰された。二つの工場で秘密裏に作られた機械の確認がすんだあと、油百七は偽肉工場の社員に扮《ふん》した使用人たちをともなって、経営者どうしの会合へむかった。

帰り道、足をのばして中央書庫を訪れた。あかがね色の登録証を入り口わきの老婆に見せ、中へ入る。書庫にいるまばらな人々を見まわしてみるが、学院の教師は一人もいなかった。いまは授業中なのだ。

第三階層へむかい、手綴《てと》じ本を慎重に棚からぬいた。かばんから、写し用の帳面を取り出す。本をめくり、新たな円を探した。床に厚く積もった埃《ほこり》に不用意な痕跡《こんせき》を残さないよう、写しとる作業はつねに立ったままでおこなっていた。足跡も残さないよう、足の運びに注意し、下へおりるときには、ぼろきれで靴底をふいて埃をぬぐう。

〈蜘蛛《くも》〉が、まもなくやってくる。手は打った。雷火の落下実験をし、打ちあげ用の機械も整った。「防御だけでは神族と〈蜘蛛〉から自由になることはできない」という油百七の考えは、決してまちがってはいない。煌四が作れと言われたのは武器だ。武器として使えるものを、自分は作り出した。武器は、防御のために使うものではない。破壊するためにあるのだ。星を一度死なせた旧世界の武器と、煌四が考え、作ったものに差などない。

戦いがおわったそのあとのことを、考えていないのは自分も同じだ。煌四はそう思った。それと同時に、ではどうするのだと鋭い問いがつきあげてくる。

（だけど、結果として、守ることができるはずだ。緋名子や、綺羅や……首都の人たち

を)

自分に言い聞かせながら、煌四は何度もぐるぐると同じ文章を書き写していることにやっと気がついた。同じ円を、何度も何度もたどっていた。

ため息をつき、天窓をあおぐ。円形に配置された星たちが、こちらを見おろしている。形のない重さが、皮膚にねばりつくようにのしかかってくるのを感じ、煌四は帳面を閉じて本を棚にもどした。

屋敷へもどろう、無理やりにそう決めて階段をおり、中央書庫をあとにする。

坂の上へ足をむけ、うつむきながら歩く煌四の顔をあげさせたのは、妙にかん高い犬の吠《ほ》えたてる声だった。

「よう坊主。けがはどうした?」

音の深部にかすれをふくんだ声がこちらへ呼びかける。坂道のわきを流れくだる水路に架かる、手すりもない小さな橋のむこう。かたむきかけた板塀に半分のしかかられている細い路地に、二人の火狩りと、それぞれの犬たちがいた。

状況がすぐに呑《の》みこめず、煌四の口から中途半端な声がもれる。橋の先にはてまりという名の小さな犬が立ち、煌四のほうをむいてどこかいばったような顔をし、尾をふりたてている。炉六のみぞれに体ごとふりかえると、フンフンと得意げに鼻を鳴らした。脚もとにまつわりつく赤ん坊のようなてまりに、親しみをこめて顔を寄せ、みぞれが毛の長い尾をふる。炉六の狩り犬が尾をふるのを、煌四ははじめて見た。

「どうしたんですか、こんなところで……」

背すじに、ひやりとしたものを感じる。油百七のいない場所で、計画を、〈蜘蛛〉の動きを知る火狩りたちが顔をあわせて、なにを話していたのだろう。

警戒の色をはっきりと顔に表してしまっている煌四に、明楽が短く声を立てて笑った。

「そんなにあやしまないでよ。雷瓶、ありがとうね。灯子が話したと思うけど、仲間に大けがしたやつがいてさ。正直、そいつの医者代の支払いがまにあうかどうか、ひやひやしてたんだ。あんたのくれた雷瓶で、一度に支払いがすんだ。ほんと、たすかったよ」

明るいとび色の目が、親しい友人でも前にしたような温かさをこちらへむける。そのまなざしにとまどいながらも、煌四はずっと頭に引っかかっていたことを、思いきって明楽にたずねた。

「けがをしたのは、たしか回収車の乗員だった人ですよね？　燠火家で当主に見せた鑑札は、その人のものですか？」

くるりと目をまるくして明楽が肩をすくめ、そのむこうで炉六が苦笑を浮かべる。

「な、勘のいいやつだろう。まあ、頭のよさをべつにすれば、ただの生意気なガキだがな」

親しげな口調の炉六に、煌四は怪訝《けげん》な視線をむける。返答したのは、明楽のはつらつとした声だ。

「じつは、この人、昔の知りあいだったんだ。島からわたってきて、ぶらぶらくすぶってるこのおんちゃんに、火狩りにならないかって声をかけたのが、あたしの兄ちゃん」

灯子とともに森を越えてきたという明楽の思いもよらない話に、煌四は目をみはった。

「それじゃあ、もともとは首都に？」

「そう。あたしは工員見習いだったんだけどね。兄が無茶をする人だったから、首都にいられなくなって、流れ者の火狩りになったってわけ」

「首都づきの、火狩りだったんですか？　お兄さんが？」

そうだよ、と、明楽はうなずく。ほがらかな表情のその奥に、煌四には想像しようのない辛苦が染みついているように感じられた。灯子といっしょにかなたを屋敷まで連れてきてくれたあの日、煌四は明楽の赤い髪を見て、書庫へ入ったことはないかとたずねてみた。まさか、と明楽は一蹴《いっしゅう》したけれど、兄がいたというなら——犬のにおいをさせていた、きっと火狩りだったという火十《ひとお》先生の言葉が、くっきりとよみがえる。

周囲の屋根の上、鉄柱の上を見まわす。しのびの影はみとめられない。火狩りたちが、その気配を察知しているようすもない。煌四は声を低めて、明楽の顔を見つめた。

「……中央書庫で……この世界のことが書かれた本を見つけたんです。炎魔の毛で綴じられた本を。ぼくが通っていた学院の教師が、以前、なにかを隠そうとする人を、書庫に入れるよう手伝ったというんです。よくめだつ赤い髪の若者だったと、言っていました。きっと火狩りだったと」

明楽から笑みが消え、おどろきがその顔を乗っとる。炉六が腕組みをし、背後の粗末な板塀に背中をあずけた。顔をゆがめ、鼻から短い息を吐く。

「そういうばかをするからだ、あいつは。まったく」

「……兄ちゃんだ」

あどけないほどの声音が、目を見開いた明楽の口からこぼれる。そのおもざしは、いま、あの灯子よりもたよりなく、心細そうに見えた。白い毛玉のような狩り犬が、気づかわしげに明楽をふりあおぐ。炉六が、親指で明楽をさししめした。

「神宮へ千年彗星のことを伝えに行って、神族に殺されたのだ、こいつの兄は」

神族に――？　顔をこわばらせる煌四に、炉六は苦々しげに耳のうしろを引っかく。

「年ははなれていたが、おれの友人で、火狩りの技術を伝授してくれた。神宮へおもむく前に、そんな細工をしていたのか」

「ほんと。ばかなんだか慎重なんだか。……だけど、よかった。煌四っていったよね、あんたが見つけてくれて、よかった。兄ちゃんのしたことが、無駄にならずにすんだ」

顔をあげた明楽は、きっぱりと笑みを浮かべている。

「あの、このノート……隠された本からぼくが書き写してきたものですが、よかったら、持っていてください。お兄さんの、遺《のこ》されたものです。一部でしかないですが……」

かばんから出した帳面を、明楽にさし出す。

「いいの？　あんた、あのおっかない金持ちのところで、物騒なもの作らされてるんでしょ。それに必要なんじゃないの？　あたし、見てのとおりのがさつ者だから、もうあんたにかえさないかもしれないよ」

芯《しん》の強さを感じさせる声に、ひやりとするほどの鋭利な響きがやどり、煌四の脈を緊張させる。とりかえしのつかないものを、自分は作ったのだ。

「大丈夫です。持っていってください。……お兄さんの隠されていた本を読んでいくうちに、ぼくは、この世界のことが不思議になって。それで、炎魔のようすをもっとくわしく知りたいと申し出て、森へも連れていってもらったんです。ぼくが作っているのは、たしかに武器ですが……首都で起こる争いの飛び火から住人を守ることを最優先に考えています。きっと、お兄さんもそう望まれていたと思うので。約束します」

自分の口がつらねる言葉が、精神を削りとってゆく。約束など、できないではないか。煌四と油百七の考えは、決定的に乖離《かいり》している。もう一度、いや何度であっても、話しあわなくてはならない。煌四の言葉が相手にとどかなくとも。時間がないのだ。

火狩りとして鍛えられた明楽の手が、白く色を失っていた。かすかにふるえる指を一度きつくにぎりしめ、明楽は、煌四から帳面をうけとった。そしてそれを、すばやく懐にしまう。

「ありがとう。ほんと、炉六のおんちゃんが言ってたとおりだ。あんたって、なんだか兄ちゃんに似てるね。あんまり早死にするんじゃないよ」

そう言われて、煌四はどう返事をしていいかわからなかった。この先を、自分は切りぬけることができるだろうか。雷火という大きすぎる力を使って、首都を、そこに住む人々を守ることが。

「一つ、不思議なことがあって……隠されていた本は、そのままでは読めないようになっているんです。ページの上に円を見つけないと、読めないようにしてある。どうして、その形なんでしょう」

針のめぐる時刻計。その針と同じむきにたどることで、手綴《てと》じ本に隠された文章はつながってゆく。世界を無残にたたきのめした旧世界の人間たちの、無邪気とも思える時の測り方。まるで、世界におわりなどないと、心から信じきっているかのような。なぜ明楽の兄は、その形をなぞったのだろう。

「どうして、って……ああ、そういえば」

明楽が背すじを伸ばしてこちらを見つめたとき、そのとき煌四ははじめて、火狩りたちが首都にはびこるものとは異質なにおいを体にまとっていることに気がついた。トンネルを越えて立ち入った黒い森の、甘ったるい腐臭。そして、ひたむきな獣のにおい。

明楽からも炉六からも、同じにおいがする。

「兄ちゃんは、星を見るのが好きだったから、それでかもしれないな。空の星も、あたしたちが乗っかっているこの星も、円をえがいて動いているんでしょう？　学問が得意なら、あんたのほうがくわしいか」

とび色の目がまっすぐに煌四を見つめ、問いかけるように、あるいはうなずくように、明楽はかすかに首をかたむけた。

「まだ、めぐっていてほしかったんだと思うよ。この世界に」

狩人《かりゅうど》たちのまとうにおいは、かなたを連れた父のそれと同じだった。狩りから帰るたび、家中の空気をほぐした、あのにおいと。母を安心させ、緋名子を笑顔にさせた。煌四を、誇らしい気持ちにさせた、あの。

「ありがとう、これ、だいじにする。……あんたも気をつけてね。屋敷にいたの、妹なんでしょう？　かなたといっしょに守ってやって。燠火家さんは、依頼どおり、待機中の回収車の一台を出発させる手はずを整えてくれているようだ」

明楽の表情が引きしまるのと同時に、煌四の背すじにしびれるような緊張が走る。てまりが主《あるじ》の足もとを、くるくると歩きまわっている。

「遅くとも五日のうちには、待機中の一台だけを動かすよう、お大尽さまがうまく神族と交渉してくれているところみたい」

「五日……？」

それではまにあわない。煌四が口走ると、明楽が顔をあげ、狩人のおもざしになって言った。

「遅くとも、ね。回収車は一つの工場に一任されるわけじゃないから、ごねるやつらがいるんでしょ。ほんとの出発はあさって。〈蜘蛛《くも》〉は四日後の夜に来る予定だ。あたしの仲間が、虫を使って調べてくれた」

三　願い文

「あー、だめだ、起きてると気持ち悪い」

「いいから、食べなさい。それで、足を動かしなさい。せめて早く立てるようにならないと」

照三のぼやき声は、まだかすれている。その口へ、匙《さじ》ですくった粥《かゆ》をすすめるのは、照三の母親だ。先日の嵐の置き土産のように、今朝の空は冴《さ》え冴《ざ》えと晴れわたっている。

あの晩、目をさました照三は、動かなくなった左手を引きずりながら、なんとか生きるほうへ身をよじってもどってきた。灯子が持ってきた白湯《さゆ》を飲もうとしたとたん、火穂に面とむかってお嫁にしてほしいと言われて盛大にむせ、明楽を大笑いさせた。

「首都じゃ、じきに大きな争いが起こるらしいといううわさで持ちきりなの。いざというときに、あんたが動けないようじゃこまるのよ」

「腹はへってるけどよう、いきなりがつがつ食ったらもどすって。そしたら、よけいに消耗するだろうがよ」

「なんです、その口のきき方は」

洗濯のおわった服を持ったまま、灯子は部屋に入りあぐねて戸口に立ちつくし、やりとりを聞いていた。おばさんは作業場の仕事を休んでいるが、おじさんはいつもと同じに工場へ出かけてゆく。帰ってくると夜遅くまで、照三と部屋で話しこんでいるようだ。

「よう、チビすけ」

灯子のすがたに気づいて、かさねた枕や毛布に背を持たせかけた照三が、声をかける。右手をあげようとしたが、ずっと寝ついて疲弊しきった体は、思うように動かないらしかった。灯子は会釈するようにうなずき、照三の挨拶《あいさつ》にこたえる。

「お前、よかったな。あんなところで死なずにすんで」

しゃべる声は、まだ弱々しい。弱々しいが、眠たげで投げやりな調子は、回収車で働いていた照三のものだった。灯子はおずおずと、部屋の中へ入る。心なしか、家中にこもっていた生ぬるくいやなにおいが、薄らいで感じられた。

「……ごめんなさい。わたしがちゃんと気をつけとれば、照三さん、そんなけが、しとらんじゃったのに」

そのとき、背中に手がふれた。おばさんの手だ。村を出ると決まったとき、灯子を抱きすくめてくれた手と、首都で働く照三の母親の手がよく似ていることに、このとき灯子ははじめて気がついた。娘のころから年中、休ませることなく働いてきた、やわらかな厚みを持った手。

「それは、もう気に病まないの。灯子ちゃんをたすけずに首都へ帰ってきていたら、わたしが張りたおしてやっていたわよ。大けがはしたけど、せがれが人としてまっとうなことをした結果なら、わたしたちにも誇らしいことです」

穏和さの奥に苦痛を押し隠した声音が、灯子の耳へにじみこむ。

煌四も同じことを言った。最後に人をたすけて死んだのなら、安心した……煌四は自分の父親に対して、そう言っていたのだ。ほんとうだろうか。灯子には自分が、だれかの命と引きかえに生かされるほど値打ちのある人間だとは、到底思えない。

（かなた、あのお兄さんといっしょに、あの大きな家におるんじゃろうか。食べ物、たんともろうとるじゃろうか）

灯子から洗濯物をうけとり、おばさんは、灯子にも食事をとってくるようにとうながした。あやふやにうなずきながら、灯子は、大きく息をついて体の力をぬく照三を見やる。

となりの部屋の壁際では、床に座りこんで明楽と火穂、クンが食事をとっていた。いつも家の中にいるときには、男物のような首都風の衣服を着ている明楽が、いまは狩衣《かりぎぬ》を身につけている。

「明楽さん、また出かけるん？」

「うん。食べたら行ってくる」

大きな口を開けて蒸したまんじゅうにかじりつきながら、明楽は平然とこたえる。

火穂が釈然としない表情で、眉根《まゆね》を寄せる。火穂のそばにはぴたりと体を寄りそわせて、うつむいたクンが座っている。

「……狩りには、もう行かなくていいんでしょ？」

あの日、煌四がうけとらなかった形見の品とともに持たせてくれた雷瓶――あの雷瓶のおかげで、明楽は狩りで火を手に入れてこなくとも、闇医者へ一度に支払いができた。神宮への出立を、これ以上のばさなくともいいはずだった。

「ああ、町の人たちのうわさが、ちょっと気になってね。願い文を持っていく前に、たしかめておきたいことができたんだ。すぐもどるから」

狩衣の上からマントをはおり、明楽はそのまま軽やかに戸口へむかう。足もとについてまわるてまりを古いかごに入れ、あっさりと外へ行ってしまった。

とたんに、家の中は静かになる。

「灯子、ごはん」

火穂が、廊下のすみの椅子の上を指さす。灯子はうなずいて、明楽たちが手に入れてきた食料の積まれているそこから、刻んだ菜っ葉を練りこんで焼いた団子をとってきて、床に座って食べはじめた。

かなたは、なにを食べているだろうか。煌四と、あの小さな妹と、いっしょに食事をし、眠っているだろうか。

緋名子。煌四は小さな妹の名前を、たしかそう呼んでいた。

かなたがいない。体が勝手に、犬の気配を探ろうとする。それでももうぜったいに、かなたは灯子のそばにはいない。かえされた形見の鎌と守り石《もりいし》は、無垢紙《むくし》につつんだまま、部屋のすみの椅子の上に置いてある。

クンはじっとうつむいて、もそもそと食べ物を咀嚼《そしゃく》している。その目に精気がないのが、はっきりと見てとれた。森で見つけてまもないころと同じ、どんよりとした暗さが、まるい目の底に沈んでいる。

（クンも、見たんじゃろか。遣い虫の目を借りて、あの神族の兄さんを……）

クンがひざの上へこぼした食べ物のかけらを拾って口へ持っていってやりながら、火穂が薄いため息をつく。

「あたし、なんの役にも立ってないな……ちゃんと手伝うって決めたのに。首都が、この場所そのものが、危なくなるかもしれないなんて。なのに、明楽さんとちがって、なにもできない」

「そんなこと……」

そんなことはない。火穂は照三の身のまわりのことだけでなく、家の片づけや掃除も、クンの世話も、灯子が見ていても甲斐甲斐《かいがい》しいと思えるほどによくこなしている。故郷の村ではなんの仕事もできなかったと言っていたが、器用に動きまわるすがたも丁寧な手先も、とてもそんなふうには見えなかった。

「そんなの、わたしもおんなじじゃ。……そ、それに、それを言うんなら、まともになんもできんのは、照三さんのほうじゃ。いまじゃって、お母さんにお粥さん口まで運んでもろうて、赤ん坊のような。……わたしのせいじゃけど」

紅緒をまねて言おうとしたけれど、言葉はしりすぼみになってしまった。けれども、くすっと、火穂が笑った。うんと小さく。

「ほんとに。だけど、言ってくれた。あたしのこと、ここにいてもいいって」

その澄んだ声の空気にぴたりと寄りそう気配に、灯子は思わず泣きそうになる。火穂にただうなずくのが精いっぱいだった。

そういえば、首都へ着いてから火穂は、一歩もこの家を出ていないはずだった。外の空気を一度も吸っていない。首都の空気には工場の煙や埃《ほこり》が混じり、慣れない異臭が感じられるが、何度かくりかえした雨のために、いくらかはきれいになっているはずだ。

「火穂、ちょびっと外に出てみたら？　ずっと閉じこもっておったら、気が滅入《めい》るよ」

けれど、火穂はほぐれた表情のまま、かぶりをふった。

「ううん、いい。あたし、小さいころからほとんど坑道の中にいたから、屋根や壁のあるところのほうが、落ちつくの」

灯子はなにもこたえられず、あとは黙って、食事をつづけた。火穂と、そしてクンのそばに、ぴたりと座って。

夜、むずかるクンがやっと寝つくのと、火穂が木の床にならべた毛布で眠りに落ちるのとは、ほぼ同時だった。灯子は、ほう、と安堵《あんど》の息をつく。昼間はうつむいてぼんやりとしているクンは、夜になると怖い夢を見るのをおそれるように、うめきながら手足をじたばたさせる。灯子がなだめてもまるで聞かず、無言で暴れる肩を抱きしめつづけるのは火穂だった。

奥の部屋からは、閉められた戸のすきまから、弱い照明がこぼれてきていた。くぐもった話し声も。……仕事からもどった父親と照三が、話しこんでいるのだ。回収車のこと、竜神のこと、〈蜘蛛《くも》〉のこと……体中に染みついたそれらの記憶がうごめきだすようで、灯子は落ちつきなく寝がえりをくりかえした。

と、毛布を巻きつけた背中を、ちょんとつつかれた。ふりむくと、となりのふとんに入っていた明楽がひじで上半身を支え、こちらを見ている。

「灯子、寝れないんだったら、上に行こう」

「……上？」

火穂たちを起こさないよう、ささやき声で問いかえすと、明楽は胸もとにまるまっているてまりをかかえ、天井を指さした。そのまま起きあがって、はだしで歩いてゆく。廊下へむかう明楽のあとに、灯子は黙ってついていった。

廊下へ出ると、明楽は食料や着がえを置くのに使っている椅子の上に立った。片腕を伸ばすと、そこに上げ蓋《ぶた》がある。そんなものがあることに、灯子はいままで気がつかなかった。天井裏へ通じる入り口らしい。明楽は親指を立てて開けた蓋のむこうをさしめし、てまりを片手に抱いたまま、はずみをつけて椅子の上からとびあがる。四角い穴のふちに手をかけて、器用に身を揺すりながら体を持ちあげてゆく。天井裏の暗がりにつま先まで見えなくなると、今度はさかさまになった明楽の顔と揺れる髪、灯子をさそう手が現れた。

「おいで。ここから、星が見えるんだ」

明楽の呼ぶ声に、灯子は椅子へよじのぼり、めいっぱいつま先立ちをして明楽の手をつかまえた。明楽は力強く、灯子を引っぱりあげる。

筒袴《つつばかま》の腰のあたりの隠しから卵型の照明をとり出し、明楽がそれをともすと、天井裏から闇が追いはらわれ、同時にごそごそとなにかの生き物がすみっこへ逃げこんだ。埃まみれになるのもかまわず、明楽があおむけに寝転がる。灯子がそばへ行くのを待って、照明を隠しへしまった。ともったままの照明が、明楽の袴の隠しの中でほのかに光る。明楽にならって、ざらつく床へ寝そべると、すぐ真上にガラスのはまった天窓があった。

（こんなとこに……）

いつのまに明楽は、こんな場所を見つけたのだろう。天井裏は物置として使われているらしいが、あのせまい出入り口からでは運べる荷物も限られている。すみのほうに、長らく動かされていないと見える袋や箱がぽつぽつとうずくまっていた。

「願い文は、灯子が書くべきなのかもしれないな」

寝そべって四角い夜空へ視線をさまよわせながら、明楽が言った。

「え？」

灯子は明楽のとなりで、耳を疑った。鋭さのこもった表情をしていた明楽は、灯子のほうへ目をむけて、ちらりと口のはしに笑みを浮かべた。

「無垢紙は灯子の持っていたものなのだし、あたしより灯子のほうが、字や文章を書くのも、ずっと丁寧で上手だ」

灯子は、ゆるゆるとかぶりをふった。——巨樹の上からこちらを見おろしていた、神族の一人のすがたがよみがえる。すらりと細い少年の形をした、人ではない存在を。なぜだろう。荒々しい工場の機械群を見あげたときよりも、地底の木々人たちや火を噴く大犬の前に立ったときよりも、あのときさらに鋭い恐怖がつきあげてきた。あの少年神のほかに、何人の神族が首都にはいるのだろう。あんな存在が、あと何人。その中心にいるはずの、姫神に読ませる手紙……そんなものを、自分に書けるはずがないと、灯子は思った。

「明楽さんは……なにって書きなさるんですか。姫神さまへの、願い文に」

明楽の兄は、神族によって口封じのため殺された——明楽はたしかに、そう言っていた。

「怖いこと、ないんですか？　神族さまが……」

問いかけた声はふるえを引きずって、しばらく屋根裏の暗がりをあてもなくさまよった。

「あたしの兄は、神族に殺された。千年彗星〈揺る火〉のことを、伝える時期がきっと早すぎたんだ。いまなら……首都の住人にも〈蜘蛛〉の襲来がうわさされるようになったいまなら、命まではとられなかったかもしれない。それくらい、神族にとっても、重要で慎重にあつかうべきものなんだ、〈揺る火〉は」

はずみをつけて、明楽が起きあがる。天窓のむこう、もやがかかって、わずかにしか見えない首都の星へ目をこらしながら。

「……首都をはなれたあと、あたしは流れの火狩りの一団に拾われて、訓練をつけてもらった。兄ちゃんの形見の鎌があったから。でも、あたしには犬がいなかった。森の中を移動して、ある村のそばまで来たとき、仲間のやつらはあたしに、鎌をわたすよう言ってきた。火狩りは男の仕事で、女は鎌をにぎることさえ、本来は許されないのだって」

明楽は思い出をあざけるかのように、笑みをふくんだため息をこぼした。

「そんな、ひどい……」

顔をのぞきこむと、明楽の目がどこかいたずらっぽく、灯子のほうをむいた。

「人のことは言えないよ。あたしだって、森でクンを拾ったとき、〈蜘蛛〉の子だからと蔑《さげす》んだ。乱暴にあつかって、ひどいことを言った。ほんとは、あんなにいい子なのに……」

話すうちに、明楽の声音はだんだんと幼さをふくんでゆく。幼さとないまぜに、声に明るい力がそそぎこんでくるのを、灯子は聞きとることができた。その明るいせせらぎがどこから湧き出てくるのかと、深く不思議に思いながら。

「あたしにいろんなことを教えてくれたのはさ、輝一《きいち》っていう名前の火狩りで、兄ちゃんと同い年くらいだったかな。すごく気のいいやつで、強くて仲間思いでさ。森で生きていく方法を、いろいろと教えてくれた。炎魔から身を守る方法、木々人にたすけを求めるにはどうしたらいいか、黒い森の中に自生する食べられる植物の種類……」

なつかしさのにじむ明楽の声から、灯子はその日々がどんなふうであったかを思いえがこうとする。灯子が懸命にたどろうとする思い出を、けれど、明楽のもらした短い笑いが、かき消した。

「だけど、そいつもやっぱり、鎌をよこせ、村に残れと言ってきた。あたしじゃ、女だろうがなんだろうが、火狩りなんて務まらないと思ったのかもしれない。でもあたしは、どうしても犬がほしいってたのみこんだ。ほとんど、もう意地だけで——それで、ゆずられたのが、この子」

明楽がいとおしげにちっぽけな頭をなでまわすと、てまりの顔に自慢げな表情が浮かび、のどが鳴った。

「世界はめちゃくちゃだよ。だけど、まだ生きている。この世界はまだ滅んでいない。回収車や湾を襲った〈蜘蛛〉は、まもなく首都へ来る。首都を破滅させるためだと町の人たちはうわさしてるけど、そうじゃない。やつらのほんとうのねらいは、首都へ来るだろう〈揺る火〉を手に入れることだ。千年彗星の核となる火を、自分たちのものにするために。なんとしても、〈揺る火〉を〈蜘蛛〉より先に狩らなきゃならない」

灯子は、自分の心が、明楽の言いたいことをみな聞きとれているだろうかと心配した。あまりにも貧弱な狩り犬を、信頼をこめてなでながら語る明楽の、その言葉にふくまれた思いを、一つもこぼさず聞きとれているだろうか。

「明楽さん、〈揺る火〉の体の中には、昔の火が入っとるのでしょう？　その、古代の火は……ほんとに、人を燃やさんのですか」

機械人形の核には、神族宗家の火が使われたという。そして機械人形である〈揺る火〉が浮かべられたのは、まだ人が天然の火をあつかえていたころだと、明楽は話していたはずだ。

明楽が、胸のあたりをそっと押さえた。

「それがね、あたしも、確証がないじゃないかとずっと思っていたんだ。虚空をさまようちに、その体内に埋められている火が、炎魔の火と同じような恵みに変わっているって──それって、ほとんど人間の願望でしかない。だけど」

声音をわずかに低め、明楽は懐から、一冊の帳面をとり出した。閉じたままの帳面を、灯子に見えるようにかざす。

「これに、こたえが書いてあった」

「明楽さん、その帳面、ひょっとして、あのお兄さんの……」

「そう。首都に、兄が残した本が隠されていたんだ。それを、かなたの家族のあの子が書き写してくれてたの」

　ほがらかささえふくめて言う明楽の心が、どれほど揺らいだことかと、灯子は目をみはる。神族に命を絶たれた兄、明楽がその遺志を継ごうとしている人の形見が、首都にあったのだ。

「……『〈揺る火〉の核にある神族宗家の火は、そのままでは人体発火を引き起こす、古代の火と変わらないだろう。機械人形の体の中に守られた神族の火は、燃えつきることも変質することもない』」

　明楽が、唱えるように言葉を紡ぐ。その声が、明楽の兄が書き残した言葉、煌四が帳面に写しとったというそれをそらんじているのがわかる。からまりあうおどろきとともに、灯子は煌四と立ち入った地下の居住区を思い出した。ヤナギという名の、長い首を持つ木々人が語って聞かせた世界のなり立ちと、明楽の話すことがかさなってゆく。

「『しかし、地上に星がもどったとき、常花姫の鍛えた火狩りの鎌でこれをしとめれば、その火は人体発火を起こさず、人々の恵みとなるだろう。神族宗家の火は、神族の生んだ収穫の武具によって、はじめて刈りとることができる』――炎魔の息の根を、火狩りの鎌以外の道具で止めても、金色の液体は流れない。それと同じだったんだ。だから、火狩りにしか〈揺る火〉を狩ることはできない」

「けど、そいじゃあ……鎌で狩るまでは、近づいたら発火してしまうかもしれんということですか？」

「そうなるね。だからこそ姫神に、星を狩り場へ導いてもらう必要がある。――灯子」

明楽が、こちらへ顔をむけた。

「その前に、火がとどかなくなった村へむかって、回収車が首都を発《た》つ。――あんたはそれに乗って、村へ帰らなきゃ」

「え……？」

「村には、あんたを待ってる人たちがいるんでしょう？　あんたは、立派に役目をはたした。かなたを、いるかもわからなかった家族のもとへ送りとどけたんだ。今度は、生まれた村へ帰らなくちゃ」

灯子の心臓が、とすんと軽い力でつき落とされる。天井裏の暗さが急にせまり、肌の上へ這《は》いよってくる気がした。

「〈蜘蛛《くも》〉は、天然の火を手に入れていた。もともと神族と反目している〈蜘蛛〉たちが、その火を使って神族を襲うんだ。ただごとですむはずがない。湾で起こったよりも、ずっと悲惨なことがこの首都で起こるかもしれない。そうなる前に、火狩りの王をこの世に生む。〈揺る火〉の火があれば、〈蜘蛛〉を止めることだってできるはずだ。そのためには、姫神の力で星を狩り場へ、火狩りの鎌のとどくところへ導いてもらわなきゃ」

決然とした声が、暗がりに吸いとられ、消えてゆく。天窓のむこうのかすかな星が、うっすらと遠くに光る。

「火狩りの王の称号は、だれが持つことになったっていい。だけど、その星を狩るには、姫神に願い文をとどけなきゃならない。願い文を持っていった時点で殺される可能性も高いけど、無垢紙《むくし》に書かれた文なら、神族も無視できないはずだ。あたしが願い文を神宮へ持っていく。そして、だれかが星を狩る──」

「明楽さん……」

ゆるゆると首をふると、一つに縛った髪が、気弱な獣の尾のように埃《ほこり》まみれの床を掃いた。胸に、金属の鉤爪《かぎづめ》のように痛みが食いこむ。それでは明楽が、明楽の兄と同じになってしまう。

「明楽さん。どうなってしまうんですか？　首都が、そんなおそろしいことの起こるとこになったら……火穂や、照三さんや、おじさんおばさんや──かなたは？」

問いかける声に、明楽のまなざしはじっと天窓を、そのむこうを見あげたまま動かない。

灯子は耳の奥に、かなたの息遣いや声、走るときに勇ましく土を蹴《け》る音を思い出していた。やっと、家族のもとへ帰ってきたのに。かなただけではない、照三や、そして火穂も、やっとの思いでここへたどり着いたばかりだというのに。そして、明楽は……首都を追われ、たった一人で生きぬいてきたこの人は、いともあっさりと自分の命を、この世界にさし出そうとしている。

かなたのような力が、自分にもあれば。……なんの役にも立てないと火穂は言ったが、なにもできていないのは自分のほうだ。いま、すぐとなりに、ただ一人で戦おうと決意している人がいるのに。灯子は歯嚙《はが》みして、床の上に身を起こした。

「まだ、帰れません。……コバルト華《か》を。工場でコバルト華をもろうてこいと、紙漉《かみす》きから言いつけられとるんです。持たずに帰ったりしたら、紙漉きになぐられます。食事もぬかれる。わたしのばあちゃんは、赤ん坊のときに目をつぶされとる。まだ火狩りさまのおりなさらんところに生まれて、暗いとこでも働ける子になるようにと、親から目をつぶされたんじゃ。どうせばあちゃんはなんにも見えんのじゃ、照明もいらんじゃろうというて、火ももらえんようになる」

言いつのる言葉は、しだいに感情まかせになってゆく。だんだんと声を高めてゆく灯子に、明楽がまるくした目をむける。

「お願いです、連れてってもらえんですか。わたし、邪魔になるかもしれん。そいでも、どうかして、明楽さんをたすけたい」

明楽はおどろいた顔をこちらにむけ、そして声音を低くした。

「だめ。あんたには、村で待ってる人がいるんでしょう？　あんたのばあちゃんが、いるんでしょ」

「そうです。ばあちゃんだけと、故郷の村だけとちがう。同じ回収車に乗っておらした、ほたるさんという花嫁さんも。竜神に襲われる前に、機織りの村へ嫁ぎなさった人です。それに、ガラス作りの村で、親切にしてくれなさったお宿の人も、たすけてくれなさった木々人さんも。その人たち、みんなのために、星を狩りなさるんですよね？」

灯子は起きあがり、懐にしまっている守り袋を、着物の上からにぎりしめる。煌四がかえしてくれた守り石と綺羅のくれた飴玉《あめだま》、そして燐が一度は隠し、灯子の荷物へ忍ばせていた髪留め。それぞれの小さなものをいっしょににぎりながら、明楽のかたわらにひざをそろえて正座する。

「かなたの飼い主じゃった火狩りさまは、わたしをたすけて死になさった。照三さんは、わたしをたすけて大けがしなさった。明楽さんは、もっと大勢の人をたすけようとしとりなさる。けど、木々人さんのとこで見たような神族が、神宮にはたくさんおらすんでしょう？　明楽さん一人で、願い文がとどけられるんですか。明楽さん、わたしは、だいじな人たちが危ない目にあうんは、いやです。わたし、もう人が死ぬのを見るんは、いやじゃ」

灯子は懐から、無垢紙の束をとり出して明楽に見せた。闇と照明が化かしあう首都の夜にも、その紙は白く冴《さ》えわたっている。

「つ、連れてってもらえんのなら、無垢紙はわたせません」

「頑固者」

そう言う口もとが、笑みでほころんでいる。明楽が背すじを伸ばしてあぐらをかくと、てまりがすかさず飛び乗り、ひざの上でくふんとのどを鳴らした。――明楽の目もとが引きしまり、まっすぐな、逃げ場をあたえないまなざしが灯子を射ぬいた。

「わかった。……ただし、条件がある。あの形見の鎌を護身用に持っていくこと。神宮の中まではいっしょに来ないこと。それができないなら、連れていけない」

空の星は、いよいよかすんで見える。風の流れが変わって、工場の煙がもやとなり、町の空をおおっているのだ。

明楽は、くせのある赤毛をはずませて犬のするように頭をふると、長い長い息をついた。こちらは見ない。精悍《せいかん》にもあどけなくも見える横顔を灯子にむけたまま、明楽は思いを飲みくだすように、口を引き結んだ。明楽の手が、無垢紙の束——残り三枚となった純白の紙をつかみとる。

「きれいだね……このきれいな紙に、姫神は祝詞《のりと》を書くんだという。世界をことほぐ言葉を。いったい、どんなことを書いてるんだろうね」

わずかの星を透かすように無垢紙を空へかざして、明楽はまなざしをうっとりとさせた。

「灯子、ありがとう。ぜったいに無駄にはしないから」

灯子はしばらくかけるべき言葉を見つけられず、くちびるを噛《か》んで明楽の顔を見つめていたが、やがて暗さの中へ、声をはなった。隠しに照明を光らせている明楽にむけて、そっと。

「……あの、明楽さん」

「うん？」

暗くて、その暗ささえも薄らぼやけて、明楽の顔がまともに見えない。うごめいている、たくさんのなにかの気配。首都によどみかぶさっている異臭が、夜を細かに身ぶるいさせている。

「ありがとうございます」

そう言うと、明楽はなにもこたえないで、灯子の頭に手を載せた。温かい手だ。

(かなた……)

犬に問うてみたかった。自分に、この人を守れるだろうか。かなたが灯子にしてくれたように。

頭に載せられた手のぬくもりを感じながら、灯子はこの人が、明楽こそが火狩りの王になるべきなのだと、あらためて強く思った。

四　針

緋名子の容体が急変したのは、工場で打ちあげ機の確認をおこなった、その日の夜のことだった。快方へむかいながらも、体調を崩すことはあった。しかしそれも、軽い熱を出したり、頭痛を起こしてふせる程度だった。

ところが、今度は明らかにちがった。燠火家へ来て以来、ここまであがることのなかったほどの高熱を出し、うなされながらのたうちまわった。手足を硬直させて歯を食いしばり、悲鳴をあげる。部屋へ駆けこんだ煌四が肩を押さえながら呼びかけても、苦しみまわる緋名子の意識は熱くなった頭蓋《ずがい》の奥に押しこめられ、反応することはなかった。

かなたは、寝台のわきから狼狽《ろうばい》したようすで緋名子を見あげていたが、水や布巾《ふきん》を持った使用人が部屋へ入ろうとすると、おどろいたことに牙《きば》をむいて威嚇した。

夜中だったが、主治医である焚三医師が屋敷へ呼ばれた。が、薬品や器具の入ったかばんを手にした焚三医師が駆けつけたとき、かなたはさらにはげしくうなり、寝台にいる緋名子をかばう位置に立って、いまにも飛びかからんばかりの姿勢をとった。部屋へ入ろうとした焚三医師が、目をみはって戸口で動きを止める。

そのあいだにも緋名子は汗だくになり、呼吸を乱し全身をこわばらせてうめいている。

「かなた、どけ！　ひどい熱なんだ、すぐ診てもらわないと……」

煌四は、意識のないままに苦しみつづける緋名子をかかえあげ、戸口から先へ進めずにいる焚三医師に託そうとした。すると、かなたは身を反転させて煌四のほうをむき、けたたましく吠《ほ》えたてる。反射的に、煌四の足はその場にすくんで動けなくなる。

焚三医師のうしろの廊下では、使用人たちがうろたえて、どうするべきかを自分たちでは決めあぐねている。

全身に激情をみなぎらせて邪魔をするかなたに、煌四はひどくとまどった。なにを考えているのだろう。狩り犬として鍛えられているかなたに、この状況がわからないのだろうか。鼻面に凶暴なしわを寄せ、牙をむく顔は、煌四の知るものではない。父の連れていたころの、あの賢くおだやかな犬とは、まるでちがう。

室内の照明がしぼられているため、煌四にはかなたが、場ちがいに入りこんだ一匹の炎魔に見えた。その目つきから、意思を読みとることができない。

だれもが動きを膠着《こうちゃく》させている中で、緋名子が突然手足をばたつかせ、かん高い悲鳴をあげた。

「緋名子！」

急に暴れだした妹の体を支えきれず、煌四はなかばたおれこむように緋名子を寝台にもどす。まぶたをきつく閉じあわせたまま、緋名子がめちゃくちゃに手足をふりまわす。かなたの吠える声が、煌四の意識をざわっと煮えたたせた。

「どけ！」

　かなたにどなりつけると、一瞬、緋名子の体がびくりとすくんだ。かすかに力がぬける。煌四はそのすきに緋名子から手をはなし、かなたへ近づいた。狩り犬のあつかいなど知らない。言葉でも声でも言うことを聞かないのなら、いまは蹴《け》りたおしてでも犬をどかさなければならない。緋名子の命にかかわるのだ。

（いやだ）

　兄弟のように育ったのに。その思いと、あごを下から蹴りあげるのだという命令が、脳内を同時に満たす。

（父さんのこと、忘れたのか）

　名づけようのない感情があふれて、頭がはじけ飛びそうだ。

　しかし、煌四が革靴のつま先をかなたにたたきつけるより先に、部屋に綺羅が駆けこんできた。焚三医師のわきをすりぬけて、寝間着すがたの綺羅は、首すじの毛を逆立ててうなるかなたに迷わずしがみついた。煌四は息を呑《の》んだが、綺羅に抱きすくめられたとたん、かなたは尾を垂らし、そのままうなることをやめた。綺羅の長い髪が、かなたの背中をまばらにおおっている。

かたまっている煌四のわきをぬけて、焚三医師がすばやく緋名子に駆けよった。

「わたしのお部屋に」

綺羅が言うと、使用人たちが手を貸し、暴れる緋名子を三人がかりで部屋から運び出した。

かなたはおとなしく、綺羅に首すじを抱かれている。ゆっくりと、尾をまるめてその場に座りこんだ。急に部屋の空気が薄くなったような、奇妙な感覚が煌四におおいかぶさっていた。

「……あとで先生にお出しする飲み物と軽食を、用意しておきなさい」

廊下に残っている使用人に、油百七の太い声が言いつける。いつからそこにいたのだろう。

抱きしめた犬の毛並みに顔を埋《うず》め、綺羅が深く息を吸う。明楽の小さな狩り犬にしていたのと同じに。

「綺羅、早くはなれなさい」

そう呼びかけたのは、火華の声だった。

「……はい。お母さま」

綺羅が手をはなしても、かなたは動かなかった。うなだれ、同じ場所にじっと座っている。綺羅は立ちつくしている煌四の背に手をそえ、いっしょに来るようにとうながす。

廊下へ出ると、黒い髪を背中でゆるく結わえた火華が、綺羅の腕を引いて煌四から引きはなした。階段のほうへ歩き去る油百七の大きなうしろすがた。

緋名子の苦しむ声は、もうやんでいた。

煌四は混乱をかかえたまま、部屋の中を、かなたのほうをふりかえる。なにかを伝えたがるように、かなたは顔をこちらへむけていた。

その目をじっと見つめても、犬の言いたいことをくみとることができなかった。さっき自分のしようとしたことが、はっきりとした苦みとなって、体の中に残っている。薄暗い部屋に座りこんだかなたを残して、扉を閉じた。

「……まったく、こんなときに」

階段をおりてゆく油百七が小さくつぶやくその声が、するりと煌四の耳に入りこんできた。


〈蜘蛛《くも》〉の進攻まで、残り三日。明楽の言っていた日数と、しのびを統括するという神族の少年の告げた日数は一致する。

煌四は朝方まで眠れず、打ちあげの角度と雷瓶埋めこみ地点の計算を何度も走り書きして、また部屋を散らかした。窓の外が明るくなって、落ちつかない体にせめてつめたい空気を入れようと、通用口から庭へ出た。

早朝から焦二老人が、一人で畑の世話を焼いていた。煌四にその種類はよくわからないが、土からじかに葉を茂らせたものも、簡易な造りの支柱にからみついているものもある。ひらひらと舞う虫が寄ってくるそばで、庭師の老人は野菜の葉からつまみとって集めた芋虫を、靴底で念入りに踏みつぶしていた。

燠火家と懇意にしている栽培工場で野菜は手に入るのに、この家の者が口にする野菜は、みな庭の畑で作られている。はじめてこの家で野菜を口にしたとき、嚙《か》みごたえがまるでちがっておどろいたものだ。工場で作られた——町で暮らしていたころ食べていた野菜のほうが、ずっとやわらかく飲みこみやすかった。歯にねばりつくところはあるが、それは調味料のせいなのだろうと思っていた。しかしそれは、工場で作られる野菜と、この庭で作られる野菜のちがいだったのだ。偽肉工場を経営する油百七は、なぜわざわざ手間をかけて、自宅で野菜を作らせているのだろう。

煌四は老人に軽く頭をさげて、屋敷へ入ると、まっすぐ綺羅の寝室へむかった。ゆうべかなたから引きはなした緋名子が、そこに寝かされているからだ。かなたは緋名子の部屋に閉じこめたままで、煌四が扉のすきまからのぞくと、耳をうしろへたおして目を細め、ゆうべと同じうなだれる姿勢をとっていた。

扉をたたくと、中からすぐに綺羅が顔を出した。煌四の顔を見ると、どこかほっとした表情がその目もとに浮かぶ。

「……いま、寝てるの」

綺羅は、煌四を部屋の中へ通す。綺羅の部屋には、煌四の部屋にあるものより多くの本と、巨大な衣裳簞笥《いしょうだんす》、きちんと帳面のならべられた机がある。窓辺の寝台で、緋名子はすうすうと規則正しい寝息を立てていたが、頬はまだ熱のために赤かった。枕もとの小机に、水差しと薬が置かれている。

「きっと、気がたかぶって熱が出てしまったのじゃないかって、焚三先生が。かなたが帰ってきてうれしかったのと、お父さまが亡くなられたと聞いて悲しかったのを、一度にうけとめきれなかったのじゃないかって」

眠っている緋名子の前髪をそっとなでて、綺羅は顔をあげる。

「煌四こそ、具合は？　朝食をすませたら、すこし休まないと。ずっと顔色が悪いわ」

返事をせずに、煌四は綺羅の髪に、窓からさす光が透けるのを見つめた。

「綺羅。無茶はしないでくれ」

煌四が言うと、綺羅は慣れないことを言いつけられた小さな子どものような目で、煌四を見つめた。

「かなたは、森の炎魔と戦う犬だ。人間の骨ならひと咬《か》みで砕ける。前はあんなことは、決してしなかった。父が死んで、首都まで旅するあいだに、性格が変わったのかもしれない——」

「そんなはずないわ」

綺羅の声が、きっぱりと響いた。

「かなたといっしょにいた灯子という子は、とても心のやさしい子だった。あの子とずっといっしょにいて、凶暴になるわけがない。やっと家族と会えて、安心と興奮がごちゃ混ぜになっただけよ。かなたも、緋名子ちゃんも」

煌四は黙ってうなずき、綺羅の書き物机の椅子に座った。

「ごはんを食べに行かないの？」

首をかしげる綺羅に、深いため息をかえすのがやっとだった。心配のためにこわばっていた顔に、綺羅はやんわりと苦笑いを浮かべる。

「だめよ、栄養をとらなくちゃ。まだけがが治りきらないのに。とってきてあげるから、座って待っていて」

言うなり綺羅はスカートをひるがえし、部屋を出ていった。

煌四は、綺羅の寝台の上でくたりと眠っている緋名子のまつ毛を、まるい鼻すじを見つめた。窓掛は開けられているので、日の光が眠った顔を照らしている。日光を浴びるといいのだと、医者に言われたことをすなおに信じていたのに。煌四や綺羅のように勉強ができるようになりたいと言い、庭師のあとをついてまわって庭仕事を教わっていたのに。

「…………」

そういえば、灯子たちとかなたを連れてもどったとき、なぜ緋名子が木戸を開けたのだろう。あの日は雨が降って、庭仕事はできなかったはずだ。雨の日には、緋名子は部屋の中で子ども用の本を読むか人形遊びをしている。焦二老人は天気の変化に敏感で、もし庭にいたとしても、あのあと土砂降りになることを予測して、早めに緋名子を中へ入らせたはずだ。

それなのに、緋名子が自分で出てきたのだ。一人で。

ガチャンと、階下から物音がした。たかぶった人の声。綺羅がむかったはずの台所のほうからだ。かなたが、廊下のむこう、緋名子の部屋から吠《ほ》える。

煌四は立ちあがって物音のしたほうへ行こうとし——背すじにひたと貼りつくつめたさに、ふりかえった。

寝台の上で、緋名子が目を開けていた。目ざめたばかりのおぼつかなさも、不穏な物音を耳にしたとまどいもない。きろりと、異変を察知した獣そっくりな目で、物音のしたほうを見つめている。煌四のほうを見ずに。

違和感が怖気《おぞけ》をともなって、煌四の身の内をつらぬいていった。部屋に閉じこめられたまま、かなたがまだ吠えている。階下の人の声が高まる。ここにいろ、と煌四は緋名子に言ったつもりだったが、それは声になったかどうかわからなかった。椅子を蹴たおしそうになりながら、煌四はかたく戸を閉めて、緋名子を残して階下へ走った。

「……お黙りなさい、お前には関係のないことよ」

お嬢さま、と呼びかけながら、使用人が綺羅の肩に手をふれる。

「やめて、止めないで。お母さま、ほんとうのことを教えて、くれははどこへ行ったの？」

使用人に肩をつかまれながら、綺羅が、血相を変えてわめきたてている。その瞳《ひとみ》の先に立っているのは、赤い上掛けをまとった火華だ。

「町にある自分の家へもどったのでしょうよ」

「うそ！　じゃあこれはなに、どうしてくれはの刺繡道具《ししゅう》がここに残ってるの？」

「お嬢さま、落ちついて……これは、くれはが置いていったんです」

「やめて、あなたまでうそをつかないで。くれはが言ってたもの、町にいる病気の母親のために、仕事の合間に刺繡をしてるって。作ったものを売ればすこしはお金になるし、お母さんは目が見えないけれど、くれはの刺繡をさわると文字の形もわかるんだって」

煌四が駆けつけたとき、一階の廊下はひどい混乱におちいっていた。床の上にかごが引っくりかえり、そこから針や糸巻き、はさみがばらまかれている。あざやかな糸が幾束も転がっているのを見て、それが針箱なのだとようやく気づく。狼狽《ろうばい》した使用人たちにかこまれた綺羅が髪をふり乱してわめき、それを火華が睥睨《へいげい》している。

さわぎのただ中に、火華だけが背すじをまっすぐに伸ばして立っていた。

「お母さま、ほんとうのことを教えて。みんなどこへ行ったの？　どうして、使用人が急にいなくなってしまうの？　緋名子ちゃんのことだって――お父さまとお母さまが」

「お嬢さま、お部屋へもどってください。お医者さまも屋敷におられます」

悲壮な顔をして声を荒げる綺羅の腕を、使用人たちが押さえこもうとする。それでも返答を求めて一心に自分を見つめる綺羅から、火華は深いため息をつきながら顔をそむけた。

二階で、かなたが吠えている。警告を発するように。

「あの使用人には、新しい裁縫道具を持たせたのよ。よく働いてくれたから」

言いながらかがみこみ、上掛けの胸もとを押さえて火華は散らばった待ち針を拾いあげる。しとやかな声は、けれど明らかにぞんざいで、それが綺羅を激昂《げきこう》させた。

「うそばかり言わないで！　この家は、うそばっかり！」

さけびながら、綺羅は力まかせに、靴をはいた足で床を踏みつける。どんと、はげしい音が廊下の空気をふるわせた。

その振動が火華の手もとをわずかに動揺させ、その動揺によって針の先が指をついた。羽織り物と同じ炎の色をした血の玉が浮かびあがる。

「わたし、こんなのもういや。家族なのに、ほんとうのことなんて一つも言わない。お父さまも隠しごとばかり、お母さまだって！」

くるりと娘に顔をむけた火華の目のつめたさを、煌四は見逃すべきでなかったのだ。娘に近づく火華を、階段側から止めに入れたはずだった。しかし、煌四の体は動かず、頭は目の前で展開されることを信じようとしなかった。

つかつかと、火華が自分の娘に歩みよる。歩みよりながら、羽織り物のたもとからつややかな棒状のものをとり出した。蓋《ふた》をされた、上等のペンにそれは似ていた。緑玉の色をしたそれを、火華が綺羅の顔につきつける。先端から蒸気が噴き出し、それがまともに綺羅の顔にかかった。正確には、鼻腔《びくう》に。

白目をむいて上半身をのけぞらせ、そのまま綺羅が床にたおれるのを、煌四は棒立ちになってただ見ていた。使用人たちが、かん高い悲鳴をあげる。床の上で小刻みに痙攣《けいれん》する綺羅に、だれもふれられないでいる。混乱しきった空気に、青くさい煙がきつくにおう。麻芙蓉《あさふよう》だ。携行用の水ギセルで、火華は綺羅に昏倒《こんとう》するほどの量を一気に嗅《か》がせたのだった。

(――人がたりない)

とっさにそのことが頭に浮かんだ。神族の見張りがついた油百七の護衛のため、工場地帯での仕事に、使用人、ことに男手は同行している。いま屋敷にいるのは、台所の切り盛りや屋敷の掃除をする者たちばかりだった。

「……医者はまだ客室にいるのでしょう。部屋へ運んでおきなさい」

ほんの一瞬、無駄のない所作に狼狽《ろうばい》の色が現れた。が、火華は傲然《ごうぜん》とあごをかかげ、自分でそれをつぶす。たおれた娘からいらだたしげに体ごとそむけ、その場から去ろうとする。火華が階段へむかってくる。立ちつくしている煌四と目があう。黒々としたその目の底に、ぞっとするほど深い影がよどんでいた。

煌四は綺羅をなんとかしなければと、やっと階段の下からはなれた。前へ出る煌四を、自分にむかってくると思ったのか、火華が目をみはった……ように見えた。

ちがう。驚愕《きょうがく》に引きつったその顔は、煌四のうしろを見つめている。背後から、階段の上から飛来した影を。

「——ぎゃ！」

火華の悲鳴を、影がひしゃげさせる。階段へむかおうとした火華におどりかかった生き物が、うしろざまにたおれた火華に馬乗りになってのどを踏みつけている。

かなただ。煌四はとっさにそう思った。こんなことをしては、ほんとうに殺処分されてしまう。燠火家の奥方を襲ったりしては。

けれど、閉ざされた二階の扉の奥から、ずっと吠える声がつづいているのを耳がとらえる。かなたは緋名子の部屋にいる。

火華に襲いかかったのは灰色の犬ではなく、白いのどを押さえつけているのはむき出しの、人間のひじだった。背の高い火華の上に乗りかかった、小さな背中。白い寝間着。あごの下で切りそろえた髪が、はげしい動きのために乱れている。

「——緋名子」

たしかに自分の声が名前を呼んだのに、ふりむいたその顔が妹のものだと、煌四は信じられなかった。細いあご。幼い頬。目がうるんでいる。まだ熱がある。それなのに……さっきの動きはなんだ？

「はなれろ！」

とっさにどなったのは、このままのどを圧迫しつづければ、火華が死ぬと思ったからだ。

緋名子のはだしの足が、びくりと煌四の声に反応して床を蹴《け》る。跳躍して、あおむけにたおれた火華から飛びのく。綺羅のいるほう、玄関へつづく廊下へ。身を低くかまえ、手指の先までしなやかに張りつめた着地の体勢は、まるで獣のそれだった。

なにが起きたのか、煌四は把握しきれない。かなたがずっと吠えている。警告を発している。使用人たちが緋名子の登場にまた悲鳴をあげ、反対の壁際へ身を寄せる。中の一人は、必死の形相でかがみこみ、綺羅を揺り起こそうとしている。

(だめだ。下手に頭を動かしたら……)

たおれたときに、頭を強く打っているかもしれない。煌四は綺羅へ近づこうとするが、不吉な夢の中と同じに、思うように前へ進めない。

異変を察知した焦二老人が、玄関の扉を開けて入ってきた。

「……捕まえて！」

首を押さえてむせながら上半身を起こし、火華がさけぶ。床を這《は》って緋名子から遠ざかろうとする、その声からは燠火家の奥方としての気品も美しい所作も、すべて失われていた。

火華の声が、煌四の中のためらいをぷつりととぎれさせる。緋名子は廊下のはしに立ち、たおれた綺羅を見おろしている。煌四はもどかしい動作で、痙攣をつづけている綺羅に駆けよった。目をむいて涙を流し、口からこぼれた泡が、きれいな髪の毛を汚している。ついさっきまで日の光を透かして揺れていた綺羅の髪が、廊下に混乱の紋様をえがいている。

怒りが視界を暗く染めた。

「もっと人を呼べ！」

恐怖から涙を浮かべて身をこわばらせるばかりの使用人たちに、煌四は声をたたきつける。悲鳴をあげながらも、腰のぬけた者を残して、使用人たちは屋敷の中にいる者たちを呼びに走った。痙攣で舌を嚙《か》むのをふせぐため、煌四は綺羅のあごを持ちあげ、下から支えた。髪を踏まないよう、注意してひざまずく。顔をそばに寄せ、ひくひくとふるえる綺羅に大声で呼びかける。くりかえし名前を呼ぶ煌四の声に、綺羅は反応した。が、瞳《ひとみ》をこちらへむけるのではなく、綺羅は噴出させるように、胃の中のものをすべて吐いた。

引っくりかえっていた目玉が、もとの位置へもどる。横むきの姿勢をとらせようとする煌四の手に強く逆らって、綺羅は自力で起きあがろうとした。焦点のさだまらない目が、それでも一心に廊下の先を見つめている。綺羅の見つめる先には、髪と衣服を乱し、顔をゆがめて這いつくばる火華がいた。嘔吐《おうと》物で汚れたくちびるを、なにかを言いかけて弱々しく動かし、そのまま綺羅は糸を断たれたように気を失った。

完全に力をなくした体を、ふたたび横むきの姿勢をとらせようと動かしながら、煌四は緋名子をふりかえる。

「緋名子……」

呼びかけて、それ以上言葉が見つからない。緋名子は廊下のはしに立ち、表情の消えた顔で煌四を、綺羅を見おろしている。老いた庭師は長年この家に仕えてきた習慣から か、まっ先に火華へ駆けより、おけがは、と声をかけながらたすけ起こそうとする。

開いたままの扉から風が入ってきた。遅い春の風が、緋名子の髪を揺らした。寝間着
寝間着 のすそが、煌四の視界をよぎってゆく。人間とは思えない速さで、緋名子が庭へ駆け出 し、ひざをかがめて高々と塀を飛びこえるのを、煌四は呆然《ぼうぜん》と見ていた。

そのあと、客室で仮眠をとっていた焚三医師によって、綺羅は手当てをうけた。火華 は自室にこもり、こちらも頭を打ったからと、焚三医師が診察した。火華が持っている 麻芙蓉については、だれも、なにも言わなかった。綺羅は昏々《こんこん》と眠りつづけている。こ の一家はこれからどうなるのだろうかと、煌四はしだいにかたむいてゆく陽を窓越しに 見やりながらぼんやりと考えた。

緋名子は帰ってこない。どこへ行ったのだろう。まだ熱が高かったのに。あれはほん とうに、緋名子だったのだろうか。煌四は屋敷の外と中を歩きまわって、妹の不在をた しかめた。町まで足を延ばし、前に住んでいた家まで行った。鍵《かぎ》がかかった家を窓から のぞきこんだが、なんの気配もしなかった。

あと半時もすれば、油百七がもどってくる。使用人たちが戦々恐々とする中、火華は 一度も綺羅のようすを見に行くこともなく、自室に閉じこもっていた。

(あんなことを、なんで親がするんだ)

腹の底に埋めこまれた問いが、煌四を深く引きずりこむ。火華は綺羅の、ほんとうの母親ではないのだろうか。仮にそうだとしても、この屋敷でともに食事をとり、いっしょに暮らす家族ではあるはずだ。綺羅は、ときにおびえた顔を見せながらも、あんなに慕っていたのに。ほんとうはいい人たちだと、大好きなのだと言っていたのに。あのとき、自分がとんでもない状態になりながら、綺羅は必死に母親のすがたを探した。年端のゆかない子どものように。

気がつくと手が、緋名子の部屋の扉にかかっていた。煌四はうつむいたまま、把手《とって》をまわす。陽がかたむいてあんず色に染まった部屋のすみには、かなたがいた。耳を立て、戸を開けた煌四をじっと見つめる。

「かなた。……緋名子を、探してこい。緋名子になにが起きたんだかわからないけど……ぜったいに守れ」

父親のしたように、命じることはできなかった。煌四の声は、子どもの懇願と変わらないほどの力しか持たなかった。──それでも、かなたは動いてくれた。すばやくこちらへ歩みより、煌四のひざに軽く鼻をこすりつけると、あとは当然のように駆け出した。煌四はそのあとを追い、玄関の扉を開ける。庭をぬけ、門扉のわきの木戸を開ける。紫の宵闇が、坂の下の町をおおいはじめている。町全体が、その先にある海にひたってゆくようだった。

煌四が開けた木戸をくぐってかなたは駆け出し、煌四は走り去る犬のうしろすがたを、木戸の内側から見送った。

緋名子が軽々と飛びこえた塀。門柱の上には、常火《とこび》が輝いている。星のようにくっきりと光るその火は、今日ばかりは、ひどく寒々として見えた。

五　異形の子ら

日の光に、はっと息を呑《の》んで顔をあげる。身をよじって体を起こす。朝の、まだ早い時間のはずだ。

明楽のすがたがなかった。明楽が寝床に使っていた部屋のひとすみには、毛布や肩掛けがきちんと折りたたまれ、買い出しやクンを連れ歩くときには置いてゆく火狩りの鎌がない。

「…………」

表の戸口から小さな物音がする。明楽の足音でないのは、すぐわかった。仕事場へ出かけるおばさんの、きっと灯子を起こさないように忍ばせた足音だ。明楽の身軽な足音も、てまりのうろつきまわる気配も、この家から消えていた。

となりのふとんを見ると、クンがゆうべとは体をさかさまにして寝入っている。

「あ、灯子……おはよう」

顔を洗ってきたらしい火穂が、半分体を起こしたまま動けずにいる灯子に声をかける。着物のすそをそっとさばいてそばへ座ると、火穂はきれいな形の眉《まゆ》を曇らせ、張りつめた表情で灯子になにかをさし出した。

「……これ、明楽さんから」

自分がどんな顔をしているのかもわからない。火穂がさし出したもの、それは『コバルト華』と記された黄ばんだ札の貼られた小さな缶と、二つに折られた手紙だった。灯子は火穂に返事もせずに両方をうけとり、ざらついた手ざわりの紙を開く。

『灯子へ　ごめんね。いってきます。怒るだろうから、おこさなかった。ごめん。コバルト華、手に入れてきた。回収車があすの朝に出る。それにのって、村にもって帰って。ぶじでいるんだよ。

願い文はかならずとどけてくる。』

灯子の胸をかき乱したのは、焦りでも怒りでもなかった。ゆうべ、いっしょに行くと約束をしたのに――明楽はてまりだけを連れて、行ってしまった。

「……そんな」

ぽつんとつぶやいた声が、となりにいるクンの耳へこぼれこむ。鉛筆で書かれた文字には、やたらとかたむいたくせがあり、まちがえたあとは黒く塗りつぶして消してある。まだ文字を練習中の、やんちゃな子どもの筆跡じみていた。……なんとか伝わるようにと手に力をこめたのが、筆のあとから見てとれる。手を、かすかにふるわせながら書いたのがわかる。

「明楽さん、字、下手くそじゃ……」

と、よく寝ていたクンががばりととび起きた。

「大きいお姉ちゃんはぁ？」

目ざめたばかりだというのに、クンの頰は上気し、明楽がいないのをさとって顔中に焦りをみなぎらせている。くちびるを嚙《か》んでうつむく火穂にかわって、灯子が返事をした。

「……神宮へ、行きなさったん。一人で」

とたんにクンの手が灯子の着物のそでを引っつかみ、力まかせに揺さぶった。

「おいらも行く！　大きいお姉ちゃん、たすけないとだめだ！」

「クン、だめだよ。明楽さんが、ここで待ってろって……」

呼吸を荒げるクンを、火穂が弱々しくなだめかける。が、

「──わたしも、行く……行かんとだめじゃ」

灯子は、廊下の椅子に置いたつつみを見やった。形見の鎌。ついてくるなら持つようにと、ゆうべ明楽が約束させた武器を。

口を引き結んでうなずくクンと反対に、火穂は大きく目を見開いた。

「灯子、だって──」

身につけたままで寝ていた着物の帯をしめなおし、灯子は手早く髪を一つに束ねた。

「だめ。だめだよ、追いかけたって……足手まといになるだけだよ」

しだいに語気を強めてゆく火穂の顔を、灯子はひたと見すえた。

「足手まといかもしらん、そいでも……明楽さんに、おかえしがしたいんじゃ。ここまでずっと、たすけてくれなさったから。このまんまじゃ、首都は危のうなるって。かなたの家族のお兄さんも、言うとりなさった。そしたら、せっかくの火穂のおられる場所が、のうなってしまう。それは、いやなん。わたし、火穂の友達になるって、そう言うた。火穂のことも、たすけたいんじゃ」

火穂の瞳《ひとみ》の奥が、深く澄んで揺らぐ。その奥に、透きとおったひれで泥をゆすぐ魚でも見え隠れしそうなほどに。

灯子はわらじをはいて立ちあがり、腰にすがりついてくるクンの肩をつかんだ。

「クン、遣い虫は？　明楽さんを、早《はよ》う追っかけんと。虫なら、すぐにあとを追えるんじゃろ？」

クンはまるい目をまっすぐこちらへむけて何度もうなずき、虫を集めるため、廊下へ駆け出していった。

「だけど……」

うつむく火穂のむこうから、「おぉい」と呼ぶ声がした。照三だ。灯子と火穂が部屋へ入るなり、とうに起きて一部始終を聞いていたらしい照三が、ぞんざいに言葉を投げつけた。

「こら、チビすけ。追いかけるんじゃねえぞ。お前は回収車で、村に帰るんだ」

「け、けど、このまんまじゃ、首都が」

しかし、照三はつづく言葉を言わせなかった。

「ばかか！　お前みたいなチビに、なにができるんだ。首都が危険だというんなら、回収車で村に帰れ。火穂もクンも連れていけ。おれは、死んだ仲間から、頭領から、お前らガキども守れって、言いつけられてんだよ」

つめたいのに煮えたぎるような意志が、その声の底にうず巻いていた。帰れと、照三のはなった言葉に火穂が打ちのめされるのが、空気を伝って灯子までとどく。右側に体重をかけて、照三が起きあがろうとする。まだ、立って歩くことはできないはずだ。自力で座れるのかどうかもあやしい。このままでは、寝台から落ちてしまう。

「……できません」

いざりよってくる照三から顔をうつむけて目をそらし、灯子はじりじりとあとずさる。

「うるせえ。追いかけてって、なにするつもりだよ。あいつのお荷物になるだけだろうがよ。なんで黙って置いてったのか、ちょっとは考えろよ、ガキが！」

まだ体力をとりもどさない声でどなりつけられ、灯子の体は自然とこわばる。いつもなら——村で大人に叱られるときなら、灯子は身をこわばらせたまま、じっと黙って自分のつま先を見つめている。大人がどなりおえるのを待って、小さな声で「ごめんなさい」と言う。そしてまた、畑や家の仕事にもどる。いつもいつも、そうしてきた。……

それなのにいまは、できない。いつもどおりにできない。

「できません……」

照三にどなりつけられ、たよりないひざの上のちょうちん袴《ばかま》をきつくにぎって、灯子は無理やり立ちあがろうとして火穂に肩を押さえつけられている照三へ、きっと顔をあげた。

「できん言うたら、できん……明楽さんとこへ行きます。約束、したんじゃ」

片方しか残らない目が、きつくこちらをにらんでいる。灯子は、自分のためにこんな大けがをおった照三を、ありったけの力を奮い起こしてにらみかえした。

「い、言いたい放題、言いくさって――火穂が、どんな思いでここにおりたい言うたと思とるんじゃ、照三さんのどあほう！」

言いきるなり、きびすをかえした。部屋から走り出て、廊下へむかう。先に廊下で遣い虫を集めていたクンが、もう虫の目を借りて、明楽の追跡をはじめている。背中を壁にぴたりとあてて、まばたきしない目をきろきろと動かしている。灯子は目に盛りあがってくる涙をぬぐいながら、椅子の上の風呂敷《ふろしき》づつみをとり、背中にくくりつけた。鎌の重みが、布越しに体に貼りつく。外へ出るときはいつも首都風の衣服に着がえていたが、いまはそのひますら惜しんだ。

かなたがいない。そばにいなくとも、灰色の狩り犬のにおいも手ざわりも、まだありありと五感によみがえる。かなたがいなければ、この鎌はうまく弧をえがかない――そんな予感が、はっきりと背中にとり憑《つ》いていた。が、自分のあげた大声に動転することで、一つになった目で自分をにらむ照三への怖さと怒りにわれを忘れることで、重々しい不安を無視した。

「見つけた」

クンが言う。瞳は、遣い虫と同調したままだ。

「どこ？」

虫に視界をあずけたままのクンに、灯子は顔を近づける。ここでない場所を映している
クンの目が、めまぐるしい速さで動く。

「おっきい川のそばの、崖《がけ》っぷちの道のとこ。お姉ちゃんの左っかわが、機械だらけのとこ」

機械だらけ……工場地帯だ。大きな川は、煌四とかなたとともにわたった、あの水路のことだろうか。灯子は風呂敷の結び目をにぎりしめて、ここに視界のないクンにうなずいた。

「ありがと、クン」

そして、裏口から外へ走った。

「待って」

声をかけたのは、火穂だった。呼ぶと同時に、火穂は灯子の手をつかむ。

「火穂……しょ、照三さんのとこに、おってあげて。落っこちて、またけがをしてじゃ」

うつむきがちに声をこぼす灯子に、火穂はきっぱりとかぶりをふった。

「いいの。張りたおしてきたから」

「え？」

見つめる火穂の瞳の深さが、灯子の全身へひたひたと押しよせる。

「灯子。もしも危ないことがあったら……かなたを、大声で呼ぶんだよ」

はにかみにもとどかない、泣きだしそうなあいまいな笑みが自分の顔に浮かぶのを、灯子は感じていた。それが、精いっぱいの返答だった。

「火穂、これ」

火穂の手に、灯子は懐からとり出したものをにぎらせた。てのひらに載ったものを見つめて、火穂が不思議そうにまばたきをくりかえす。

「……花嫁さんへの、お餞別《せんべつ》」

口にすると、なぜだか灯子の頰が赤くなってしまった。

「これ、灯子のだいじなものでしょ？」

火穂の手ににぎらせたのは、花をかたどった赤い髪留め。灯子の両親が幼いころに買ってくれた宝物、燐が「ごめん」とひと言きり書いた紙きれといっしょに荷物へまぎれこませた、あの髪留めだ。

「ええの。きっと火穂に似合う」

灯子には、燐からの手紙がある。煌四が礼を言ってかえしてくれた、ばあちゃんの守り石がある。綺羅のくれた飴玉《あめだま》も。それで充分だった。

「火穂、うんと幸せになってな。ほたるさんが言いなさったように、だれよりいっとう」

　ぎゅっとくちびるを嚙《か》みしめ、火穂が灯子の手をとった。

「……ぜったい、帰ってきてね。明楽さんもいっしょに」

「うん」

　強くうなずき、そして灯子は、走りだした。日差しが明るい。花雲のように、首都の上を工場の排煙が流れてゆく。足になじんだわらじで舗装を踏んで、灯子は工場地帯をめざした。


　町と工場地帯をへだてる、巨大な水路。その水路に架かる橋をわたろうとして、けれど灯子は、周囲を見まわした。ここまで走ってきて、息があがっている。自分の呼吸音と工場の稼働音とが耳をふさぐ。

（左側に、工場で……崖っぷちの道？）

　クンが言った風景は、眼前にかまえる鋼鉄の機械群の中にはない。町と工場地帯をへだてる水路の手前を、神宮のほうへむかって視線を移動させてゆくと、坂になった首都の地形が、しだいに水路わきの崖とわかれてゆくのに気づいた。橋をわたったのではない、あの道の上を、明楽は進んでいるのかもしれない。

　息が切れ、胸のあたりが痛い。つばを飲みくだして息切れを抑えこもうとする灯子の頰のわきを、ふいになにかがひらめいた。──蝶《ちょう》だ。一頭の大ぶりな蝶が、黒い翅《はね》をはためかせて、崖のほうへ飛んでゆく。

（クンの、虫じゃろうか）

息切れも忘れて、灯子はたくみに気流をとらえて飛んでゆく蝶のあとを追った。

工場地帯へ通じる橋に背をむけ、雑草や貧弱な雑木林が顔をのぞかせている崖へ足をむけた。雑草におおわれてほとんどそれとわからないが、かつては舗装されていたらしく、白っぽい敷石がひび割れて残っている。

黒い蝶が先へ飛んでゆく。ためらわず、灯子は足を踏み入れた。草が踏まれた形跡はない。が、火狩りである明楽なら、草の形を崩さずに歩くすべも身につけているだろう。足の速い明楽に、はたして追いつけるだろうか。

巨大な水路をへだててすぐ左手にそびえる工場地帯から、いやなにおいがする。働きつづける機械群の中に、暗緑色の巨樹が沈黙してそびえ立つ。その異様さは、灯子の胸を内側からみしみしときしませた。この機械群の地下深くには、首都で生まれた煌四もそのすがたを知らなかったという、木々人たちが閉じこめられている。

汗があごを伝う。黒い蝶は、手入れのされていない雑木のむこうに見えなくなっていた。明楽のすがたも、まだ見えない。煙のにおいが息をふさぎ、下生えがすねにかすり傷をふやしてゆく。

暑くて汗をかいているのに、でたらめに伸びた緑が道をふさいでいるのに、灯子はあの真冬の川を思い出していた。白皮をさらす冬の川。黒々としたつめたい水。だれもいない。灰色にふさがった空から、雪が降りつのる――

「わっ」

足をすべらせかけたのは、突然に、うしろから袴《はかま》をつかまれたからだった。反射的に大声をあげて身をひるがえす。ふりむいた灯子を見あげているのは、クンだった。

「ク、クン、びっくりした……なんで？　家におったのとちがうん？」

「置いてかないで」

幼い顔に表情を浮かべないまま、クンが言った。

「置いてかれるの、もういやだ」

とたんに、灯子のひざから力がぬける。

「あ……ごめん。ごめん、クン」

灯子の袴をつかんだままの手を、上からにぎった。日差しが、ひときわ濃い煙によってときおり隠される。

「ごめん。置いてったりして、ごめん……」

ぐずっと鼻と目をこする灯子を、クンは口をへの字にまげて見あげている。

手をつなぎなおし、二人はいっしょに歩きだした。

日差しが、景色を不思議に黄色く見せている。クンの手はすぐに汗で湿り、滋養のとぼしそうな土も、古びた舗装も、工場の排煙ですら、日なたくさいなつかしさを帯びてゆく。

崩れ、草に埋もれながらつづく道の先には、いっこうにだれのすがたも見えない。ほんとうに明楽は、この道をたどったのだろうか。足の速い明楽のことだ、ひょっとすると、もう神宮へ着いているかもしれない。とっくに姫神に願い文をとどけ、導かれてくる千年彗星を待ちかまえているかもしれない。――

（もしも、そうでなかったら……）

思いかけて、灯子はきつくかぶりをふった。進む歩幅が無意識に大きくなったが、クンはなにも言わずついてきた。

動きつづける工場群は、大きな生き物のはらわたのようだ。てんでばらばらに立ちならぶ工場群はしかし、水路をはさんだこちらからは、非常に注意深く配置された織物の模様にも見えてくる。すがた形のさまざまな建物と水路、つき立つ巨樹たち――それら一切合切を、山肌の中ほどに鎮座する神宮は見おろしている。

神族の住まう場所である白い建築物のしんとしたさまは、祠《ほこら》におさまる童《わらし》さまにそっくりだ。

道のわきにじわりじわりと小さな草の芽が顔を出し、自分が生え出た場所にほんのわずかおののいて、身をふるわせる。

ひたむきに前をむいて歩きつづけるクンは、まるで犬のようだった。一心に前を見つめて進むこの子は、自分を森に置いていったという親や仲間を、いまのように追わなかったのだろうか。

（いや……追うたにちがいない。追うて、追うて、追いきれんかったにちがいない）

クンと仲間たちとは、発火のあるなしで厳然とへだてられたのだ。灯子は森で会ったときの、クンの腕を思い出す。むき出しのやわな腕は、虫に咬《か》ませたあとでいっぱいだった。仲間と同じに、自分も燃えない体になって、追いつくつもりだったのだ。明楽にまで追いつけなかったら、クンのまっすぐ進む力が、ひしがれてしまう。そう思った。

冬に枯れてそのまままたおれている草の茎を踏みしだく。足もとに意識をむけていないと、腹の中でふくらむ不安が灯子を呑《の》みつくしそうだった。

なぜさっき、あんなにはげしく照三に歯むかったのだろうと、胸の奥がざわついた。炎に巻かれて近づけなかったにしろ、灯子は目に見える場所で死んでゆく親たちに駆けよりもしなかった。畑の土の上から、ただ見ているだけだった。親たちが発火して死んだのを、くやしいとも思わなかった。思ってはならなかった。小さな村の小さな子どもは、どんなにひどいことが起きようとうけ入れるしかないのだ……そうあきらめていた。けれど、明楽はちがう。明楽はこの世界のことを、まだあきらめていない。

灯子は歩みをゆるめずに進みつづけ、クンもそうした。どちらもしゃべらず、たがいの呼吸の音だけが近くにあった。

道とも呼べない崖《がけ》ぎわの道に、低くせり出した木の枝をくぐってよけようとしたとき、突然クンが走りだした。

「ひゃっ」

身をかがめた中途半端な姿勢だったせいで、つないだ手を引っぱられた灯子は前のめりに大きくよろけた。

「お姉ちゃんだ、お姉ちゃん！」

クンはおかまいなしに強引に前へ進む。危うく崖のほうへ足をすべらせそうになり、体勢を立てなおした灯子は、クンのめざす先へ顔をあげる。まぶしい。赤い髪が、あざやかに揺れるのが見えた。

「あーあ、なにやってんの、あんたたちは！」

坂の行く手から、声が降ってきた。

灯子が名前を呼ぶより先に、足を速めたクンが追いついた。

「お姉ちゃん！」

しがみつくクンの襟首を、明楽がつかまえる。

「まったくもう、待ってろって手紙書いたでしょ？　約束破って悪かったって、帰ってから謝るつもりだったんだよ」

狩衣《かりぎぬ》にマントをはおった明楽が、藪《やぶ》に占領されつつある坂道の先に立っている。道の先から駆けもどってきたのか、息がほんのわずかにあがっていた。

「明楽さん……」

やっと声を発する灯子に、明楽は肩を落としてため息をつく。

「あんたに謝るまで死なないようにするんだって、自分で決めてきたのに」

「ごめんなさい……照三さんにも怒られました」

うつむく灯子の足もとに、てまりが寄ってきて舌を見せた。

「しかも、そんなめだつ恰好《かっこう》で。また警吏に捕まったらどうする気なの。ほんとにもう……」

まだまだ怒られるのだと思っていた。が、明楽の言葉はそこでとぎれ、かわりに、手甲をはめた手が、灯子の頭に載せられた。

「追いかえせそうにもないし、いっしょに連れてく。だけど、危ないときにはちゃんと隠れてること。ここからはあたしの言うことをちゃんと聞くように。できる？」

はい、とこたえようとした灯子の小さな声は、クンの返事にかき消された。

「できるー！」

めずらしくはしゃぐクンのつむじを軽くはじいて、明楽がたしなめる。

「こら！　散歩に行くんじゃないんだよ、まじめにやんなさい！」

それでもクンは、うれしそうだった。工場の排煙に空気がけぶる。クンの笑う顔と、明楽が眉《まゆ》を寄せながらもどこか安堵《あんど》しているのを見て、灯子はふいに目に浮かびかけた涙を、あわててぬぐった。

水路と密集した家々におおわれた町側から、水路を見おろす雑草だらけの道を、三人になって進んだ。

「こっちは、旧道っていうんだ。昔は人や荷物の移動に、この道が使われていたらしいんだけど」

旧道はかつては白く舗装されていたらしいが、放置されてひさしく、軽い地すべりや木の根の隆起によって、足場はでこぼこになっている。左右には細い木々が好き放題に伸びる道を行きながら、明楽は工場地帯をさししめした。ただならない量の煙を空へ送り出す工場群、その建物どうしは、黒い金属性のロープで複雑につながっている。

「いまはあのロープを伝って、ものや人を移動させるんだ。この旧道は、もうだれも使わない。けど、まっすぐたどれば——」

手甲をはめた手が、工場群から前方にそびえる岩山へ、指さす先を移す。

「神宮に着く」

工場地帯を見おろして、静かにたたずんでいる神宮。ここからは、その仔細《しさい》まではうかがえない。が、薄もやとなって視界をさえぎる煙や湯気の奥に、翡翠色《ひすいいろ》の屋根瓦《やねがわら》がきらびやかに光るのが、ちらと見えた。

(あそこに、姫神さまがおりなさる……あの、兄さんすがたの神さまも)

神族とは、どれほどの数いるのだろう。村では大人たちが、百人とも千人とも言っていた。人より長い寿命を持った神々が、村で漉《す》いた紙に美しい文字を、歌や詩を書くのだと。いったい、なにを書くのだろう。あそこで、工場地帯を見おろしながら。

「こっち」

まだ遠い神宮を見つめて足を止めていた灯子の手を、クンが引っぱった。白い舗装があちこちめくれ、雑草が旺盛《おうせい》に伸びる道を、クンは灯子が迷子になるとでも思うのか、手をつないだまま先に立って歩く。背丈は灯子の胸ほどまでしかないのに、前へ進む足どりは力強い。かなたみたいだと、灯子はクンの汗ばんだ手をにぎりかえしながらひっそりと思い、すぐその思いに蓋《ふた》をした。

「首都は、あちこち水路だらけなんですね」

巨大水路とはべつに、ここから見おろす工場地帯の、建物群と巨樹たちのまにまに、幾すじもの水路がめぐらされているのが見える。金網で蓋がされているが、それでも日差しを反射して、水が光っている。

「そう。首都ができてまもないころに起きた大火災で、首都中の水路という水路が、人で埋まったんだというよ。火から逃げよう、発火から逃れようとして。いまの工場地帯の水路は、万一のときには給水管を伝って、水を噴出させる仕組みになっているらしい」

明楽の語る光景が、灯子に発火して死んだ両親を思い起こさせた。父さんと母さんも、あのとき近くに川があれば、たすかったのだろうか。

どの建物でなにがおこなわれているのか、灯子には見当もつかない。轟音《ごうおん》と煙、春の日差しを金属がまぶしく照りかえす。

旧道は、山肌に沿って工場地帯のわき、巨大水路の上をずっとつづいている。斜面の上には、削り残された林が青々と葉をそよがせていた。

　空は晴れ、風の流れが変わったおかげで、灯子たちは煙につかまらずにすんでいた。巨大水路へ、いくつもの排水口から水がそそぎこんでいる。水路の水の色は、ここからはよどんだ藻屑色《もくずいろ》に見える。

　明楽の懐には、ゆうべ遅くまでかかってしたためた願い文が入っているはずだ。残り三枚あった無垢紙《むくし》を使って、明楽がどんな願い文を書いたのか、灯子は知らない。明楽が〈揺る火〉を狩り、火狩りの王となる……そのために自分の背中に鎌の重みがあるのだと、灯子は自らにそう言い聞かせる。明楽を、かならずたすけるのだと。

　進むうちに、クンはただ歩くことに飽きがきて、地べたに虫を見つけたり、「しょんべん」と言って草むらに飛びこんだりしはじめた。

　前を行く明楽が、やれやれと苦笑いをもらす。が、その背中はどこかうれしそうに見えた。

　がさっと派手な音を立てて、道からそれて藪の奥をうろついていたクンがとび出してきた。手に、小さなトカゲを捕まえている。くねくねと暴れるそれを、幼い手は加減もせずににぎりしめ、そしててまりの鼻先につき出した。

「犬ころのごはん」

　しかし、つきつけられたトカゲに目をむいたてまりは、ちっぽけな顔に鬼の形相を浮かべ、トカゲとそれを持ってきたクンにはげしくうなった。クンがきょとんとしているすきに、トカゲはするすると身をくねらせ、逃げていった。

「クン、ほらもう、うろちょろしないの。迷子になるよ。おばさんが、とちゅうで食べろって揚げ団子を持たせてくれてんの。あんただけ食いっぱぐれても知らないよ」

明楽にさとされても、クンはせっせと道草を食った。ほんとうにあの子が、〈蜘蛛《くも》〉だろうか。あの子の親や仲間たちが、首都を襲うのだろうか。……クンは、火穂の村の竜神を虫に咬《か》ませ、回収車を襲撃するという計画を、知っていただろうか。そのとき、その場に、いあわせただろうか……

そのとき、ふっと一陣の風が吹きつけ、明楽も灯子も足を止めた。てまりがけたたましい悲鳴のような声をあげる。

「へえ。森にやたらと虫が多いと思ったが、遣い虫のできる〈蜘蛛〉がいたのか」

澄んだ声。頬笑みをふくんだ、鳥のさえずるような。

行く手の道に現れたのは、白銀色の着物を身にまとった、あの少年すがたの神族だった。

クンがびくりと身をこわばらせ、身がまえた明楽のうしろへ隠れる。明楽のとび色の目は、おそれを押しのけて少年神をひたと見すえていた。

「こないだの――たしか、風の氏族だよね？」

「ああ。しのびの統括が務めで、名はひばりという」

上り坂にはなっているが、同じ道の上に立っているはずだ。それなのに、ひばりと名のった少年神の視線は、はるかな高みからこちらを見おろしているかに感じられた。

「あんたはお大尽の見張りをしてるんじゃなかったの？　しのびのお頭が、じきじきに邪魔しに来たってわけ」

「見張りを怠ってはいない。その娘がおもしろいので、見に来たんだ」

その目が、ぴたりと自分にさだめられているのをさとり、灯子のひざから血がしりぞく。

「星の子を狩るつもりらしいな。火狩り」

少年神のまなざしが、今度は明楽を射る。上品なおもざしにやわらかな笑み、けれどもその瞳《ひとみ》には、圧倒的な無慈悲がこめられている。

「お前には用がない。邪魔だ。ここで歩みを止めてもらう」

カン！　高下駄《たかげた》の音が響いた。着地に使われた足は、三本。どこから飛んできたのか、三人のしのびがそれぞれに片足で着地し、灯子たちをとりかこんでいた。同じ墨染めの装束、顔を隠す白い布。
チ、と舌打ちをして歯を噛《か》みしめ、明楽が腰にさした短刀の柄《つか》に手をかけながら、しのびたちのむこうに立つ少年神に呼びかけた。
「あんたたちも、もちろん知ってるんだろう？　まもなく〈蜘蛛〉が首都へ来る。〈蜘蛛〉の目的は、宗家の討伐だ。神族が崩壊すれば、この国に住む人々も道連れになる。お大尽の見張りが不要なら、あたしみたいな流れ者にかかずらっていないで、姫神さまの身辺警護でもかためたら？」

みずらの髪を風にそよがせ、ひばりは軽くあごをあげた。灯子たちを、いや、明楽を見くだすように。

「姫神が神族たちに守られて、なんの不自由もなく暮らしていると、お前はそう思うのか？　まさか。統治者の中核は、そんな生半可に務まるものじゃない。――見てみろ」

とたんに、突風が襲いかかる。てまりが悲鳴をあげ、クンがめちゃくちゃにわめいた。たまらず目を閉じた灯子は、自分の目が、この場にあるはずのない光景へ、しだいに焦点をあわせてゆくのを感じた。吹きつける風の中から、浮かびあがってくるどこかの景色――

大きな広間。磨かれた柱と高い天井、青々としとやかな畳。意匠をこらした欄間。静かで、無駄なものはなに一つとしてない、そこは……神宮の中のどこかにある広間だ。風が、耳へ入ってきて、言葉のないままにそう伝える。

そこでは、氏族ごとに色あいの異なる着物をまとったおよそ数十名の神族たちが、うつむきがちにささやき声を交わしていた。男は直衣《のうし》の衣を、女はかさねの着物をまとっている。子どもはいない。美しく結わえられた黒々とした髪もあれば、光らんばかりにまっ白な髪の頭も見える。大きな声を出す者は、一人もなかった。

――どうやらそこかしこで、土が狂いはじめているようで。

――手揺姫さまの御身が、もうもたぬのじゃ。おいたわしい。

――姫さまの重責は減ぜねば。しかし、〈揺るる火〉につぎの姫神が務まるのかえ？

——さて、それは……ひとえに、姫さまの祝詞《のりと》におまかせいたすほかにはない。

——手揺姫さまが、新しい紙を用意せよと。

——手揺姫さまの祝詞をもってしても、〈揺る火〉が荒ぶらぬとうけあうことはできぬ。

——しかし手揺姫さまは、よくお務めらるることぞ。あのお体で。……

ささやき声が、神族たちの頭上を波のように這《は》いずってゆく。数十名の神族たちの中に、姫神、手揺姫のすがたはなかった。いや、姫神のすがたなど、神族でない者はだれも知らない。けれど、幼な子が家へ入る前から親の不在を気どるように、灯子にはそれがわかった。ここには姫神はいない。

——新しい人の子をふやせば、姫神さまの重荷は減じよう。

——火がなくとも生きる人の子。すくなくとも、結界の分身にもうお力をそそがずともよい。

——それは、常花姫さまのご遺志にそむくことじゃ。

——しかれども、このままでは世がもたぬ。

——〈蜘蛛〉どもの来る前に、手を打たねば。……

風が揺れた。肌にふれるその感触がひややかに変質したのを、灯子は感じる。

——〈揺る火〉の新しい容《い》れ物を用意しては。

——依巫《よりまし》を。

姫神がいないままに、乾いた風のささやきに似た声が、無駄なところの一つもない、けれども華やかな着物をまとった神々のあいだを這いずり駆けてゆく。

（……なんじゃ、これは）

灯子の頭が、耐えがたいほどにきしんだ。少年神の起こした風が見せている、神宮の中の光景、聞こえる声。けれどもそこに、姫神がいない。守《も》り神《かみ》さまと祀《まつ》り、毎日手をあわせてきた、姫神がいない。

やがて唐突に風がやみ、神族たちの集う広間の光景も同時に消えた。灯子たちは旧道のただ中で、三人のしのびにかこまれている。

「ぼくたち神族は、もうじきもどる星の子が、おとなしくつぎの姫神になってくれるかどうかを、もう二百年も案じているのさ。なにしろたった一人で虚空に浮かんで、その思考も異能も、ぼくらをはるかに超えてしまっているから」

しのびたちに神経をむけながら、明楽が眉《まゆ》をはねあげる。明楽の腰にしがみついたクンが、歯を食いしばってうなる。

「つぎの姫神、って……〈揺る火〉は、昔の人間が作った機械人形でしょう？」

みずらの髪が、そよと揺すれた。ひばりは、笑っている。その目だけがつめたい。

「ぼくにとっては、手揺姫や常花姫と同じ姉上さまだ。それを狩ろうとする者を、許すわけにはいかない」

ひばりが言いおわった刹那《せつな》、しのびたちが動いた。一人は高く頭上へ跳躍し、残る二人は地を這うように直進してくる。三つの影の動きは、灯子の目には追いきれない。自分も斬《き》られる——そう思ったが、しのびがねらうのは、明楽ただ一人だった。

明楽は護身用の短刀で、まずは頭上から襲う影をしのぐ。つぎに背後への斬撃《ざんげき》。てまりが吠《ほ》えたてる。しのびが投げた小型の刃物を、明楽がとっさに腰にさげていた荷物でふせぐ。おばさんの持たせてくれた揚げ団子が、砕け散るのが見える。

「へえ、よくしのぐ」

ひばりがおもしろがっている。砂埃《すなぼこり》。斬りあって砕けた刃物の破片が飛ぶ。

「クン！　灯子のそばにいろ！」

明楽がどなる。腰にしがみついていたクンは、とっくにふりはらわれていた。崖《がけ》のほうへ横ざまに投げ出されたクンを、灯子はあわてて捕まえる。転落しかけたクンの肩を引っぱり、乱れた舗装の上へしりもちをつきながら連れもどす。

首都風の服を着たクンの肩に、粉々に砕けた揚げ菓子の破片がふりかかっていた。そのの甘いにおいと、刃のかちあう音、てまりのわめき声、しのびたちの高下駄の音。クンの腕が、ひどく汗をかいている。

「……ううう」

灯子に腕をつかまれたクンが、目じりを赤く引きつらせてうめきだした。低い獣のような声に、灯子は総毛立つ。

目の前では、明楽がたった一人、三人のしのびを相手に戦っている。

しのびの一人が下駄の歯でむき出しの土を蹴《け》りあげ、それが明楽の片目に入る。片目が見えないまま、明楽ははがれた舗装をつま先で蹴り飛ばし、地面から飛びあがったそれを手に、一気に一人のしのびとの間合いをつめる。白布で隠れた顔のあごのあたりへ、力いっぱい舗装の破片をたたきつける。間髪を容《い》れずに、べつのしのびがうしろから明楽を刺そうと飛んでくる。明楽は身を反転させてそれをかわすが、またべつのしのびの下駄の歯が、大きく弧をえがいて明楽のこめかみを蹴りぬいた。

ひたいが切れて血が飛び散り、明楽の足もとが決定的にぐらつく。

「……あ」

灯子ののどはやっと、声を発した。明楽をたすけるために、ついてきたのだ。自分が犠牲になってでもだれかを火狩りの王にすると言った、明楽をたすけるために。

「……姉上さま、だって？」

ひたいから流れた血が、あっというまに頬を染める。明楽は片目をふさぐ自分の血を乱暴に手でぬぐった。飛び散った血の玉が、しのびの一人にあたる。そのとたんにしのびのすがたは実体を失い、さっきまで黒装束のいた場所に、はらりと人形《ひとがた》の紙きれが舞い落ちた。

「自分の姉さんを、まだ生きているその人を、あんたはなんで、たすけようとしない？　なんで、その人のそばにいないんだ。帰ってくる〈揺る火〉も姉上さまだというんなら、なんで、いままで世界をこんなありさまでほうっておいた！」

ひばりの顔から、微笑が消えていた。ひえびえとしたまなざしが、二人になったしのびと戦いつづける明楽をにらみすえる。

「神族は、ほんとうなら火狩りの王を待つまでもなく、国土をもっと安定させることができるはずだ。さっきあんたの見せたまぼろし……」

大声で言いつのりながら、明楽はしのびと斬り結び、接近した相手の顔に唾《つば》を吐きかけた。しのびの顔をおおう白い布が、赤く染まる。明楽がくちびるを嚙《か》み切って飛ばした血が、一人のしのびを紙人形にもどす。

「あれだけの神族が寄ってたかって、たった一人の姫神にたよらなければ、人間の生きる場所を確保できないっていうのか。姉上だと慕いながら、生半可には務まらないと言いながら、なんでだれもたすけない！」

「……うるさい」

頰に、耳に、ひざに、すねにふれる風が、動揺している。明楽の言葉によって、おののいている。灯子ははっきりと、それを感じた。ふうと、風が揺れる。かすかな、鈍い空気の揺らぎは、きっと必死で戦う明楽のもとへはとどいていない。灯子はそう感じた。これは、ひばりが意図して操っている風なのだろうか。それとも、明楽の言葉に、少年神の感情がかき乱されて生まれた風だろうか。

――どうしてぼくだけちがうのですか。

幼い声が、耳の奥にか弱く響く。一人ぼっちのだれかがいる。そのすがたは見えない。

──ぼくが紙でなにかをこしらえると、動いてしまう。これは、風氏族の異端の力なのでしょうか。

──その異形の力を役目に使え。しのびを作り、首都の見張りをさせよ。

町はきらいだ。とても汚いし、人が苦しんでいるから。そんな仕事はしたくない。しのびが刃物を使ったら、血が飛ぶのではないですか。血はおそろしいのに。……消え入りそうに弱々しい風がそう言う。

──わたしはひばりの力が好き。ひばりの折った鶴は、ほんとうに飛ぶもの。紙の小鳥も、蝶《ちょう》も。

やさしい声といっしょに、だれかが手をとってくれる、その感触を風がなぞる。

さくん、と音がした。低く身がまえたしのびのかかげる短刀が、まぶしいほどの直線を光らせる。明楽の胸と肩から、水のように血が噴き出した。

「や、やめて」

てまりの声にかき消されそうになりながら、灯子はかすれる声を神族の少年にむけた。

血しぶきと砂煙で薄汚れてゆく旧道の行く手に、涼しげなたたずまいのままでいるひばりに。

「やめてください！　明楽さんは、悪いことしなさるのとちがいます。殺さんで、お願いです、殺さんで！」

血のにおいが鋭く鼻をつく。体を支えることができずに、明楽がうしろざまにたおれる。しのびの刃の直撃をそらすためかまえた短刀を、胸の前にかざしたまま。

思わずあげた灯子の悲鳴は、しかし、べつの声にかき消された。

興奮で耳まで真っ赤にしながら、クンが腹の底からさけび声をあげたのだ。死に際の獣のような異様な声に、わめきまわっていたてまりが、びくりと身を低くする。

幼いのどの限界を超えて発せられつづける声と同時に、最後に残ったしのびが、突如背骨をそりかえらせる。直後にそのすがたは、ふくらみを失う。空中で紙きれに変じたしのびの体には、黒い甲虫がしがみついていた。

ひざがふるえる。背中の鎌。灯子は武器を持っているのに、なにもできずにただふるえている。

しのびが消えて静けさが訪れた旧道で、傷をおった明楽がなんとか起きあがろうとうめいている。

「……仲間に捨てていかれたか」

ひばりが水干の袂《たもと》から、すらりと新たな人形の紙をとり出す。なめらかなそのしぐさに、灯子の心臓が凍りつく。あの少年神は、いくらでも新たなしのびを作り出すことができるのだ。クンが少年神に歯をむいた瞬間、半身を起こした明楽が大声でどなった。

「クン、手を出すな！」

必死の明楽のさけびが、クンの耳に入っているのかわからない。ふいにクンはさけぶのをやめ、まばたきを忘れたように見開いた目を、ひたと少年神にむける。

「お姉ちゃんを殺したら、お前を焼くぞ」

その声には、聞いたことがないほどの獰猛《どうもう》な敵意がこめられていた。なにを話すにもひとごとのようだったクンが、少年神に対して、はじめて自分の感情をむけている。クンは火をあつかえないはずなのに。その低い声の底にははっきりと炎の揺らめきが予感され、灯子をもぞくりとすくませた。

磁器のようになめらかなひばりの頬が、かすかに引きつった。なんとつめたい目で、幼い〈蜘蛛《くも》〉を見おろすのだろうか。真冬の川の水。こんもりと地面や岩をおおう雪。故郷のまぼろしが脳裏にそそぎこみ、そして灯子は、背中にくくりつけた風呂敷《ふろしき》をほどくことも思いつかないまま、足が動くにまかせて、クンとひばりのあいだに割って入っていた。

冷酷さをやどしたひばりの瞳《ひとみ》が、青ざめて棒立ちになる灯子を前に、ふいにやわらぐ。

「救いようがないが、やっぱりおもしろい。姉上さまたちを救うとしたら、お前みたいな者かもしれないと思うよ。――だから、お前を殺すつもりはない。火狩りと〈蜘蛛〉はべつだが」

ひばりが頰笑むと、春の風が砂埃と血のにおいを吹きはらった。同時にその整いきった顔から、笑みが失《う》せる。切れ長の目が、圧倒的な殺意をこめてクンと明楽を見おろす。

（やめて、やめて……！）

言葉は体を破裂させるほどふくらんでいるのに、一つも声の形を結ばない。クンと明楽をかばおうとして、自分の体の小ささに愕然《がくぜん》とする。また目の前で人が死ぬ、それだけはぜったいにいやだった。

なにかあったら、大声でかなたを呼べ――火穂の言葉が、心臓の大きなひと打ちと共鳴する。灯子は息を吸おうとする。だめだ。ゆっくり吐かないと、過呼吸を起こす。

そのとき、影が飛んできた。小さな……人の影。

恐慌をきたしかけていた灯子は、はっと呼吸すら忘れる。

大きく揺れた藪《やぶ》からとび出してきたその顔に、見おぼえがあった。黒目がちな大きな目、幼い頬、細いあご。かなたを送りとどけた屋敷から迎えに出てきた、煌四の妹。はだしで、寝間着すがたのまま、その子がなぜか旧道に立っている。

「あ、あの……？」

まのぬけた声しか出せずにいる灯子の肩を、熱い手がつかんだ。明楽だ。自力で立ちあがり、灯子と、頭に血をのぼらせているクンをうしろへかばおうとする。

「明楽さん、あの子……」

顔の左側を血で染めた明楽が、鋭い目つきを煌四の妹にむける。

「なにしてんの、家に帰りなさい！」

突如現れた小さな女の子にも眉《まゆ》一つ動かさず、ひばりはまた、かすかな笑みを口もとにとりもどす。

「水氏族のしわざか。やめろというのに……体を作り変えられたんだな。あわれな」

「どういうことだ……？」

明楽の息が荒い。肩をつかむ手の力が強すぎて、痛いくらいだ。

「さっき見せたろう？　人の子の体を作り変え、炎魔の火をも必要としなくなれば、まだまだこの世界は永らえる。そう考える者たちが神族の中にはいて、そして実行に移しているということだ」

「で、でも、どうして……？」

どうして、煌四の妹が。かなたを送りとどけたとき、たしかにうれしそうに犬の首にすがりつき、恥ずかしそうな、おびえたような顔で灯子たちを見あげていた。あんな立派な屋敷に住んでいて、なぜこんな小さな女の子が、神族に体を……

――あたしらは、試験体。試作品で、失敗作。恥ずかしくって人目にさらせないから、神族さまはあたしらを、ここへ隔離してるってわけ。

地底の木々人、キリの言葉がよみがえる。まさか、煌四の妹も、木々人たちのようにされたというのだろうか。

灯子の背中にあたっている三日月の鎌が、熱を帯びだした気がした。逆に背すじからは、しだいに体温がしりぞいてゆく。

きょろりと、煌四の妹……たしか緋名子という名の少女が、こちらをふりかえる。明楽を見る。灯子を見る。少年神をにらむクンを見る。

ひくっとその小さな鼻が、なにかのにおいをとらえて動いた。灯子は突然現れた煌四の妹と、一瞬だけ視線を交わす。灯子よりずっと幼いはずなのに、なんと老いた光を秘めた目だろうか。なんと疲れはて、そして得体の知れない暗さと、燃えあがるような怒りをやどしているのだろう。

ぎぃ、とのどから声をもらしながら、クンが少女を見つめて歯をむく。灯子はあわてて、クンの両肩をつかまえた。

「クン、あの子はちがう、なんにもしたらいかん」

しかし、そんなことを言っていられる状況ではなかった。

「さがりなさいってば！」

明楽が、緋名子にさけぶ。が、明楽の鬼気せまる声にも、ぱっちりと見開かれた緋名子の瞳は揺るがない。その目は、遣い虫の目を借りたクンに似ている。人でないなにかをまのあたりにしている、そんな感じるべきでない感覚が、じわじわと腹の底から侵入してくる。あの子は煌四の妹のはずだ。かなたの家族。人でないのは、そのむこうに立っている――少年神であるはずだ。

「へえ、失敗作ばかり出して試験体を無駄にしていると思ったら、やっと適合者が現れたか」

ひばりのささやき声が、耳に忍びこんできた。

明楽がすばやくひざに力をこめ、灯子とクンの前へ出ると、緋名子を片腕に抱きあげる。

「てまり、さがれっ！」

明楽がなにをしようとしているのか、灯子には把握しきれない。かかえあげた緋名子を、明楽は自分のうしろへふりまわすように移動させる。

風が来る。全身の血がそれを感じとる。疾風、ちがう、もっと速い、圧倒的な。

てまりが足もとへ駆けてきた。襲いかかる風の中心には、白銀の水干をまとったひばりがいる。みずらの髪をすべらかになびかせて、まっすぐに立っている。その背後には、新たなしのびの影が、五つ。

ぽつ、と灯子の頬に、しずくがぶつかった。雨かと思ったそれは、背中を風に切り刻まれた明楽の、新しく流した血だ。

「明楽さんっ！」

灯子がさけんだときには、しかし、その声は完全に風の爆音にかき消されていた。吹きつけつづける暴風に、目が見えなくなる。がさがさという音が鼓膜をかき乱し、灯子は、足もとを支えるものが消えたのを感じた。風が体を浮かせている。落ちる。

（クン。クンの手は――）

風と砂にやられて、目が開かない。耳もおかしくなり、なにも聞こえない。

おかしくなったその耳に、遠く、犬の吠《ほ》える声がとどいた。灯子は無理やりに、まぶたをこじ開ける。聞きまちがえたりしない。あの声は、かなただ。

かなたが、こちらへ走ってくる。

が、そのときにはもう、灯子の体は宙に投げ出されており、かなたのすがたを見ることはできなかった。小さなものが、胸にぶつかってきた。とっさに抱きとめたそれがてまりだと気づいたところで、灯子の感覚はめちゃくちゃに明滅し、あとはただ、宙に投げ出され、落ちてゆくばかりだった。

にごった水が、全身にからみつく。水路。排水。とろけたなにかのくずが水中を満たし、気味の悪い色をした泡が立つ。

水の中で、灯子はほとんど意識を失いかけていた。目。耳。さっきのすさまじい風の音と気配が、まだ残っている。息はどうする？　手は。手はどこだ。クンをつかまえているはずの、手は——

小さな脚が、灯子の胸を蹴《け》った。てまりだ。灯子が抱いているのは、明楽の狩り犬だった。

クンがいない。はっとして、灯子はごぼっと空気を吐き出してしまう。ひとりでに息を吸おうとするのを、懸命にこらえる。目を開けようとするが、刺すような痛みが襲ってままならない。しかし、てまりの小さな体が、力をふりしぼって上をめざそうと灯子の胸を蹴りつづける。

水からもがき出るのに、永遠の時間がかかった気がした。空気の中へ顔を出したてまりが、ひきつけるように息を吸う。見あげた頭上、揺れる視界に、そそり立つ崖《がけ》がある。

鈍色《にびいろ》の石でかためられ、ずっと上には風に揺れる草の緑が見える。あそこから落ちてきたのだと、ぐらつく頭の中を整理しようとしたとたん、濡《ぬ》れた着物が体を水中へ引きずりこんだ。よどんだ水が視界を染める。

クンも、明楽もいない。

焦りながら、灯子はどうにか水からもがき出ようとする。身につけているものが自由を奪い、上も下もわからなくなって、一気に混乱が襲う。

腕の中のてまりが、ぐいぐいと一方へ体をよじる。ほとんど偶然に、灯子は空気の中へ頭を出すことができた。犬が何度もふりかえる先に、鉄の梯子《はしご》がかかっている。継ぎ目のない石の壁でかためられた水路からあがるための、唯一の手がかりだった。着物が重くからみつき、体の自由がほとんどきかない。どす黒くにごり、異臭をはなつ泡を浮かべた水路が、執拗《しつよう》に灯子を引きずりこもうとした。

（明楽さんは？　クンは……）

梯子はすぐそこに見えているのに、体は絶望的に、思うほうへ進まない。どこかで、カラスが鳴く。灯子の腕を逃れて自力で泳ぎだしたてまりが、ギャンギャンと吠えたてる。あわてた灯子は、泳ぎそこねてまともに水を飲んでしまった。舌先から鼻まで、鋭いしびれが走る。直後に、吐いた。もう、泳ぐどころではない――

「つかまって」

幼い声がした。混乱しながら顔をあげると、目の前にだれかの足があった。白い素足。

砂や泥で汚れたその足が、水の上に立っている……いや、水面の上ではなく、不安定に上下する水に浮き沈みしながら、その中に二本の足で浮いている。灯子は、自分の目が見ているものが現実かどうかわからず、息をすることを忘れる。

　こちらを見おろして手をさしのべているのは、緋名子だ。

「あ、あんた、なんで……」

　しゃべろうとすると、また口の中へ水が入った。異様な味が全身をあわ立たせる。

「つかまって」

　辛抱強く、緋名子は同じ言葉をくりかえした。てまりはもう自力で垂直な梯子にたどり着き、細い足場に前脚でつかまっている。

　ざぶざぶという水の音が、耳の奥によみがえる。新しい人間……だれかが、水路のどこかで水浴びをしているのだと思っていた。けれど……ひばりが言っていたとおりに、神族が新しい人間を作っているのなら、あのときの水音も。

　灯子は重い腕を持ちあげ、自分より小さな緋名子の手をとった。

　緋名子は一瞬、片ひざを水中へ沈めると、つかんだ灯子の腕を引っぱり、自分の肩へまわした。小柄な体からは想像もできない力で、持ちあげられる。ふたたび緋名子の両足が、揺らぐ水をざぶざぶと踏みしめる。いまにもまた沈みかける灯子をなかば担ぎあげて、岸をめざす。

　緋名子は口をきかないまま、灯子を移動させ、てまりの待っている梯子につかまらせた。

灯子はてまりを片手に抱きあげ、梯子をのぼる。渾身《こんしん》の力をふりしぼらなければ、十数段ほどの梯子の上まで体を持ちあげることができなかった。

やっと平らにかためられた岸までたどり着くと、灯子は両手とひざをつき、その場でまた吐きもどした。ずぶ濡れになった体や着物のあちこちに、ぬめりつくものが引っかかっている。てまりはぶるぶると体をふるい、水気をはらうが、白い毛はもとどおりにはならなかった。

背中が重い。当然だ、火狩りの鎌が入った風呂敷《ふろしき》づつみにも、気味の悪い水がしみこんでいるのだから。

（かなた……）

灯子は、あわてて顔をあげた。たしかにさっき、かなたの声が聞こえた。こちらへ駆けてくる犬の声が。

崖を見あげる。工場の煙突よりも高く、切り立ってそびえる崖。あの上に旧道があり、傷をおった明楽と、クンがいるはずだ。

（どうしよう……どうやってのぼったら……）

逡巡《しゅんじゅん》する灯子の視界を、寝間着のすそと細いすねが横切った。顔をあげると、緋名子が水路を、そこからそそり立つ崖を見つめている。跳躍する兆しを見せて緋名子がひざを沈めたとたん、灯子は声をかけていた。

「ま、待って！　あそこへもどるん？　わ、わたしも、行かんと。明楽さんとクンが……」

「……危ないから」

うつむいた緋名子が、ぽつりと小さな声で言った。

その声が腹の中のなにかをきしませ、灯子は重たい体を立ちあがらせる。全身がずきずきと痛む。けれど、どこも骨折していない。動ける。なんのためにここへ来たのだと、情けなさがはげしくこみあげた。

「危ないいうて、あ、あんたも、いっしょじゃ。お兄さんが、近くにおりなさるん？　なんで、そんな」

そんな体になったのかと、出かかった言葉を灯子は危うく飲みこんだ。緋名子がこちらをむく。とても、悲しそうに。

「お兄ちゃんは、いっしょじゃない。わたしは、お兄ちゃんにないしょで悪いことをしてたから。あのね、かなたを連れてきてくれたから……だから、あの……ありがとう、ございました」

そう言って、小さな頭をさげる。

「ま、待って。お兄さんのとこへ、あんたは帰り。帰らんといかん」

なおも呼び止めようとする灯子に、緋名子はあごの下でそろえた髪を揺すって、力なくかぶりをふった。

「たすけに行かないと、あの人たち、死んじゃう」

緋名子の声のしっぽを、工場の稼働音がかき消した。灯子は、すぐそこに工場の建物がそびえているのに、いまやっと気がついた。金属の壁、外階段、鉄骨の柱、ずっとむこうを、小型の運搬車がゆっくりと走ってゆく。

はだしの足が、水路のへりから飛びおりた。あっとさけんで、灯子は黒くならされた地面にひざと手をつき、緋名子のすがたを目で追おうとする。パシャパシャと、水をかき乱して小さな背中が駆けていった。巨大水路をいとも簡単に横切り、崖に到達すると、緋名子は蛙のように身軽に、舗装された崖を伝いのぼっていった。

灯子は呆然《ぼうぜん》とそのすがたを見送りながら、どんどん速まる鼓動を、胸の上から抑えつけた。

（どうしよう。崖の上にもどらんと。明楽さんたちが――）

落ちる前、たしかにかなたの声が聞こえた。かなたが、緋名子を追ってきたのだろうか。灯子は歯嚙《はが》みしながら、立ちあがって周囲を見まわした。

灯子たちが落ちた水路は、どうやら、工場のごみの集積所のそばらしい。巨大な金属の箱におさまった鉄くずや廃材に、ネズミでも巣くっているのか、カラスが集まって鳴き交わしている。

この崖の上で神族が異能を働かせ、しのびと火狩りが戦ったというのに、それに注意をむけている工員は一人も見られなかった。路地を小型の運搬車で行く者、建物の外側にもうけられた梯子をのぼる者、掃除道具を荷車に積んで運ぶ者……だれもが、いつもと変わらぬようすで働いている。どの工場のどの機械も、よどみなく作動しつづけている。このどこかに、照三の父親も働いているはずだ。

足が重い。背中から指先、ひざにもしびれがわだかまり、体はこれ以上動くことを拒んでいる。胸によどむ息を吐き出したそのとき、てまりがまるい頭で灯子のすねを押した。

「え……？　てまり、そっちは工場じゃ。崖の上にもどらんと、明楽さんが」

うろたえる灯子に、てまりはその場でくるくると回転し、脚をつっぱって飛びはねながら吠《ほ》えた。

やがて灯子の体にも、小さな狩り犬の察知している気配がじわりとせまってきた。耳の奥に、ぴんと糸が張る。

工場の休むことない稼働音にまぎれて、たしかに聞こえる。ここに、首都に、あるはずのない獣の咆哮《ほうこう》。猛々《たけだけ》しい声が、複雑に入り組む工場群のあいだを這《は》い、あるいは反響してこちらまでとどく。町から水路をわたった工場地帯の南端には、崖から黒い森へ通じるトンネルがあるのだと、煌四が言っていた。

結界が張られ、炎魔が侵入することはない、とも。

異様な声を聞きつけた工員の幾人かが、デッキの上から、空中を移動する吊《つ》りかごの上から、異変の起きているほうを見やる。

襲撃をうけた湾の光景が、瞬時によみがえる。――〈蜘蛛《くも》〉が来たのだろうか。虫の毒によって、本能を狂わされた炎魔が、結界を越えてきたのだろうか。

その場で地団駄を踏みながら、てまりがはげしく吠えたてる。怒った顔で、灯子をまっすぐに見あげる。てまりは狩り犬で、いまこの犬のそばに鎌を持った者は、灯子しかいない。

それでも灯子はとまどって、二の足を踏んでいた。首都にも火狩りがたくさんおり、もしほんとうに炎魔が結界を越えてきたとしても、その人たちが狩りに行くはずだ。灯子がいまするべきなのは、明楽のもとへ行くこと、そのために崖《がけ》の上へもどることだ。

ところが、汚水へ落下し、まともな感覚をとりもどさないままの鼻が、工場の油や金属、なにかの薬品の入り混じった異様なにおいの中に、べつの異臭を嗅《か》ぎつけた。虫を煮つめたような、苦いにおい。そのにおいの中に、あざやかな赤を想起させる鉄くささが混じる。

ピチッ、と鋭い声を残して、工場地帯の路地のむこうを一羽の小鳥がはばたいた。

建物の陰から、ゆらりと影がさまよい出る。――ちがう。影ではない。影に見えるのは、その獣の体毛がまっ黒だからだ。動き方が不自然なのは、その口になにかをくわえているからだ。

灯子の目はこのとき、屹立《きつりつ》する機械群のただ中へふいに現れた獣を、切りぬいた絵のようにとらえた。大きな山猫のすがた。黒い毛皮、炎をやどす眼窩《がんか》。その牙《きば》が、捕えているもの。

大量の血をしたたらせて炎魔の口からぶらさがっているのは、小さな木々人だった。灰色の肌、砂色の髪、むき出しの腕やすねのあちこちから、ひらひらとやわらかな葉が生えている。

全身を、しびれがつらぬいた。

シュユだ。幼い木々人は、仲間の言いつけを聞かずに、また逃げた鳥を追ったのだ。しかし、たとえ炎魔に行きあうことがあっても、木々人の体臭が獣を寄せつけないはずなのに……

〈蜘蛛〉の虫が、炎魔を狂わせている。

首都へ、〈蜘蛛〉が来たのだろうか。虫に毒された竜神に破壊される車と、きしむ轟《ごう》音《おん》がよみがえる。異変に気づいただれかのさけぶ声や悲鳴が聞こえたが、それらは言葉として耳にとどくことはなかった。

のどを咬《か》み裂かれて、シュユが死んでいる。死んだまま炎魔の口にくわえられ、ぶらぶらと手足を引きずられている。

頭がはじけ飛びそうなほどの激流が体内をめぐり、灯子は機械の楼閣にまちがえて現れた森の生き物をひたとにらむ。やすやすと巨大水路をわたり、道具もなしに垂直な崖をのぼっていった、緋名子のあんな力があったらと、かすかな願望が頭をかすめた。

濡《ぬ》れてかたくなった風呂敷《ふろしき》の結び目をほどく。刃《やいば》をおおっていた布をはぎとり、三日月の鎌をあらわにする。

「てまり……」

ちっぽけな白い犬は、灯子の呼びかけにフンッと勢いよく鼻を鳴らした。

そうして灯子たちは、走りだした。崖に背をむけ、シュユをくわえた炎魔のいるほうへ。

工場がよどみなくうごめき、そのただ中につき立つ巨樹たちが、とるにたりない二つの影を見おろしていた。

六　破片

当主不在のあいだに起こったできごとのあと、帰宅した油百七はまず綺羅のようすを見に行き、焚三医師からくわしい診断を聞いて、それから妻である火華の部屋の戸を開けた。屋敷中に響きわたるどなり声のやりとりがかなりの時間つづいていたが、煌四の耳は綺羅の両親がなにを言いあっているのか聞きとることを、拒みつづけた。綺羅は意識のないままだ。

緋名子になぜあんなことができたのか、煌四は焚三医師にほとんどすがりつくようにしてたずねた。緋名子の病身を細やかに診察していた医師にならわかるはずだと思った。

……が、若い医師は誠実そうな顔から色を失い、首を横にふるばかりだった。

結局こうして町を歩きまわり、ゆくえを探すほかになすすべがない。

もう春もおわるころだが、夜にはひえこむ。寝間着しかまとっていなかった緋名子が、高熱のためにどこかでたおれているのではないか。……その心配の陰に、火華におどりかかった緋名子のすがたが、こちらをふりむいた射ぬかんばかりの瞳《ひとみ》がよみがえる。緋名子が、町でだれかを襲っているのではないか。あっていいはずのない想像が頭をむしばみ、首すじをつめたくさせた。

（かなたが、きっと見つけてくれている）

気休めを胸の中でつぶやいて、角をまがる。足は無意識のうちに以前住んでいた家にむかう。煌四はもうすこし体の小さかったころによく使った、鍵《かぎ》のゆるんでいる窓を揺すって内側の錠をはずし、そこから中へ入ってみた。が、家の中にも緋名子はいなかった。

前の家のまわりは、きのうから何度も歩いてみた。知りあいに見つかっては面倒なので、隠れながら緋名子を探した。しかし、妹のすがたを見つけることはできなかった。

ひょっとしたら、屋敷のほうへもどってはいないか。煌四は思考を堂々めぐりさせたまま、坂になった町の上をめざした。水路を何本かわたり、書庫と学院を両側にながめながら、常火《とこび》のともる富裕者の地区へ入る。まだまだ明るいと思っていたが、いつのまにか日は暮れかかり、あちこちの門の上にすえつけられた常火の光芒《こうぼう》がくっきりと見える。

燠火家のある北側をめざして角をまがりかけたとき、危うく人とぶつかりそうになった。相手の持っている携行型の照明に、目がくらむ。日がかたむいてきたとはいえ、まだ照明をともして歩かなければならないほどの暗さではないのに――

一瞬、警吏だろうかと身がまえた。このあたりには物盗《ものと》りがふえ、夕刻から夜明けまで、警備が強化されているのだ。……が、むこうもおどろいた顔をして照明を危なげに揺らしたのは、黒い制服をまとった警吏ではなく、痩《や》せた猫背にくたびれた服を着た、たよりなげな人物だった。

突然でくわした煌四に、むこうも大きく目を見開いている。重たそうな眼鏡をかけた、それは骸骨《がいこつ》のあだ名がつけられた学院の教師だった。

「ああ、びっくりした。急に出てくるもんだから。物盗りかと思うじゃない」

中央書庫で手綴《てと》じ本を見つける手がかりをくれた高等科の教師は、そういえばこの地区に住んでいるのだ。火十先生はひょろりとした背をかがめ、こけた頰の上にいやに際立つ目を大きく開いて、煌四に顔を近づけた。

「書庫からの帰りですか？　相変わらず、勉強熱心ですね」

「えっと……あの」

こんなときに、まさかこの教師に会うとは思いもせず、煌四の返事はしどろもどろになってしまった。あやしまれて、下手に理由を探られては面倒だ。

「ひ、火十先生も、お出かけですか？」

会話を切りかえすと、痩身《そうしん》の教師は、衣服越しに骨の浮きそうな肩をひょこりとすくめた。寒気がするとでもいうように、わきに手をはさんで身ぶるいしてみせる。

「ああ、夜にね、教員どうしで集まって、ときどき相談ごとや勉強会をするんですよ。今日はその集まりの日で、ほら、文学の鬼灯《ほおずき》先生、そちらのお宅へうかがうんだ。……だけど、いやだなあ、あの先生、千年彗星っていう昔の人工の星がもうすぐ地上へ帰ってくると力説していて、今日もその独擅場《どくせんじょう》になりそうだよ。……おっと、学生にほかの教師の悪口なんぞ、言っちゃいけないね」

「いえ、ぼくは……もう学生じゃないので」

するとさっきまで肩をすくめて弱りはてた表情を浮かべていた歴史学の教師は、煌四がまぶしがった照明を背中側へまわしたまま、かくんと首をかしげた。

「けれど、燠火家さんはえらく優秀な家庭教師を雇ってらっしゃるんでしょう。耿八先生とおっしゃるんでしたか。どこにお住まいの方なのか、学院の教師のあいだでだれも知らなくて、うわさの的なんだよ。たいへんな博学なんだとか。その先生に勉学をつけてもらっているんでしょう」

「はあ、まあ……」

煌四は適当に話をはぐらかそうとした。いまは、そんなことを話している場合ではない。……が、うつむいて話をおえようとした曖昧《あいまい》な態度が、かえって不審に映ってしまったらしい。

火十先生は、やにわに細い体を折りまげて、無理な姿勢で煌四の顔をのぞきこんできた。目をぎょろりと見開いたまま。しだいに暮れ色が濃くなってきたために、ほんものの骸骨に見えてくる。

「……前に言いましたよね？　こまったことがあれば、いつでもたよれる大人に相談なさい。ぼくでもいいんですよ」

「は、はい」

煌四は息を一つ吸って姿勢を正し、必要最低限の挨拶《あいさつ》として、腰を折って教師に頭をさげた。

「ありがとうございます。──あの、夕飯の時間がもうすぐなので、ここで失礼します」

火十先生は、ひょっこりと体を起こす。ゆらゆらと髪の毛が揺れて、それは墓地に生えた草を連想させた。

「おや、そうでしたか。時間をとってしまって失敬。それじゃ、気をつけて帰りなさいよ。このところは、この地区も物騒だというからねえ」

もとどおり照明を前にかかげて歩きだした教師の背中を、すこしのま見送ってから、煌四はしみ一つない塀に区切られた路地を見まわした。緋名子の気配は、やはりない。坂になった町のむこうの海が、残照を波の上にきらきらと浮かべている。藍《あい》にも紫にも、紅色にもにじみながら、その上に砕けた太陽の残り火をはねかえしている。夜がひたひたと、工場と海のにおいを運んでくる。

煌四は息をつき、燠火家へ重い足をむけた。屋敷の周辺にも、やはり緋名子を見つけることはできなかった。

食堂に用意されていた簡単な夕食を、一人でとる。煌四は書斎にいた油百七にたのみ、地下室への鍵を開けてもらった。地下室へ入るのが、いやにひさしぶりに思える。壁際にずらりとならんでいた雷火の缶は運び去られ、十三あったうちの三本だけが残されている。ことがすんだあとの首都の維持のためにとっておくのだと油百七は言ったが、たったこれだけで、統治体制が崩れたあとの首都を維持できるとは到底考えられない。煌四は残された雷火を卵型の瓶にとりわけ、それを地下室の照明にした。ほかの明かりはつけなかった。

町をうろつきまわるあいだ、ずっと肩からさげていたかばんをおろす。作業台の上には、煌四が書き散らかした本の写しや記録、雷火をいかずちとして使うための図案などが折りかさなっている。

きのうからさんざん歩きまわった足が、筋張った痛みを引きずっている。綺羅はまだ部屋に隔離されたままだ。火華も、自室に閉じこもっている。油百七は火華とのはげしいどなりあいのあとは妻子のどちらも見舞わず、ふだんと変わらず仕事をしている。

ふいに、どうしようもないむなしさが、体の底からつきあげてきた。

まるで緋名子など、はじめからこの家にいなかったかのようだ。

煌四は作業台の上に散乱している紙や帳面のたぐいを、しゃにむに引っつかんだ。慎重に線を引いた図面も、紙を埋めつくすように書きつけた記録も、一瞬でとりかえしのつかない形にゆがむ。ぐしゃぐしゃになった紙を破り裂き、卵型の雷瓶の中へ投じていった。黄金の液体は、その中へ入りこんだものをくらくらと泳がせたあと、あとかたもなく消失させる。

落獣の図の写しを、破り裂く。

——これは、迎え火に使うものとちがうんですか。

日に焼けた灯子の顔がよみがえる。雷火を迎え火に使う——母の書き遺《のこ》した手紙に書かれていたことを、なぜ灯子は知っていたのだろう。父親から聞いたのだろうか。いや、ちがう。森で炎魔と戦い、ほぼ即死だったのだと、汚れた地面にひたいをすりつけながら灯子は訴えたのだ。

千年彗星と思われるほうき星の図、ふるえながらかいたその写しも、めちゃくちゃに破いてゆく。

(まちがってたのか？　どこでまちがえたんだ？　……この家に、来るべきじゃなかったのか？)

煌四が衝動的に動作をつづけるせいで、裂かれた紙の断片は雷火に投じられず、ひらひらと床へ落ちていった。五徳の上に鎮座する卵は、大量の紙片を飲みこんでも、火花を散らすでも閃光《せんこう》をはなつでもなく、ただ静かに地下室を照らしている。

作業台のすみにほうり出していたかばんに手が伸びた。中には、閃光を生む小型雷瓶と、いつも持ち歩く帳面が入っている。そして——麻布にくるみ、ぞんざいにつっこんだ小鳥の剝製《はくせい》が。

煌四は迷わず布をはぐと、ちっぽけな剝製を雷火の中へ入れた。琥珀《こはく》の目玉をはめこまれたもう飛ばない鳥は、黄金の卵の中でしばらくのあいだくるくるとその身を回転させ、やがて溶けて消えた。

帳面もいっしょに破り捨てようとして、煌四の手はぴたりと止まった。知らないあいだに荒くなっていた息が、自分の耳にこだまする。……この中には、手紙が隠してあるのだ。煌四は息を落ちつかせ、貼りつけて閉じあわせたページを慎重にはがす。いつか緋名子にも見せるつもりだった。ちゃんと、そのときが訪れれば……

ぺり、と糊《のり》のはがれる音が、かすかな違和感を呼び起こした。煌四が貼りあわせたときよりも、わずかに紙がごわついている。ページどうしをはがすと、中から折りたたんだ手紙が現れる。

煌四はしわの寄ったその紙を開いた。大量の紙を破り捨てたところだというのに、その質の悪い紙が、手もとの不注意によって砕けてしまうのではないかと、指がふるえた。

「………」

くれはという名の使用人にわたされ、自分が読んだときにはたしかになかったはずの、濡《ぬ》れて乾いたあとが一点、紙にはっきりとしみを残していた。

雷火の明かりにかざしてつぶさに見ると、手紙のすみに、母の書いたものよりもさらに乱れた、見落としそうなほど小さな文字が、ごく薄い筆跡で書きくわえられていた。

『ごめんなさい』

消え入るようなその文字が、煌四の心臓をはげしくはねあがらせる。あわてて這《は》いつくばり、床にこぼれた紙片をあさった。雷火に投じられることをまぬがれた紙くずの中を、這いまわった。

白い破片の中に、緋名子の文字がある。いくつも。……

『ごめん』

『ごめんなさい』

『ごめんね』

『おにいちゃん』

頭をなぐられるような衝撃が襲い、煌四は紙くずだらけの床に這いつくばったまま、呼吸をすることも忘れていた。薄い薄い、たよりない文字。まだ練習中の、おぼつかない筆跡。

緋名子が、いつ、地下室へ入っていたというのだろう？

そうして思い出す。かなたがもどったとき、自分の部屋へ連れていかせてほしいと、油百七に直接口をきいた緋名子。その緋名子のたのみに、しぶしぶながらも首を縦にふった油百七。

――賢いきみには承知のことだと思うが、このことはどうか、口外しないでもらいたい。

煌四が雷火の研究にとりくむと決めたとき、油百七はたしかにそう言った。いま考えれば当然のことだが、自分もまた、燠火家当主から信用などされていなかったのだ。

（見てたのか？　緋名子が？　ぼくのしていることを……）

けれど、いったいどうやって。煌四が不在のあいだに、油百七が緋名子を地下室へ通すことはできるだろう。しかし、それなら自分ですればすむ話だ。緋名子に計算式や図面を見せたところで、生まれつき病みついていた妹は、まだ大抵の文字はまともに読むこともできない。いや、ちがう……煌四の思考は、反発しようとする自分の意思をつき破って、緋名子のさせられていたことを推測する。ほかの図面はともかくとして、母親の手紙を隠してあったこの帳面は、煌四がいつも持ち歩いていた。傷をおって寝こんでいたときか、自室で休んでいたとき、あるいはここで仮眠をとっていたときでもなければ、中を見る機会はなかったはずだ。

勝手に危険な実験をしていないか、燠火家に不利益となるような動きはしないか。それを見張らせるため、油百七は緋名子を利用していたのではないか。

煌四は顔をあげ、地下室の壁を見まわした。荒い削りの石が頑丈に積みあげられた壁。鳥かごじみた鉄の覆いに入れられた照明。……天井と壁の境にもうけられた、通気口。

書き物机の椅子を移動させ、その上に立って通気口のまわりを手あたりしだいにさわってみた。一か所の石が、あっけなくすべって動いた。むこう側へ落としそうになったそれをすんででつかまえ、重い石をかかえて、むこうをのぞく。まっ暗な、せまい空間がそこにあった。四方を金属でかためられた、つめたそうな空間。せまい通気口の中にも、緋名子の体なら入ることができただろう。位置から見て、書斎の床のどこかに入り口が隠されており、あそこへおりることができる仕組みになっている。

「緋名子ちゃんのことだって——」綺羅の言いさした声がよみがえる。知っていたのだろうか。綺羅は、このことを。

きょろりと見開かれた緋名子の目。獣のようなあの目が、このすきまから、煌四を監視していた——いや、させられていた。物音一つ立てず、仮眠中の煌四のまわりを歩くことも、あの身のこなしができた緋名子になら、わけもなかったはずだ。……図面や走り書きの紙を、油百七に見せるため持ち出すこともあったかもしれない。散らかしぐせのある煌四の生み出した混乱をもとのままにしておけるのは、この家の中では緋名子だけだ。手にかかえていた石が、ごとんと音を立てて床へ落ちた。

「……くそ」

どうして気づかなかった。どんな思いで、緋名子は煌四のすることを見張っていたのだろう。油百七に、なにを吹きこまれたのだろう。なぜ、気づいてやれなかったのだろう。

煌四が手をにぎっているはずだった妹は、いつのまにかより大きな者にからめとられていた。実験の内容もよくわからない緋名子に見張りをさせたのは、よそ者である自分たち兄妹《きょうだい》に、たがいへの猜疑心《さいぎしん》を植えつけるためではないのか。ほかでもなく、死んでしまうことから妹を守りたかった。必死でつなぎとめているつもりで、べつの事態から守ることができなかったのだ。

ここにいない犬の目が、ふいに煌四の顔をのぞきこんできたような気配を感じた。かなたがもどった日、子犬のようにして、静かにその腹にもたれかかっていた緋名子。煌四のかける言葉よりも、犬の心音に耳を澄ませていたように見えた。あれは……かなたにしか、甘えることができなかったからだ。兄である自分にも、わが身に起こっていること、自分がさせられていることを、打ち明けられなかったから。……

情けなさが腹の底からこみあげた。同時に、寄る辺のない心細さが全身をむしばんだ。煌四はごつごつとした石壁のへりに、何度も何度も、ひたいを打ちつけた。

「……麻芙蓉《あさふよう》は、違法ですよね」

地下室を出、書斎で仕事をしている油百七がふりかえるより先に、煌四はそう問うていた。夕暮れ色の照明をともし、窓に面した書き物机にむかう大きな背中が、ゆっくりと動く。

「知ってましたか？　火華さんが持っていることを」

煌四の声は床へ投げ捨てられる紙くずと同じく、まともに油百七のもとまでとどかない。それがわかる。それでも、問いかけずにいられなかった。

「ぼくや緋名子はよそ者です。あつかいに文句なんか言えないのはわかっています。緋名子に、なにをさせていたんだとしても……でも、綺羅は」

ゆっくり、ごくゆっくりと椅子をさげて、油百七が立ちあがる。目方だけなら、煌四の三倍近いだろうか。書き物机の上に、金属製の文鎮がある。封切り用のはさみもある。

富と権力を持てば、そのぶん敵も多くなる。簡単な護身用の刃物くらいは常備してあるだろう。自分の言葉が目の前の男を激昂《げきこう》させれば、きのうの火華のように敵意をむき出しにさせれば、たやすく殺されるだろう。そう思いながら、煌四は言いつのるのを止められなかった。

「綺羅はこの家の子どもなのに。なぜ、あんな目にあうんですか。そもそも、どうしてこの計画を、家族にも隠しているんですか」

書き物机から立ちあがり、山のような影が近づいてくる。油百七の右手が持ちあげられる。煌四は自分の顔から表情が消え去っているのを、なぜか壁のすみに解離した視線でながめている。体はここにあるのに、視線だけが壁にとりついて、自分自身を見つめていた。

「消えた使用人たちはどこへ行ったんですか。緋名子になにをさせたんですか。なぜ家族なのに隠しごとをするんですか。ぼくの父も黙ったまま首都を出ていった。でも――この家は、まともじゃない」

腕がおりてくる。予測に反してその手にはなにもにぎられておらず、

「……煌四くん」

がっちりと肉のついた重いてのひらが、煌四の肩に置かれた。冷酷に響くとばかり思っていたその声音は、疲れはて、とまどいはてて かすれていた。

「こんなことになって、ほんとうにすまない。緋名子くんのことは、使用人たちが町中

を探しまわっている。かならず見つけると約束しよう」

ちがう。そんなことを訊《き》いているのではない。あの地下室をのぞける空間はなんだ。この書斎のどこから、緋名子に入らせていたのだ。緋名子の体をあんなにしたのは、おまえなのか？　いったいなにを吹きこんで——病気の妹を、自分の監視に利用したのだ。

「妻が持っていたものについては、わたしも知らなかった。このことは本人も気にしていて内密にしていたのだが、妻はもともとが、貧民区の出なのだ。そのころに、薬がわりに使っていたものを、またどこかで手に入れたのかもしれない。夫婦でずいぶん話しあったのだが、頭に血がのぼりきっていて、らちが明かんのだ。妻は貧民区でひどい生活をしてきたせいか、神経衰弱の体質でね。綺羅も母親を気遣って、親子げんかなどしたことがなかった。……だが、綺羅ももう年ごろだ。はじめて反抗されて動揺したのだろうが」

　そこで油百七は言葉をくぎり、口ひげの奥からため息をもらした。脂肪のたわむ頰の色は灰色がかり、目の下にはどす黒いくまができている。

「まさか、自分の娘にあんなことをするとは」

　壁に遊離していた視界が、一気に煌四のもとへもどってきた。心臓がおののいて、身ぶるいをする。訊くべきことを訊けないまま、煌四はべつの質問を口にする。

「……いなくなった使用人たちは？　綺羅は、そのことをずっと」

「誤解だ」

油百七のよく通る声は、発声の悪い煌四の言葉など簡単にかき消してしまう。が、いまその響きには、むき出しの焦りと困惑がこめられていた。

「勤め先を変えたいという者もいる。町に住む親が老いれば、世話をしにもどろうと思う者もある。屋敷の内情を知る使用人を、手ばなさない家も多いと聞くが、燠火家では可能な限り、使用人たちの要望にこたえてきた。綺羅にも、そのことはよく言い聞かせてきた。なぜこんなことになったのか……ほんとうにわたしにも、わからんのだ」

煌四はあごがふるえだしそうになるのを、歯を食いしばってこらえなければならなかった。「うそばっかり」──綺羅のさけぶ声が、頭の中、遠い音としてよみがえる。と同時に、目の前に立つ油百七の言葉や声の抑揚の裏に、自分には推し量りようのないなにかがあると感じる。ただのうそや、とりつくろいではないなにかが……すさまじい質量を持った秘密が、かたく押し隠されているのを。

もう窓の外はまっ暗な夜に閉ざされている。時刻は、きのうのできごとがあったころを大きくまわっている。煌四は油百七に黙って礼をし、そのまま書斎を出た。

綺羅の部屋には使用人たちがひっきりなしに出入りしていて、煌四がようすを見に立ち入るすきはなくなっていた。意識がもどったのかどうかも、わからない。同じくふせっているという火華の治療にもあたるため、焚三医師には客室があてがわれ、燠火家に泊まりこんでいる。

二階の、自分に割りあてられた部屋へむかいながら、どんどん気がふさいだ。

なにかができると思っていた。この屋敷へ来たとき、路頭に迷うほか道の残されていなかった自分たちは救われ、そして煌四には父親の残した雷火をあつかう機会があたえられ――〈蜘蛛《くも》〉と神族の戦いから首都を守る、せめて油百七の庇護《ひご》下で、緋名子を守ることができると。母の葬儀のあと、またすぐに同じ墓地へ埋められることになるのではとおそれた緋名子を。

(……なんにも、できなかった)

階段のとちゅうで、煌四は立ちすくんだ。結局はなにもかもが、ぎりぎりにたもっていた形を崩しただけではないか。もうもたないのだという、この世界に先立って。麻芙蓉を嗅《か》がされて昏倒《こんとう》した綺羅の、当惑と混乱をそのまま象形した髪の毛が、網膜にへばりついている。あるいは地下の隔離地区に、黴《かび》と埃《ほこり》のにおいをまとって伸び、からみあう不吉な木々の根が。引きはがそうとしても、それらはまばたきのたびに煌四のまならに現れる。

「よう。けがも治ったのに、しみったれた顔だな」

背後から、声がかかった。階段の中ほどからふりむくと、炉六が玄関をくぐってきたところだった。閉じる扉のむこうに、門のわきへ移動するみぞれの尾が見えた。かなたがこの屋敷からいなくなったせいか、一瞬見えた犬の足どりは、軽快ですらあった。

「ご当主は書斎か？　急いで伝えなきゃならんことがある」

音の底にかすれをはらんだ炉六の声にこたえる前に、階段の上から、足音がおりてきた。煌四と、そのむこうにいる火狩りを見て、足を止めたのは焚三医師だった。

「……ああ、どうも。お仕事のご相談ですか」

焚三医師は、炉六には略式の挨拶《あいさつ》だけをむけ、煌四に近づいて、やや声を低めた。

「綺羅お嬢さまが意識をとりもどされました。もともと体力もあられますから、とりこんでしまった薬物の血中濃度をさげていけば、回復までは四、五日といったところでしょう。……ただ、気分が落ちつかれるまでは、そっとしてさしあげたほうが。まだしばらくは、幻覚の見えることもありますから」

ふちの薄い眼鏡の奥で、若い医師の目が疲れのために充血している。

「……では、いまのうちに食事をとってきます。食堂に用意していただいたとうかがったので」

焚三医師はきれいに髪の整った頭をさげ、階段をおりると廊下をまがって去っていった。

炉六が腕組みをして、歩き去る焚三医師の背中を目で追った。

「そういえば、犬はどうした」

なんともなく装う、そのつもりだった。が、煌四は自分の意思に反して、ひたいを押さえ、手すりにすがってその場にかがみこんでしまった。廊下に散らばっていた針も糸も、綺羅の吐いたあとも、もう跡形もなく掃除されている。あっというまにとりもどされた秩序が、よけいに煌四の頭をかき乱した。気がつけば、手が無様にふるえている。

「おい、ちょっとこっちへ来い。おれをたよりにしてくれるのじゃなかったのか」

強引に腕をつかまれ、煌四は立ちあがらされた。

「……すみません」

そうこたえたとたん、勢いよく背中をはたかれた。危うく、階段のとちゅうから転げ落ちそうになる。こっちに来い、と炉六が外へ手まねきするのに、煌四はうつむいて黙ったまま、ついていった。

金の花房をそよがせていた花も散ってしまい、いまその木はやわらかな葉を鬱蒼《うっそう》とさせていた。炉六のすがたが見えても、みぞれが尾をふることはない。退屈そうに門のわきへ寝そべっている犬に声もかけず、炉六は屋敷の前庭をまわって、裏庭に面した通用口のわきへ歩いていった。表門にある木戸よりもやや小さな、使用人の使う出入り口。そのあたりにはあまり背の高くない常緑樹が幾種類も植えられ、湿った木陰が夜を濃くしていた。

「ここの戸口の合鍵《あいかぎ》をご当主から貸されてな、出入りはこっちからしているんだが、おれの犬は正門前が定位置だと思ってるらしい。自分だけは客人気どりだ」

門口からは勝手口まで、砂利道が敷かれている。道のまわりには苔《こけ》むした大きな石が配置され、足もとは先日の大雨の湿気をまだ残して強くかおった。門口の上には、常火《とこび》よりもしぼられた照明がともされている。炉六は庭石の一つに遠慮なく腰かけると、隠しから出した麦菓子をかじりだした。町の小間物屋や薬屋、どこでも買える簡易食だ。

「あの、急ぎの用事だったんじゃ……」

細長く焼きかためられた麦菓子を、煌四にも一本さし出す。煌四がそれをうけとると同時に、炉六は顔をしかめてあらぬかたをにらんだ。

「ああ、急ぎも大急ぎだ。――工場地帯に、炎魔が出た」

煌四の耳もとから、血がしりぞく。

「だけど、〈蜘蛛〉が来るのは」

進攻までには、あと二日の猶予があるはずだ。

「ああ。だがまだ、肝心の〈蜘蛛〉はすがたを現さん。炎魔は駆除されて、いまのところ大ごとにはなっておらんようだが。……おい、雨の晩にここへ来ていた犬、あれはお前の親父どのの狩り犬だろう？」

煌四はうずを巻きだす思考を歯を食いしばって抑えこみ、自分も適当な岩に腰をおろした。岩に貼りつく苔がまだ湿っていて、座り心地が悪い。

「……父は、森で死んだらしいです。犬だけが帰ってきた。……その犬も、また出ていった。緋名子が、きのう」

煌四は自分の混乱も整えるように、きのう起こったことを順を追って炉六に話した。が、うまく話せたか自信はない。散らかったものを片づけるのは、苦手なのだ。

火狩りは大きな音を立てて麦菓子を咀嚼《そしゃく》しながら、煌四の話を聞いていた。話しおえるころには、思案げに自分のひざの上にひじをつき、姿勢をかたむけててのひらにあごを載せていた。とぎれたほうの眉《まゆ》が、しわといっしょに持ちあげられている。

「大ごとだな」

火狩りは言った。

「お前の妹は、体が弱かったのだろう？　なぜいきなりそんなふうになった。お前の腹の傷を消したという、神族のせいか？」

かぶりをふる。煌四のこめかみに、短いが鋭い痛みが走る。

「それは、ぼくが知りたい。なんで、こんな……」

言いながら、なにをしているのかと思った。煌四がこの火狩りを巻きこんだのは、〈蜘蛛〉の襲撃に備え、たよりになると踏んだからだ。これではまるで、なにもできずに泣きつく子どもだ。情けなさにうつむくと、弱い照明をうけて、クチナシの葉の陰からカマキリがこちらをふりかえっていた。

「犬に追わせたのは正解だった。かならず見つけてお前の妹を守っているさ。……で、病気の妹がいきなりそんなふうになった原因がなにか、だが。坊主、この家に来て、前の暮らしと変わったことは？」

「え？」

煌四は、かたい麦菓子をにぎったまま、眉をひそめる。

「それは、なにからなにまで……食べるものも、寝る場所も、着るものも、緋名子の」

――薬も。

深いところから、動悸《どうき》が徐々に呼びさまされてゆく。薬。まさか、そんなわけはない。緋名子ははじめから焚三医師に気を許していたし、綺羅もいい医者なのだと言っていた。それとも、焚三医師も知らないままに、おかしな薬を緋名子にあたえていたのだろうか？　あの誠実そうな医師が、そんな手ちがいを起こすだろうか？　あるいは油百七におどされるか、金をにぎらされて……いいや、それなら、さっきの油百七の深い疲れのにじんだ顔はなんだったのだろう？　ただの演技だと思うのには、顔貌《がんぼう》に表れていた苦渋の重みは、煌四の想像力などおよびもつかないものだった。

「ここの奥方も相当だな。麻芙蓉《あさふよう》か。綺羅お嬢ちゃんの具合はどうなんだ」

煌四は稲妻につらぬかれたように、麦菓子を落として立ちあがった。綺羅の治療も、焚三医師がおこなっている。夕食をとると食堂へむかっていた。いましかない。

はじかれたようにむきを変え、煌四は炉六になにも告げずに、勝手口から屋敷へ駆けこんだ。階段を、走ってのぼる。煌四たちにあたえられた部屋があるのとは反対側の奥に位置する、綺羅の部屋。水差しを持った使用人と、洗濯物をかかえた使用人が入れちがいに出入りしている扉へ、まっすぐにむかった。

「あ。あの、焚三先生から、面会はしないようにと……」

煌四を見つけてそう告げる使用人のわきを黙ってすりぬけ、部屋へ入った。

すすり泣きが、部屋のすみから聞こえていた。窓掛がぴたりと閉ざされ、やわらかな照明が、寝台わきの机にともされている。綺羅は寝台の上には寝ておらず、衣裳簞笥《いしようだんす》の陰にうずくまっていた。壁にひたいを押しつけ、いつもならきれいにとかしつけている髪が、寝間着を着せられた肩や背中をおおっている。にぎろうとして力の入らない手が、トン、トン、と壁をたたいている。

「綺羅……」

自分が呼んだら、また綺羅が嘔吐《おうと》するかもしれない。そう思いながら、煌四はほかの方法を思いつくことができず、背後から名前を呼んだ。壁にすがりつき、力なくその壁をぶってすすり泣いていた綺羅が、ゆっくりとふりかえる。乱れた髪が、泣いた顔をまばらに隠していた。

「……お母さまを怒らないで」

充血した目のまわりが、暗く落ちくぼんでいる。つぎの言葉が見つからない煌四に、綺羅はよろめきながら立ちあがり、近づいてきてすがりついた。

「わたしがいけなかったの、お母さまを責めないで。お母さまは悪くない、怒らないで」

「お嬢さま」

使用人が割って入る前に、煌四はその場にへたりこんでいた。綺羅も煌四の腕をつかんだまま、崩れるように座りこむ。

「怒らないで、ごめんなさい、怒らないで……」

ささやき声で、綺羅がずっと懇願している。その声はもはや、煌四にむけられているのか、火華にむけられているのか、油百七にむけられているのかも判然としない。

「お部屋を出てください。お嬢さまのお体に障ります」

　使用人に肩をつかまれ、けれども煌四は、それに従うことができなかった。くしゃくしゃになった長い髪。寝間着からすなおに伸びた手足には、部屋の中であちこちにぶつけたのか、いくつものあざができている。

「ごめん……ごめん、綺羅。ごめんな」

　綺羅をなんとかなぐさめようとして、けれどもそれができなかった。あざだらけで、床に座りこんでいる肩に、手をふれることもできなかった。ズボンをにぎりしめ、その場でうつむいて歯を食いしばる煌四に、使用人たちがとまどって顔を見あわせている。

（なにを大それたことを考えてたんだ、ぼくは。緋名子や綺羅を、首都を、雷火を使って守るだなんて……目の前で起こったことからさえ、守れなかったじゃないか）

　くやしさと絶望が内側からごぼごぼとあふれかえり、心細さが、人前で嗚咽《おえつ》をあげる恥ずかしさを打ちひしいだ。結局自分は、この世界でなにもできない、無知で無力な子どもでしかない。思考が、つめたい泥でまっ黒に塗りたくられ、閉ざされてゆく。

　手がふれた。きつくにぎりしめたこぶしに、やわらかな、絹のようになめらかな手が。

「ごめんなさい……？」

　綺羅がこちらを見ていた。体にとりこまれた麻芙蓉の残りが幻惑しているはずのその目には、けれど、いつも綺羅がやどしている光がともっていた。緋名子がそうするように、見開いた目でまっすぐに煌四を見あげる。心細そうに、心配そうに。

「……お部屋を出てください」

使用人の呼びかけに、煌四は今度はあらがわず、立ちあがった。かさなっていた綺羅の手が、するりと床にすべり落ちる。そのまま手をついて、綺羅は同じ姿勢のまま、煌四がもういない空間をじっと見つめていた。二人の使用人のうち、一人が綺羅に肩掛けをかぶせ、背中をさすっている。

眼鏡をはずして、力まかせに目もとをぬぐう。使用人につきそわれて部屋を出てから、煌四は廊下にだれもいないのをたしかめた。

「す……すみません。勝手なことをして……」

使用人はとくに煌四を責める言葉をかけなかったが、眉間《みけん》にいたわしげなしわを寄せ、こちらを見ようとしなかった。

「さっき、焚三先生が、麻芙蓉の血中濃度をさげるとおっしゃってました。あの……綺羅は、なにか薬をもらっているんですか？」

灰色の制服の使用人は、質問されたことに一瞬まごついたようすを見せたが、訓練をうけた声の低め方で、手短にこたえてくれた。

「いいえ。お水をこまめに飲んでいただくようにとのご指示です」

「水は、屋敷の」

「ええ」

煌四は、いまさらこみあげてきた恥ずかしさに赤らむ顔を隠そうと、また目をこすった。

「あ、ありがとうございます。あの……」

名前を訊《き》こうと思った。みな同じ灰色の制服、似たようなめだたない目鼻立ちの使用人の一人である、この人の名前を、綺羅のしたように。

が、真むかいの部屋からもれてくる切れ切れの声が、煌四の言葉をとだえさせた。廊下のむこう、閉ざされた扉は、火華の部屋のものだ。くぐもった声に、煌四は注意をむける。となりに立つ使用人が、背すじをすんなりと伸ばしたまま、扉のほうへ横顔をむけていた。

「……綺羅。綺羅……」

声は、むせび泣いていた。煌四の背中が、ぞくりとすくみあがる。得体の知れない、圧倒的に根深い絆《きずな》が、自分をつらぬいて綺羅と火華をつないでいる。その生々しいまでの手ごたえに、体が動くことをやめた。

「……ごめんなさい」

扉のむこうで、火華もまた、綺羅にむかって同じ言葉をくりかえしていた。声の調子から、寝台か寝椅子につっぷしているのがわかる。

おたがいの顔を見ないまま、親子は泣きつづけ、謝罪しつづけていた。

七　波間の記憶

もう夜も遅いというのに、煌四は玄関前の石段にぼんやりと座ってすごした。炉六と話した裏庭ではなく、正門に面した前庭だ。炉六はまた応接室へ通され、油百七に炎魔の出現を報告している。門扉の前では、みぞれが細い四肢を折りまげて寝そべっている。庭師の帰ったあとの庭は、葉裏に闇をたっぷりとたたえ、寝静まっていた。

「よう」

炉六が、玄関を開けて屋敷から出てきた。

「計画が揺らぐかもしれん。お大尽も、さすがにうろたえていたな。おい、そう落ちこむな。お前の妹は、まだ生きているんだろうが」

煌四はひざに載せた腕のあいだに視線を落とし、声を力なくわななかせた。

「わからない……」

とたんに、脳天にごつ、と鈍い衝撃が降ってきた。痛みに頭がしびれ、反射的に涙が浮かぶ。炉六がげんこつを落としたのだと気づいたときには、火狩りはするりと煌四のとなりに腰をおろしていた。

「わからん、じゃないだろうが。お前のただ一人の家族だろう。それを、親父どのの犬が追って、かならず守っている。いい狩り犬は、主《あるじ》の命令はぜったいに遂行するものだ。生きているさ。お前がそんな調子でどうする」

門柱の上の常火《とこび》が、揺るぎない星のまねをして輝いている。

「おれの家族はもう死んで、会おうと思っても会えん。無事を願うこともできん。お前はあきらめるには、まだまだ早すぎるだろうが」

ずきずきと痛む頭を押さえながら、煌四は炉六のほうへ目をあげた。

「家族……島の？」

ふう、と風がわたった。海から吹いてきた風に、工場の排煙と町の炊事場や屋台の料理のにおいが混じる。そのにおいに、横顔をこちらへむけたままの炉六が、一瞬、ひどくなつかしそうに目を細めた。

「くだらん話だがなあ。おれには、とびきり美しい妻と娘があったのだ。娘のほうは、ここのお嬢さんよりいくつか年下だったな。首都から、毎年、調査船が出るだろう。再来月にはもどってくるころか。おれの妻子はな、調査船の船員に、暴行されて殺されたのだ。おれが漁に出ているすきに」

風が運ぶ海のにおいが、かおりをまして感じられたのは、気のせいだろうか。

読みとることのできない書物にも似た、炉六の浅黒い肌。首都に暮らす者たちより、その色は明らかに濃く、横顔は彫刻されたかのように鋭い。くっきりとしたしわを左右に従えた口が、いまその物語を紐解《ひもと》いてゆく。暗い緑の水底から、長い長い濡《ぬ》れた縄をたぐるように。

「調査船が首都から島へたどり着くまでに、まるまるひと月がかかる。そのあいだには時化《しけ》もあるし、凪《なぎ》のときはひたすらひまだろう。鳴り物入りで見送られはするが、甲斐《かい》のない仕事だろうと思うぜ。どうせ島へ着いたところで、毎年なんの成果も得られんのは、わかりきっているんだからな。ちっぽけな島にたどり着いて、くそまじめに決まりきった調査をするんだ。毎年、毎年。なにも変わらん、なんの意味もない」

なんの意味もない。その言葉が、煌四の懐にしっくりと親しげにもぐりこんできた。

「――あれも、嫌気がさしていたのかもしれん。ひと月も船に閉じこめられて、意味のない航海をさせられて。まだ若かったからな、ほかにやりたいことがあったのかもしれん。それとも、おれの妻と娘が美しすぎたのだろうかな。わからん。とにかく、おれが家へもどると、二人とも無残なありさまで死んでいた。人間を殺すやり方だとは思えなかった」

煌四はなにもこたえずに、ただ炉六が語るのを聞いていた。底のかすれた声から、波の気配がする。首都の水路が流れこむ、鈍色《にびいろ》によどんだ海のそれとはちがう、もっと人に親しげな波の。目を閉じて、島をとりかこむ海を想像してみようとしたが、うまくいかなかった。煌四が知っているのは、愚鈍に揺れる首都の海だけだ。

「おれはやったやつをつきとめて、首都へもどる船に忍びこんだのだ。ただでは死なさるつもりだった。妻と娘が味わった以上の苦痛をあたえて、それから泣いて命乞《いのちご》いするところを殺してやる……そう思って、機会をうかがっていた。が、じきに嵐が来た。船は転覆しかかって、そいつはあっけなく海に落ちて死んだ。この手では、かすり傷一つおわすことができなかった」

門のそばで、みぞれがゆったりとあくびをしている。「美人ね」──綺羅が、あの犬をはじめて見たときそう言っていた。

「それから、首都へやってきて、しばらくは貧民区のあたりでぶらぶら暮らしていた。仇《かたき》を失って、もうやけだったんだが、このなりだ、めだつおれに、声をかけてきた火狩りがいてな。年ははなれていたが、そいつと友達になった。そいつに、火狩りの技術を教わった。──だが、そいつもまもなく、神宮で殺された。そこからは流れの火狩りの生活だ」

煌四は、ゆっくりと顔をあげた。

「それが、あの手綴《てと》じ本の。……明楽さんの、お兄さんですか？」

横顔をのぞくと、炉六のまなざしがたしかな後悔と、もうとうにすり切れたような怒りをやどしている。

「首都へもどったのは、その人の、明楽さんのお兄さんの復讐《ふくしゅう》のために？」

たずねると、炉六がふっと笑った。片耳の質素な耳飾りが揺れる。

「あほか。さすがに、そんな気概は残っておらん。明楽や、あいつの兄とはちがう。

〈蜘蛛《くも》〉が首都を襲おうとしているのを嗅《か》ぎつけたのだ。流れの暮らしだと、そういう情報も耳に入りやすい。……おれの家族と親友を奪った首都が、どんなふうに滅んでゆくのか、間近で見物してやろうと思ったんだよ。だが、お前を見ていて気が変わった。なあ坊主、前に言ったろう、この世界がいまだ生きるに値するのか、見とどけたくなったと。お前の妹はまだこの首都のどこかで生きている。また会うことができる。あきらめてくれるな。おれは親しい者をみな失ったが、お前たちがこの先も生きる世界を、見てみたいのだ」

「…………」

煌四は視線をうつむけ、両の手をきつくにぎりあわせた。みぞれが細い鼻面を空へむけ、後脚で耳のあたりをかいている。鋭利な月が、屋敷の屋根のむこうへおりしもすがたを現した。

「さて。つまらん話をして、すまんかった。報酬もたんまりもらったし、うまい酒でも飲んでくるか」

ひざを機敏に伸ばして立ちあがり、炉六が犬に舌の音で合図する。みぞれはすっくと四つ脚で立つと、相変わらず飼い主に尾の一つもふることなく、炉六が開けた木戸を先に通りぬけた。火狩りもその狩り犬も、こちらをふりかえることはなかった。

時刻は夜中へ進んでゆこうとしているが、煌四はもう一度、町へ出ることにした。

「護衛のできる使用人を、連れていかれますか？」

玄関へむかう煌四へ、灰色の制服の一人が機械的にそうたずねてきた。煌四は、こんなあつかいをされる自分を奇妙に感じながら、首を横にふった。

「……いえ、大丈夫です。あまり遅くはならないようにします。あの……照明をお借りしてもかまいませんか」

使用人は、はあ、とすこしこまったようすで首をかしげたが、玄関わきの物入れから、携行型の照明を持ち出してきてくれた。よく見るとこの使用人は、綺羅が麻芙蓉《あさふよう》を嗅いでたおれたとき、ふるえながら揺さぶり起こそうと手を伸ばしていた人物だ。腰をぬかしながらも、なんとか綺羅をたすけようとしていた。緋名子が外へ飛び出していったところも、まのあたりにしていた一人だ。

「旦那《だんな》さまには、うまくお伝えしておきます。お気をつけて」

形式どおりの礼に、どこか凛《り》々しさがやどっていた。

「……ありがとうございます」

煌四は借りた照明を手に、使用人よりも深い礼をかえし、玄関を出た。外はもう闇の底で、その真上をこれから欠けてゆく細い月が薄ぼんやりとわたってゆく。この居住区の家々がかかげる常火が、あちらにこちらに、目じるしの星となって輝いていた。

照明を手に、門のわきの木戸を出る。緋名子を、探しにゆく――また見つけられないかもしれないという思いを、記憶の中の声が、岩を洗う波のように隠してはまた引いてゆく。炉六の語った話が、あきらめるなという言葉が。

坂になった夜の道を、下へ下へとおりてゆく。ときおり、屋根の上で物音がする。そのたびに見あげて目をこらすが、走り去るのは野良猫ばかりだ。

緋名子が外へ飛び出してから、まる一日以上がすぎた。食べるものは、寝る場所はどうしているのだろう。

考えながら、あたりに目をくばりながら、歩きつづけた。入り組んで舗装のすりへった路地を、下へ。水門に区切られた水路の水が、しだいにそのにおいを変えてゆく。ずいぶん町の下のほうまでおりてきた。このあたりの水路は、海のにおいが濃い。満潮時には、この一帯の水位は路地のすれすれまであがるのだ。至るところにもうけられた水門が、海の活動によって道が水びたしになることをふせいでいた。

遅くまで、炊事場や洗濯場で親に連れられ、眠ってしまった小さなきょうだいをせおいながら、慣れた手つきで仕事を手伝っている子どもたちがいる。

中の火が消えかかっている街灯を見つけ、煌四はその下で一度足を止めた。かなりの距離を歩いてきたために、軽く息があがっている。交差する水路でぶつかって混じりあう水の音が、夜の暗さをいよいよ深めて、常闇の海へとやがて流れこんでいた。

キ、とどこかの戸の開く音が、煌四の顔をあげさせた。海に近いこのあたりは、町並みもさらにごちゃついていて、どこの戸が開いたのかすぐにはわからない。家と家の境目も判然としないほどなのだ。

が、薄い戸を開けて出てきた少女のすがたが、煌四の注意を強く引きつけた。まっすぐな髪を背中に流したその少女は、水路のほとりまで歩いてくると、まっ暗にしか見えない海のほうへ顔をむけた。狩衣《かりぎぬ》とは形がちがうが、腰に帯が結ばれ、前ににぎりあわせた手のひじにそでがひらひらと揺れている。

着物すがたの者は、首都では火狩りか神族だけだ。そうでなければ、森のむこうの村に暮らす人々しか、ああいう装束はまとわない。

「……灯子？」

思わず、名前が口をついて出ていた。出会ったとき、灯子は首都風の衣服を、慣れないようすで身につけていたが……

ふりむいた顔が、弱々しい照明にさらされる。その顔に、煌四は一瞬息を忘れた。灯子ではない。暗さで識別しがたかったが、髪の長さも背の丈もちがう。大きな目の、整った顔立ちをした少女だった。どこか人形めいて整ったその顔に、無数の傷痕《きずあと》があるのが、ここからでもわかった。

呼びかけに身をこわばらせた少女は、けれどもいま出てきた戸口へ逃げ帰ろうとしない。逆に、ひたと煌四にまなざしをむけてきた。澄んだ目の奥に警戒が、それといっしょにこちらへ押しよせるような揺らぎがたたえられている。さして視力のよくない煌四にも、それがはっきりと見えた。

「だれ？」

少女が声を発した。水路の音にかき消されそうに、けれどもそれにあらがってまっすぐこちらへ響いてくる。

「……灯子を知ってるの？」

警戒を解かないまま、少女がはっと肩を揺する。煌四は、目の前の動きにくそうな恰《かっ》好《こう》をした少女が、ふとしたはずみで水路へ落ちてしまうのではないかと、そんなことが気にかかった。街灯の消えかかった明かりを、煌四の手にある照明が補強する。

「かなたの家族？」

うなずいた。うなずいたとたんに、少女が駆けてきた。来て、と煌四の目を見あげる。おぼろげな照明のもとで、少女の目が深く澄みわたっていることに、煌四は思わず息を呑《の》んだ。

「こっちに来て」

張りつめた声音には、拒絶できない切実な響きがこもっていた。

海には、死者の記憶が蓄えられているのだという。言われるままに少女についてゆきながら、煌四はなぜかそんなおとぎ話を思い出し、まっ暗に凪《な》いでいる愚鈍な海を、一《いち》瞥《べつ》した。

通された家の中は、どこか嗅ぎ慣れたにおいがしていた。人が暮らすにおいに、薬品のそれが混じっている……燠火家へ身を寄せる前には、家の中はいつもこんなにおいだった。緋名子の苦痛をやわらげるための薬が、いくつも用意してあった。

煌四が家の中へ入ると、まず顔を見せたのは、おどろいたようすの老夫婦だった。岩を思わせるがっちりとした老人のほうは工場勤め、小柄な白髪の老夫人は、町のどこかの洗濯場ででも働いているのだろうか。にぎりあわせた骨ばった手が、あかぎれのあとでいっぱいだ。

「す、すみません、突然。お邪魔します」

「かなたの家族なの」

煌四がまごつきながら頭をさげるとちゅうに、少女の声が割って入った。きれいな顔立ちをしているが、表情のない子だ。表情がないのに、まっすぐな意志を持っているのが、声や立ちふるまいから伝わってくる。

「まあ、それじゃあ灯子ちゃんの」

老夫人はそう言うと、歓迎をしめすために煌四の背中を押して、家の奥へいざなおうとした。

「それじゃあ」

厳しげな声を発したのは、おそらくこの家の主《あるじ》である老人だ。首都暮らしであるはずの老夫婦と、灯子を知る着物すがたの少女のつながりを、煌四はまだ推察することができない。

「お前さんが、雷瓶をくれたという人か。……礼を言う。おかげで、せがれの医者代をはらうことができた。わしら夫婦が、首をくらずにすんだ」

「え」

短く刈りこんだ頭をさげられ、目をしばたたく煌四に、老夫人が口もとを隠しながら笑った。

「この人なりの、冗談のつもりなの。けれど、ほんとうにありがとうございました。火穂ちゃん、せがれのところへご案内して。お茶をいれてくるから」

火穂という名であるらしい少女が、こくりとうなずく。ついてくるようにと言うかわりに、煌四をまっすぐ見つめ、そして先に立って歩きだした。

海に近い町の下のほうでは、家々が融合と分離をくりかえしたような間取りになっている。煌四が以前住んでいた町の中心部も似たような景観だが、このあたりは建物自体がさらにでたらめな構造だ。過去の大火災の際に、海際は延焼をまぬがれたからだと聞いたことがある。古い建築物に手直しをくりかえし、住む人数や建物の劣化にあわせて壊しては造り変え、いまのようになったのだという。この地区はいまでも、ゆっくりとそのすがたを変えつづけている。大きな生き物のように。

「けがをしてるの」

前を行く火穂が、そう言った。かたむいた廊下を通り、家の奥に位置する部屋へ通される。寡黙な老人が、あとからついてきた。

灯子が、けがをした仲間がいると言っていた、その人だろうか。木々人の薬は手に入らなかったが、容体はどうなったのだろう。

「いっしょに首都まで来た人。回収車の乗員。話はもう、できるから」

二間つづきの不自然な間取りの部屋へ至る。手前の廊下には椅子がいくつか出され、その上がテーブルか物置がわりに使われているようだった。きれいにたたんだ毛布が積みかさねられ、ほかにはなにもない。家に入ったとき感じた薬のにおいは、この部屋の奥から漂ってきていた。

火穂が、薄く開いていた戸を押し開ける。

中には、寝台に横たわった痩《や》せた男がいた。無精ひげのせいで年齢が判じがたいが、おそらくまだ若い。けがをしていると言い表すには、その人のおっている傷は並みのものではなかった。顔の半分が包帯でおおわれ、左腕が布で吊《つ》られている。傷からの出血もひどかったと見えて、顔色も黄土色をした蠟《ろう》のようだ。が、火穂にともなわれて煌四が部屋へ入ると、若い男は見た目の無残さにもかかわらず、うああ、とまのびした声をあげた。

「なんだ？　客か？　こんな時間に」

「灯子を知ってるって。かなたの家族」

それを聞くと、ひどい傷をおった体を、男は大儀そうに起こした。火穂が、すばやく背中を支える。

「雷瓶をくれた人だそうだ。お前の命の恩人だ」

老人が言うと、うへえ、と若い男が口角をさげた。

「チビすけが〝お兄さん〟っつうからよう、若いやつなんだろうとは思ってたけど、まだ子どもかよ。すげえな」

力のこもらない声で言う。チビすけと呼ばれているのは、どうやら灯子のことらしい。火穂にたすけられながら身を起こし、猫背の首をまげて、男がこちらを見た。

「チビすけを知ってんだな。世話になったな。お前、あの犬ころの身内なんだろう」

煌四はうなずく。片方しかない目にじろじろと見つめられて、それ以外の返答を見つけられなかった。室内の照明はしぼられていて薄暗いが、痩せこけた頰の上の眼光が、はっきりと見てとれる。そばに寄りそう火穂は、煌四に炉六の狩り犬、みぞれのすがたを思い起こさせた。戸口側からは、この大けがをおった男の父親である老人がこちらを見ている。

「おれは、回収車の乗員だった。照三っていうんだ」

右手をさし出され、煌四は自分がまだ名のりもしていなかったことにようやく気がついた。

「……煌四です」

にぎって挨拶《あいさつ》を交わした手は、筋力の衰えのためか、細いくせにやけに重い。老夫人が、お茶をいれて部屋へ入ってくる。

「あ、あの、灯子は――？」

見た限り、この家の中に灯子がいる気配はない。ため息が、照三とその両親の口からもれた。

「お前がしっかりしとらんからだ。あんなチビの子を行かせたりして」

老人が顔をしかめると、照三が面倒くさそうに眉《まゆ》をゆがめた。

「うるせえ、おれはやめろって言ったんだよ。聞きやしねえよ、おとなしいくせして。あの無鉄砲女に感化されたんだ」

投げやりな声には、けれど、苦々しげなくやしさがこめられていた。

「こっちが思ってたより早く、〈蜘蛛《くも》〉が動きだしてるらしい。工場地帯に炎魔が入りこんだって話だ。なりふりかまってる場合じゃねえ。こっちの情報は、チビすけが話したんだろ。今度は、そっちが手の内を見せる番だ」

照三が言い、煌四は急激に、全身になつかしさがにじみこんでくるのを感じた。ゆがんだ家、自分で湯を沸かし、機械油のしみた手を持つ人たちが肩を寄せあって暮らす場所。……こみあげるなつかしさと安堵《あんど》を、脳裏に浮かぶ緋名子のはだしの足が、踏みつけてゆく。

煌四ははっきりとうなずき、これまでのことを、洗いざらい打ち明けていった。

「雷火で〈蜘蛛〉に対抗か……よくそんなこと、思いつくな。お前にいかずちの武器を作らせたのは、首都で有数の金持ちだろう。信用できるやつなのか」

そうたずねられて、煌四はしばしうつむいた。

「……正直に言って、あまり。この計画を、自分の家族にもなぜか秘密にしています。手伝っているぼくにも、まだ知らされていないことがあると思う」

自然と小さくなる声に、なぜだか火穂が、悲痛な表情で手をにぎりあわせた。が、自分ではなにもしゃべらず、背すじを伸ばして寝台のそばに立っている。

「チビすけは、今朝方、危なっかしい女火狩りを追って、神宮にむけて発《た》ったんだ。神族へ願い文をとどけて、千年彗星〈揺る火〉を狩るために、姫神に誘導させるつもりらしい」

動かすことのできる右手で、照三がぼさぼさの頭をかきまわした。

「待ってください……神宮へ、ってことは、工場地帯を通って行ったんですか？」

「旧道を使うと、明楽さんは言ってましたけどね」

小柄な老夫人が、真剣な表情で言葉をさしはさんだ。肩掛けをはおった肩は弱々しいのに、立ちすがたや表情は毅然《きぜん》としている。

（旧道……それなら、直接工場地帯を通ってはいないのか）

考えろ、と自分に命じる。自分は、どこかで選択をまちがえた。だから緋名子を、守ることができなかった。だが、そうだ、炉六に言われたとおり、あきらめるには早い。これからどう行動するのかを、考えなくては。

「ひょっとするとなあ、工場地帯に出た炎魔を狩ったってのも、明楽かもしれねえんだなぜか苦々しげに照三が顔をゆがめると、話すうち椅子にかけていた年老いた父親が、ため息混じりにうなずいた。

「わしはその時間帯に工場におったんだが、炎魔や火狩りを見たという者は同僚の中にはなかった。どうやら水路の付近で出たという話だが、首都づきの火狩りがしとめたのなら、工場に警報を鳴らさせているはずだ」

部屋の中を、目に見えない無数の虫が這《は》いまわっている――焦りが、じりじりと神経を焦がした。照三が、ななめ上をにらんでくちびるをゆがめた。

「おい親父、工場の人間、いますぐ町に避難させろ」

「ばかが。炎魔はもう狩られたんだろうが。稼働を止めちゃならん機械がごまんとあるんだ、工員は持ち場をはなれられん」

「そんなこと言ってる場合かよ！　全部じゃなくても、自動でしばらくは動かしとけるだろうが。〈蜘蛛〉が操る炎魔が、一匹ですむわけがねえだろ」

そう言いきってから、照三は一つしかない目をふたたび煌四にむけた。

「おい小僧。おれはお前みたいに学院で勉強なんてしたことねえからよ、教養なんてねえよ。ガキのときから仕事でどうやって楽するか、それだけ必死に考えてきたんだ。ガキだって、無駄な苦労しねえためなら、ない知恵もしぼるからな。なあ、この場合、無駄な犠牲を出さねえようにするにはよ、工場から人ばらいをするしかねえだろ」

「それは……でも」

歯切れの悪い煌四の言葉を叱咤《しった》するように、照三が語気を強める。

「お前の妹ってのも、工場のほうへ行ってるかもしれねえじゃねえか。なにかあってからじゃ、遅いんだ。学院の教師とか、声をかけられるやつはいないのか」

「あ……」

煌四は、遅い夕刻に出会ったばかりの高等科の教師を思い出す。こまったことがあればたよるようにと、そうだ、あのときも、そして中央書庫でも言われて、けれども自分はそれを無視してきたのだ。

「あの無鉄砲女といっしょじゃ、チビすけも無事かどうかわかんねえな」

照三が、無精ひげの生えたあごをさする。

「と、灯子やクンに危ないことがあるのは、やだ」

火穂が、かたい声を発した。血の気の失《う》せた顔色のせいで、傷痕《きずあと》がますますめだつ。

「……たよれそうな人は、手あたりしだいあたってみます。いかずちの落下地点は、工場地帯に被害が出ないようさだめはしたけど……なにが起こるかわからない」

そのあたりまえのことが、なぜいまのいままで見えていなかったのだろう。慎重に考えろと自分に釘《くぎ》を刺したのに、いつのまにか油百七の言いなりに思考を止めてしまっていた。

きつい視線でこちらを見ていた照三が、ふいに眉をゆがめて口のはしに苦笑いを浮かべた。

「なんだ。もっと計算ずくで動くやつかと思ったら、チビすけとおんなじガキだな。安心した」

その声にはじめてこもる親しみに、煌四はいまのいままで自分が警戒されていたのだと思い知る。

煌四は顔をあげて、この家の者たちを一人ずつ見まわした。夜中だというのに、煌四を中へ入れてくれた、灯子をよく知る人たちを。

「いまから、行ってきます」

そして、深く頭をさげた。煌四が姿勢を正す前に、大きく息をつきながら照三が寝台に体をどさりと横たえた。見れば、顔中に汗が浮いている。老夫人が、やれやれとため息をついた。

「まったくもう、口ばかりえらそうで。さっさと体力をつけて、立てるようになってちょうだい。時間がないのよ。逃げなきゃならないようなことになったときに、だれがあんたを担ぐんですか」

照三はうるさそうに手をふって母親の嘆きを無視し、煌四にまなざしをむけた。

「なあ、チビすけにも火穂が言ったらしいんだが、万一ってときには、あの犬を呼べ。自由に動きまわってんだろ。大声を出せば聞きつけて走ってくる。あれはそういう犬だろ。チビすけのやつは、義理がたいからな、一度かえした犬の名前を呼ぶのを、危なくなってもためらうかもしれねえ」

煌四はうなずいてそれにこたえ、突然の訪問を詫《わ》び、でたらめな間取りの家を去ることにした。

夜の町へもどる煌四を、戸口まで火穂が見送った。

「……よかった、会えて。灯子たちが心配で、海を見に外へ出てたの。ほんとにたまたまだった。ずっと家の中にいたから」

「海？」

灯子たちがむかったのは海ではなく、工場地帯を見おろす神宮のはずだ。煌四がいぶかると、火穂は敷居のむこうにとどまったまま、あのまっすぐな目で煌四を見つめた。

「船に乗って首都へ着くのを、海の神さまがたすけてくださったから。灯子が手紙を書いたの。死者の守り神《もかみ》さま。ハカイサナに」

波の音が、深く耳の底に揺れた。

「これ、持っていて」

ふと、火穂が懐に手をさし入れながら、戸口の外側へ出てきた。着物の懐から、首にさげたなにかをとり出す。長い髪を紐《ひも》にくぐらせながらはずし、こちらへむけてさし出すそれは、石でできた首飾りだった。透明な鉱石。水晶だ。

「もらえない。これは、守り石なんじゃないのか」

問いかける煌四の声を、火穂がうつむきがちに、淡々とさえぎる。

「もういらない。灯子がくれたお守りがあるから。これは、あたしの生まれた村で採れた石なの。村の守り神さまは死んでしまって、なんの役にも立たないかもしれないけど……灯子のこと、きっと守って」

単調な声は、石と同じに澄み、張りつめていた。煌四はうなずいて、火穂から水晶をうけとる。

――と、首からさげるための紐が揺れ、石が手から手へわたった瞬間、火穂が突然顔をあげた。目をみはり、飛びすさるようにして天をあおぐ。なにごとかとその視線の先を追った煌四は、全身に痛みに近いしびれが走るのを感じた。

呼吸が止まる。

空を、排煙が闇をぼやかす夜の空を、燦然《さんぜん》と尾を引く白い光が飛んでゆく。ぼやけた闇を裂いて、白く。

大きい。異様な生き物にも似たそれは、幾条もの光の尾をたなびかせたそのすがたは、強く輝きながら突如空に現れた。

見たことがあった。拙《つたな》い筆致で、その天翔《あまが》ける光をかき写したことが。銀の尾を引き、燃えるように大きな光が飛ぶ。首都の上空を、北にむかって……

（星――彗星《すいせい》だ）

工場の煙も、慰霊の巨樹もとどかないはるか高みを、一つの星が行く。

書庫の埃《ほこり》、地下室の暗がり。心臓が、それを目にした者にふさわしくはねあがり、頭の中へ純度の高い直感をめぐらせる。空を飛ぶ星の図。かつて人と神族が空へ飛ばしたのだという、人工の星。

「〈揺るる火〉……」

小さくつぶやいたのは、火穂だった。まるで、その星に呼びかけるように。

あんな輝きを、煌四は見たことがなかった。燠火家の応接室や広間も、雷火の閃光《せんこう》も、あの上空を行く星の、幾百の細い細い光の尾をたなびかせた白さとまぶしさには、遠くおよばない。あれが、〈揺るる火〉なのか。あの美しい尾を引く星が。

……燦然たる星の出現は、しかし、〈蜘蛛《くも》〉襲来の狼煙《のろし》であるのかもしれない。帰還する星――〈揺るる火〉をねらって、あるいはこの変化に乗じて首都の陥落をもくろみ、予測の裏をかいて、〈蜘蛛〉がやってくるはずだ。時間は、もうない。

高鳴る心臓に海の響きを聞きながら、煌四は火穂から託された水晶をにぎりしめた。

白銀の星は鳥のように空をわたり、ふとその軌道を旋回させると、暗い上空のどこかへ消え去った。

なにごともなかったかのように、いつもと変わらない煤《すす》けた夜空が、首都に蓋《ふた》をしている。

「行ってくる」

煌四は火穂に告げ、携行型の照明をともさないまま、夜の中へ駆けだした。不思議と心は凪《な》ぎ、頭は静まりかえって、これからなすべきことだけを考えていた。

八　月の鎌

あまりに暗くて凍えそうな夢を、灯子は見ていた。体がどこかに浮いている。あるいは、体がないのかもしれない。

体があるのかないのか、そこがどこなのかわからないまま、視線だけがなにかを探っていた。

（生きているものを。この世界でまだ美しくあるものを）

それを探そうと、現実ばなれした射程距離を持つ目をこらす。見おろしているのは、なにかおぼろげに青い、巨大な地平だ。あの白いのは雲だろうか。これから雨を降らそうと、獰猛《どうもう》なうずを巻きかかっている。細かに揺れているのは海だ。ハカイサナのいた海が、ここからは青く見える。むこうでなにかが光る。音のない、一瞬の閃光。しばらくの間を置いて、またべつの場所で光の柱が立つ。どこかからべつのどこかへ、光が飛ぶ。光……ちがう、あれは火だ。ほんものの。古代の。

（火を……）

火を、使ってはいけない。人が燃えてしまう。

（父さんや母さんのように、燃えてしまう）

ふっと、背後に影が訪れた。大きななにかが、青い地平に黒い影を落とす。ふりかえると、それは月だ。まっ黒な顔をした月がすぐそばにいて、こちらを透かして見おろしている。さっきまで灯子の視線が見つめていた地平を、人の住んでいる地べたを、それが死んでゆくのを見守っている。

つめたい。手のとどきそうなところにあるそれが、なすすべもなく死んでゆく。腕をひろげても、大きすぎて、死ぬ者たちが多すぎて、かかえることなど叶《かな》わない。なんとつめたいのだろう。あんなに燃えているのに、焼け死んでいるのに。

なにか黒いものが追ってくる。逃げなければ。

夢の中で灯子はまたひどく凍え、そして、

「…………」

頰にふれる熱い感触に、ごくゆっくりと目をさました。

あたりは暗い。夢とうつつの境目を見失って、灯子は意識を混乱させる。獣の息遣いに重いまぶたをあげると、そばに、ほんとうにすぐそばに灰色の犬がいた。なつかしいにおいをさせながら、灯子の頰を、くりかえしくりかえしなめる。

「かなた……？」

暗さの中に、犬の目がどこかからの光を映すのがわかる。かなたが濡《ぬ》れた鼻を近づけ、じっとこちらを見つめている。灯子はその顔をなでてやろうとして、両手の中につめたいものをかかえているのに気づく。さっきの夢のつづきかと思った。夢で死んでいった地平と同じに、灯子がひざと腕にかかえているものも、死んでいたからだ。

シュユの死体を、灯子は抱きしめて眠っていた。はっとして体を動かそうとしたが、だれかがおおいかぶさるように灯子の肩と背中を抱いていて、動けない。麻痺《まひ》していた五感が、一挙によみがえる。耳が工場の稼働音を、鼻が血のにおいをとらえた。シュユの死体を抱いた灯子を、うしろからさらに明楽が抱きしめていた。

「……あ、明楽さん」

明楽の体が血まみれなのが、においでわかる。ふるえる声で呼ぶと、ぐったりと顔をふせていた明楽が、弱々しく笑いながら、ひたいを灯子の頭に押しあてた。そのひざの上に、てまりがひょっこりと顔を出す。

「よかった、灯子が起きた」

そうつぶやくと、明楽は腕に力をこめて灯子を抱きしめる。痛いくらいだったが、灯子はされるにまかせた。

「え、炎魔が、おって……この子、木々人の子を……」

シュユの腕やすねから羽のようにひらひらと生えていた木の葉は、しおれて舗装の上にこぼれていた。

「……動かん」

薄く口が開いているのに、そこから吐き出される息はなかった。灯子が不自然な姿勢で抱きかかえてしまっているのに、幼い体は指一本の抵抗すらしない。キリが泣くだろうと、灯子は思った。怒りん坊だったが、きっとシュユを妹か弟のように思っていたにちがいないから。

声になりそこねた声をもらしながら、灯子はシュユの、櫛《くし》など通されたことのないだろうくしゃくしゃの髪に顔を埋《うず》めた。嗚咽《おえつ》を押し殺そうとする灯子の頭を、明楽の手がなでる。

「……てまりが、炎魔に気がついて、そいで……鎌を持っとるとこを、人に見つかりそうになって、この子連れて、逃げてきて……」

「うん。よくがんばった。あんたが戦っていなければ、迷いこんだ炎魔に、もっと人が殺されているところだった」

温かいその声の響きも、苦しげだ。

灯子とかなたのあいだに、金色の三日月鎌が横たわっていた。灯子は、自分のにぎった鎌が、黒い獣ののどを切り裂いたのを思い出す。その瞬間だけをおぼえていて、どうやって戦ったかの記憶はなかった。

「ほんと、情けないや。チビ二人にたすけられて、命からがらだもん」

明楽が笑う。その目のはしに、涙が浮かんでいた。明楽の腕の力がゆるんだので、灯子はシュユを傷つけないようにそっと地面に寝かせ、座りこんだ明楽のむこうをのぞいた。建物の壁を背に座った緋名子が、頰を隠す髪の陰から、ちらりとこちらを見る。そのひざを枕にして、あおむけに手足を投げ出したクンが、くうくうと寝息を立てていた。

「……二人とも、無事だったん」

自分の言葉が、のどの奥で凍りつく。クンは無防備に寝ているし、緋名子も、顔や服が汚れてはいるようだが、どうやらけがはない。それでも、無事でなどあるものか。灯子よりも幼いこの二人が、神族と戦ったのだ。〈蜘蛛〉であるクンはもともと異能を備えているとしても、小作りな横顔をうつむけている、この煌四の妹は——

灯子はかなたをふりかえり、犬が自分を見つめかえしてくれることに胸をしめつけられながら、その首すじを抱きしめた。温かい息、ごわついた被毛、舌で鼻を湿すときに、牙《きば》がふれあう音がする。

「あ、明楽さん、ここは、どこですか？　あの神族の兄さんは、帰りなさったん？　傷の手当ては……」

言いつのる灯子の頭を、明楽がまた、今度はぽんぽんと軽くなでた。

「ひばりとかいうしのびの頭は、帰っていった。クンと緋名子が、めちゃくちゃするんだもん。落っこちた灯子とてまりを探してたら、旧道とは反対側まで来ちゃって……ここは、工場地帯の南側だよ。あっちが森へぬけるトンネル。人に見つかったら面倒だから、灯子が起きるまで、ここで隠れてた」

明楽の手が、暗がりのむこうを指さす。工場にともされている照明に、崖《がけ》にうがたれた四角いトンネルをかこう白塗りの鳥居が、ぼうと浮かびあがっていた。そのむこう、崖にとりつくように、棒切れと布をつぎはぎしてつらねた集落らしきものがある。村の家々よりもずっと粗末なその集落は、まっ暗だ。人の気配は感じられるが、明かりは一つもともされていない。

「あそこが、貧民区。クンといっしょに、食料調達に行ってたところ」

明楽は狩衣《かりぎぬ》の上から、腕を隠すようにすっぽりとマントをかぶっている。手をおろすと、ほう、と長いため息が、その口からもれた。明楽のため息が機械の稼働音にかき消されてしまいそうで、灯子の腹をぞくりと不安が切りつけた。

「明楽さん、けがの……けがの手当てを、先にせんと」

灯子は立ちあがる。シュユを抱きしめ、ずっと同じ姿勢をしていたせいで、全身がこわばっている。立ちあがると足もとに寝かせたシュユが、ますます小さく見えた。

「かすり傷だ。動けるうちに、神宮へ近づいておかないと」

明楽のまなざしは、闇に威容を浮かびあがらせる工場群のむこう、急峻《きゅうしゅん》な山肌の中ほどにいだかれた神宮をにらんでいる。

横たえたシュユは、ほんとうに、もう動かない。シュユののどを咬《か》み裂いたのは、山猫にしては大型だったとはいえ、かなたよりも小さな体の炎魔だったのに。身軽なこの子が、逃げきることができなかったのだろうか。それとも、逃げているうちに、生き木からはなれすぎてしまったのだろうか。

「置いていかれん……」

竜の前脚に踏みつぶされた紅緒。ひしゃげた回収車の中で、機械に体を押しつぶされた乗員たち。岩の上にたおれ、波間に浮かんで死んでいた火狩りと狩り犬たち。なんとたくさんの骸《むくろ》を、埋葬もせず置いてきたことだろう。

（ここは、首都じゃのに。どこの村よりも大きい、立派なとこじゃのに。こんな小さな子一人、弔う場所のないわけがない）

強くそう感じながら、同時に、もうあまり時間がないだろうとも思う。明楽のけががかすり傷などでないことは、血のにおいでわかる。おそらく、灯子が意識を失っているあいだ、明楽もしばらく失神していたのだ。このままでは、明楽の願い文を神宮へとどけることができない。

「明楽さん。照三さんの家に、もどってください。クンも、その子も連れて。願い文は、わたしが持っていきます。けがが治れば、そうすれば明楽さんが、火狩りの王になりなさる」

ありったけの意志をこめて、言ったつもりだった。が、灯子が言いおえた瞬間、明楽の眼光が獲物を見すえる狩人《かりゅうど》のそれになった。まなざしに射ぬかれて、あらがうひますらなく身がすくむ。

「……灯子。言っただろう、あたしは火狩りの王の手柄を立てたいんじゃない。この世界に、まだ死んでほしくないだけだって。帰らなきゃならないのは、灯子だよ。あのうらなりはまだ立てないんだから、あんたがいて、火穂たちを守ってやって」

明楽が、ひざに手をつきながら立ちあがる。灯子をひたと見おろす目。その目の中に、黒々と戦いの痕跡《こんせき》がやどっている。明楽がこれまで戦ってきた、すべての戦いの。灯子はそれを前に、立ちすくむことしかできない。

「この世界で、あんたは、まだまだ生きてかなきゃならないんだ。あんたもクンも、火穂も、この子も。……ほんとなら、この木々人だって」

でも、と口から出かかって、声は消えた。明楽だって、まだ生きていくことに変わりなどないはずだ。それなのに。

「……ねえ、緋名子っていうんだよね。あんたはなんでまた、そんなすごい体になっちゃったの」

明楽が、眠りこけるクンの頭をひざに載せたままの緋名子をふりかえった。煌四とはあまり顔が似ていない。痩《や》せて小柄な少女は、クンとさほど年が変わらないように見えた。

緋名子がうつむくと、あごの下で切りそろえた髪が横顔を隠した。

「……お兄ちゃんに黙って、悪いことをしてたんです。だから、きっと罰があたったの。かなたが帰ってきてくれたのに。わたし、ないしょにしておこうと思ったの。でも、綺羅お姉ちゃんがひどいことをされて、ほうっておけなくって」

たどたどしい小さな声が語る返事は、要領を得ない。それでも、緋名子のか細い声は耳の奥へひたひたと這《は》いこみ、暗い水の音をまねいた。寒々とした気配が、体の力をひしぐ。灯子は緋名子のほうをむいたままふたたび座り、シュユの髪をなでつけた。かなたが灯子の肩にそっと鼻でふれる。

「お兄さんが、言うとりなさったよ。病気なんじゃ、って。罰のあたろうはずなんぞない、お兄さんがあんたのこと、だいじに言うとりなさったもの。かなたに、あんたに早《はよ》う会《お》うてやってくれ、言うとりなさったもの」

緋名子のあごの先から、ぱたぱたとしずくが落ちるのが見えた。それがクンの髪にかかるので、緋名子はあわてて自分の顔をぬぐう。

明楽も、緋名子の骨の浮きそうな背中にてのひらをそえた。

「あたしも、あんたはあの屋敷へ帰ったほうがいいと思う。来てくれて、ほんとにたすかった。あんたがいなかったら、きっとクンもあたしも死んでた。……だけど、ここからは」

明楽の言葉は、そこでとぎれた。犬たちが、灯子たちにはまだとどかない気配を察知して耳を立てる。反射的に、明楽は火の鎌を手にとる。息をつめながら、灯子も形見の鎌をにぎった。にぎりながら、シュユの亡骸《なきがら》をかばうように前へ出た。

白骨のように闇に浮かびあがる結界の鳥居。その奥からどろどろと響くうめき声が、灯子の耳にもようやく聞こえてきた。〈蜘蛛《くも》〉が狂わせた竜神が、湾で火狩りたちを殺していた炎魔たちが、幽鬼となって暗い穴の奥から産声をあげている、そんなふうに聞こえた。虫を操り、たくさんの者たちを死なせた〈蜘蛛〉、その仲間たちに捨てていかれたクンは、まだ疲れはてて深く眠っている。

「……ごめん。帰れって言ったばかりなのに。クンをたのんでいい?」

明楽が、背中越しに緋名子に呼びかける。うなずくのをたしかめて、明楽は武器をかまえる。鎌の先から、つうと血がしたたっている。マントで体を隠しているのは、きっと傷を見せないようにするためだ。脚にはめだったけがはない。立つことはできるが、炎魔と戦えるとはとても思えなかった。

(……だめじゃ。止めても、明楽さんは行きなさる)

灯子は絶望感ともどかしさに、くちびるを噛《か》んだ。

てまりが顔をしかめて、主《あるじ》のまわりを落ちつきなく歩きまわっている。

灯子はシュユの亡骸を見おろし、たしかに自分が鎌をふるったのだということを、思い出そうとした。工場地帯に突如現れた炎魔を、どうやって狩ったのか。手の先に弧をえがく鎌が、夢の中のまっ黒な月のこぼした爪に見えた。あれは、あの寒々と凍えてゆく光景は、なんの夢だったのだろう。

かなたの背すじの毛が逆立ってゆく。

もう、炎魔が来る。

灯子は両手で鎌の柄をにぎりしめ、じりっとあとずさった。明楽がそれでいいとばかりに、小さく息をもらすのが聞こえた。

(ごめんなさい……)

そう胸の中でつぶやきながら、灯子は明楽のうしろへまわる。かなたは一度だけこちらをふりかえり、またトンネルの方向へむきなおって、全身を研ぎすませる。不思議そうに見あげる緋名子と、一瞬だけ目があった。上を見あげる。となりの建物との距離はそうはなれていない。明楽が前をむいていることをたしかめて、灯子はいままでいた場所に背をむけ、走りだした。

四角くうがたれた暗闇の奥から、かすかに花の腐臭に似た黒い森のかおりがする。なぜか灯子は、そのにおいになつかしさを感じる。

湿気てぬめり、いびつな病にねじくれた森から、小さな虫に毒を盛られた獣たちがさまよい出してくる。来るべきでない場所へやってくる。炎魔が押しよせようとしているのに、工場の機械たちは止まらない。機械のうめき声、こちらへむかう獣たちの苦しげな息が地を這い、頭上ではにわかに、風に乗って雲が低く集まりはじめている。

もう明楽たちのすがたは見えない。灯子はわらじの足で、となりの建物をまわりこむ。これはなにを作っている工場だろう。工場地帯のはし、建物そのものはほかとくらべてずいぶん背が低い。足音を立てず、気配を消す。耳をすます。

――来た。

炎魔の咆哮《ほうこう》が、崖《がけ》の手前でいくつもかさなりあって轟《とどろ》く。それと同時に、建物のむこうで、犬の高らかな遠吠《とおぼ》えが響いた。かなたの声だ。その声に射ぬかれて、灯子は自分の体が透明になったと感じる。走っているちっぽけなこの体は、灯子のものではない。黄金の三日月とつながった、これは狩人の体だ。

かなたの遠吠えが、仲間を呼んでいる。首都にいるほかの狩り犬たちへ、異変を知らせている。

鎌を手にした明楽が、たった一人、まっすぐに炎魔たちが来るのを待ちうけている。遠吠えがまだ消えないうちに、灯子は建物の陰から走り出ていた。崖のトンネルからは、結界を無視しておびただしい数の炎魔が押しよせていた。つののあるもの、巨体を持つもの、疾駆するもの。すべて正気を狂わされて、トンネルの中で折りかさなり、すし詰めになってすでにたがいの体を傷つけあい、踏みつぶされ、蹴《け》りつけられながら、四角い闇の中から怒りに満ちて吐き出されてきた。

明楽の鎌が黄金の弧をえがく。全身に傷をおいながら、それでも狩人は炎魔の群れに斬《き》りこんでゆく。体の動きに、本来のしなやかさはなかった。苦戦、その言葉を体現しながらも、明楽は炎魔を狩ってゆき、かなたがそれを援護する。

その戦いのさなかへ、灯子はななめ後方から斬りこむ。湾での戦いのときとちがい、かき曇った空に月は見えない。

熊や猿や山羊《やぎ》や狐。鹿や猪。野兎の炎魔はもう体の大きなものに踏みつぶされ、爪に引っかかってずたずたのまま引きずられてくる。

まずは明楽の背後にいた狐に。ためらうひまはない。おびえていたら死ぬ。首すじにねらいをたがえず弧をえがいた鎌を、今度は下から鹿の炎魔の胸につき立てる。引きぬき、金色の火がこぼれるのを目のはしにとらえながら、腕を伸ばしてきた猿の炎魔へまっすぐ駆けより、腹を切り裂く。びちゃ、と、熱い血と臓腑《ぞうふ》がこちらへ飛んできた。灯子は顔に炎魔の中身をまともに浴びる。急所を、のどか胸を確実に切り裂くのでなければ、炎魔はおとなしく息絶えないのだ。

あおむけになってもがく猿を踏みつぶして、熊の炎魔が後脚立ちに立ちはだかる。血を浴びた顔をぬぐうひまもなく、灯子は火狩りの鎌をかまえる。立ちあがった熊の急所には手がとどかない。どこでもいい、あの爪が自分の頭へふりおろされる前に、傷をおわせる。

(明楽さんは、神宮へ行かんとならんのじゃ)

強く念じて、燃え立つ炎魔の瞳《ひとみ》を見あげた。

「灯子、このばかっ！」

明楽がさけび、かなたが方向転換して、灯子の前に立つ熊の顔面に食らいつく。目と鼻をつぶされた熊ののどを、明楽の鎌が切り裂く。降りしきる、黄金の火──なにかがすねに咬《か》みついて、痛みよりも焦りが灯子の脳天をしびれさせる。けがなどしている場合ではない。無我夢中で、足もとの炎魔をなぎはらう。

(明楽さんが──火狩りの王に、なりなさらんと)

灯子の体は、ほとんど意思よりも速く動く。脚のつけ根を切り裂かれ、体勢を崩した鹿の上を蹴って狐が飛んでくる。殺意すら忘れてただ牙《きば》をむく獣と目があう。なにに見えているのだろう。形見の鎌を血で汚し、脈絡もなく炎魔を殺そうとする自分は、獣たちにはなにに見えているだろう。

黄金の鎌の弧は、飛んでくる狐の顔面を切った。欠けた牙が飛び散るのが見えた。ぴしゃりと、降りかかる血が灯子の目にそそいだ。視界がふさがれると同時に、狐のかたい足裏が、本来の着地をできないままに灯子の胸と腹を蹴りつける。呼吸が止まり、うしろへたおれる。

たおれながら、立て、と自分に命じる。明楽がこれ以上傷をおう前に。炎魔を、一匹でも多く――

ご、と頭の中で音がした。受け身もとらずにうしろへたおれ、舗装された地面へ後頭部を打ちつけた。起きあがれない。血を浴びた目をぬぐう。炎魔の足音で地面がふるえている。こぼれた黒い血と、金色に輝く火が、地面に異様なまだらをえがいている。

（あ……）

いま、なにかが――

体を反転させる。頭が割れそうにきしむ。立とうとするが、地面を濡《ぬ》らす血に手がすべった。今度はあごを舗装に打ちつける。右手には鎌をにぎったまま。戦わなければ。まだ炎魔がいる。まだ森から押しよせてくる。

空に光るなにかが見えた。光の尾を無数にたなびかせた、輝きながら空を飛ぶなにかが。

心臓の大きな鼓動が、それを知らせる。あの光は――〈揺るる火〉だ。

狂ったようにわめく声が、自分ののどから発せられている。それすら遠いどこかのできごとのようだ。起きあがれ。踏みつぶされる。のどを咬まれれば死ぬ。

来た。〈揺るる火〉が、星が来たのに。

明楽に、ここで歩みを止めさせるわけにはいかない。なんときららかな、澄んだ光だろう。あれを狩るのだ。明楽が。

這《は》いつくばったままの灯子に、べつの炎魔が突進してくる。もはや炎魔たちは黒々とうごめく一つのかたまりに見え、どんな獣の形をしているのか判別がつかない。

(ああ、どうしよう……死ぬ)

死ぬことがわかっても、焦りしか湧いてこない。

「……灯子！」

血を浴びてくらんだ視界に、黄金のあざやかな弧が軌跡をえがいた。明楽の鎌が、灯子を襲おうとした猪のひたいをぱっくりと割り、かえす刃《やいば》で背後の熊ののどを切り裂く。明楽の頭上高くおどりかかってきた山羊ののどに食らいついたのは、かなただった。

「あああ、もう、兄ちゃんに似てばかなのはあたしだ！　子どもはさがってろ！　火狩りになりたいんなら、ちゃんと大人になって、訓練をつけてもらえ！　こんなところで、あたしより先に死んだりするんじゃないっ！」

どなりながら、明楽はすさまじい勢いで鎌をふるってゆく。脱ぎ捨ててきたマントの下に隠れていたおびただしい傷をあらわにしながら、灯子とはけたちがいの速さで、確実さで、炎魔をしとめてゆく。黄金がまだらな闇に閃《ひらめ》く。金色の、三日月。かなたの主《あるじ》がえがいたのと同じ光。

そしてかなたは、どうと横ざまに落下した山羊ののどを牙で捕らえてとどめを刺し、つぎの獲物へ猛然とむかってゆく。目も、耳も、天地の感覚も鈍らせながら、それでも灰色の狩り犬がまたたすけてくれていることに、だれにむけていいかわからない感謝が灯子の全身にあふれかえった。

星を探そうとする。明楽に、見たかと訊《き》きたかった。あの星が見えたかと。

が、黒いトンネルの奥からまだ地を這って響いてくる獣たちの声が、腹の底から無限に恐怖を引きずり出す。このままでは、明楽がここでたおれてしまう。姫神へ願い文をとどけられない。

かなたの戦いぶりは、明楽のそれにもまさってすさまじかった。工場地帯へ逃げようとする炎魔に追いすがり、明楽の背後にいるものは残らず立ちあがれないように後脚を咬み砕き、大きく跳躍してくるものには飛びあがって体当たりをし、牙でかならず致命傷をおわせた。

灯子に近づく炎魔は、一匹たりともいなくなった。

血が飛んで、いやなにおいがする。猛々《たけだけ》しい獣たちの筋肉のうねりは、あたりの空気

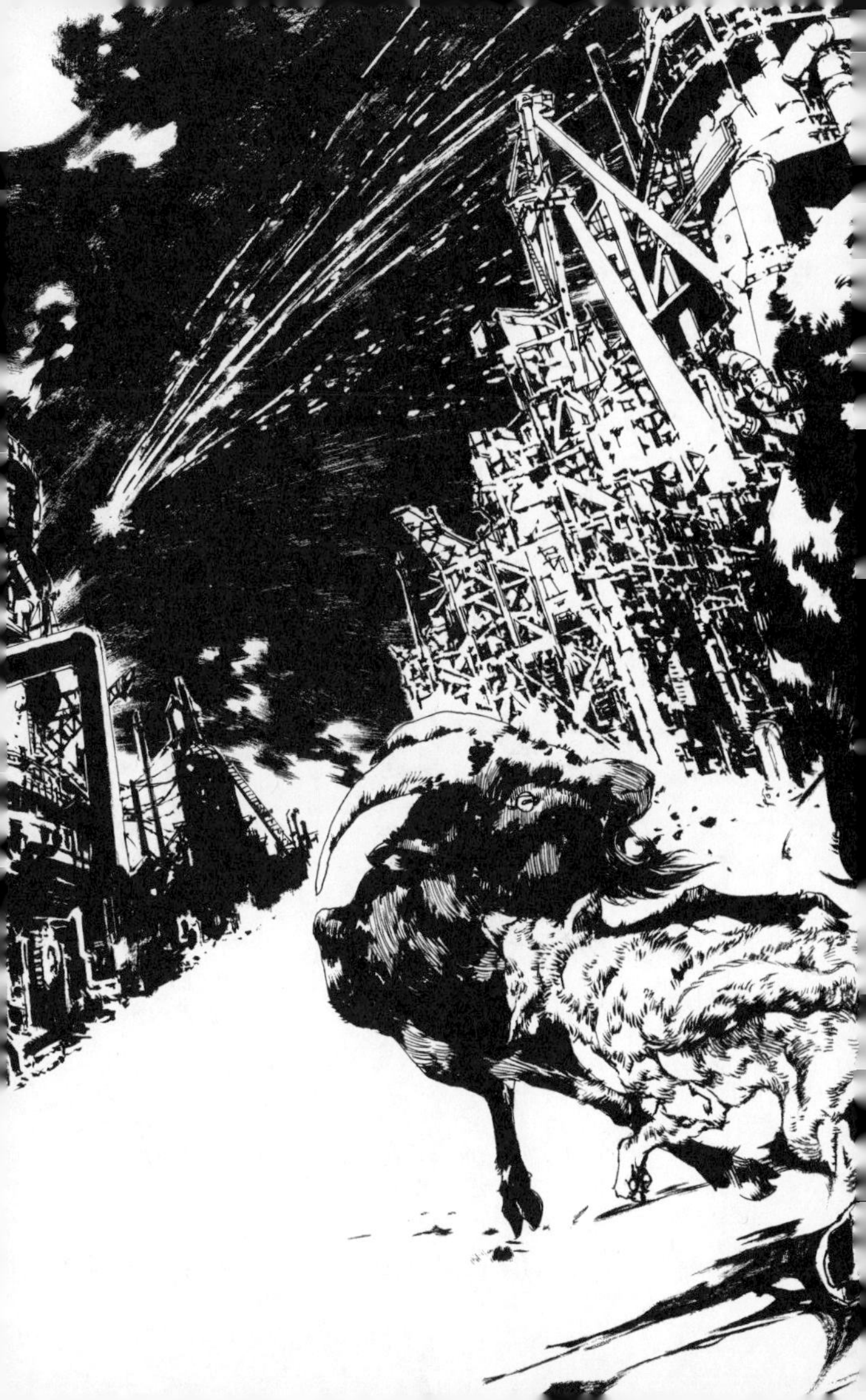

までをもおののかせる。金色の三日月の軌跡と無数の火花が生まれ、消えてゆく。傷口から火を垂れ流した炎魔は、くたりと地にふし、こびりついた影のように動かない。

（ああ、かなたも……いやだったんじゃ。もう目の前で火狩りが死ぬのは。だいじな人が死ぬのは。そうじゃ、あんとき、わたしよりもうんと、うんと）

さびしかったにちがいない。

二度と火狩りを失わないように、かなたは力の限界など無視して戦っている。

また手を血にすべらせながら、灯子はよろよろと立ちあがった。うしろには緋名子もクンもいる。工場には、機械を動かす人々が。さらにその先の町には、火穂たちが。ここから先へ、炎魔をはなつわけにはいかなかった。

さっきまでとちがい、鎌がずしりと重い。体中が痛いと悲鳴をあげ、それが恐怖を呼び起こして足をすくませる。手がふるえているのに気がついて、灯子は愕然《がくぜん》とした。いまにもへたりこみそうだ。明楽が、かなたが、必死で炎魔と戦っているのに。

明楽の狩衣《かりぎぬ》には大きく裂けたあとがあり、しみこんだ血が乾いたために変色しているのが見てとれた。あんなけがで、長く狩りをつづけられるわけがない。

と――乱れた赤毛と血まみれの狩衣が、一瞬、まっ赤に照らし出された。あまりのまぶしさに、灯子は炎魔にかこまれていることを忘れ、手をかざして目を閉じてしまう。

群れてもだえる炎魔のただ中に、光が炸裂《さくれつ》した。

（ああ、雨……）

灯子の鼻腔《びくう》が、雨の気配を感じとる。同じ閃光《せんこう》を知っていた。かなたの家族を探していたとき、行きあったしのびを撃退した光。その閃光が、灯子の目を焼いた。獣たちの中で戦うかなたが、大きくひと声吠《ほ》えた。その声に返答するように同じく犬の鳴き声が響く。工場地帯からひと息のあいだに駆けぬけてゆく獣の気配が、目を閉じた灯子の皮膚をかすった。その犬が、戦闘にくわわったのがわかる。かなたを、明楽をたすけに来てくれた。……

「──退《ひ》け！」

煌四かと灯子は思ったが、さけんだ声はもっと低く、音の底にわずかなかすれをふくんでいた。それがだれなのかをたしかめるひまもなく、大きな手に首根っこをつかまえられる。つぎの瞬間灯子の体は、軽々と路地のほうへほうり投げられていた。まともに着地などできず、背中を打ちつけて息が止まる。にぎったままの鎌を自分に刺さずにすんだのが、ほぼ奇跡だった。

名前を呼ばれ、だれかに背中を支えられる。はげしくむせながら、ふりむいてたしかめようとする。同時に、明楽とかなたの無事を知ろうとして、炎魔の群れに目をむけた。と、頭から浴びていた炎魔の黒い血が、ぬるりと目の中へ入った。あわててこする。

「大丈夫か？」

うしろから灯子の背中を支え、大きな声で呼びかけるのは、煌四だ。

（ああ、やっぱり。来てくれなさった）

顔をあげようとする。

「お姉ちゃん、お姉ちゃん！」

耳のそばでどなるのは、クンだ。やっと目をさましたらしい。煌四が来てくれたのなら、きっと緋名子ももう大丈夫だ……

（また、こんな情けなしに、しりもちついて）

血が入った目を開けることができない。

「明楽さんが、ひどいけが、しとりなさるん。たすけてください……」

ひどくか細くかすれた声が、自分ののどから這い出るのを聞いた。閃光の名残が、目の奥でバチバチとはぜている。

「大丈夫だ、強い火狩りが駆けつけたから。かなたが知らせたおかげで、首都のほかの火狩りたちもこっちへ来る」

一語ずつがちゃんと灯子に聞こえるように、煌四は発音を強くして言った。その煌四のうしろに、緋名子が立っている気配がする。

灯子は煌四の腕につかまりながら、どうにか起きあがろうとした。きつく目をつむり、炎魔の血を追い出そうとする。

「星が……さっき、星が。……明楽さんは、神宮へ行きなさらんといかんのです。姫神さまに、願い文を」

なにかにすがるようにつぶやきながら、灯子ははたと、水路へ落ちる前に少年神が見せたまぼろしを、その澄んだ声が告げたことを思い出した。

——姉上さま。

少年神ひばりは、千年彗星をそう呼んだのだ。

目を開き、雨の気配を感じて空を見あげた。まだ視界はまだらに断絶されているが、その目にも見えた。夜の工場地帯の、休みなく空をおおう排煙、そのはるか上の雨雲を背に、こちらを見おろしているだれかがいた。ぼうと細い体を光らせるようにして、工場の屋根の上に立っていた。

（童《わらし》さま……？）

村の祠《ほこら》にいた小さな守り神さまに、そのたたずまいはどこか似ていた。ひばりではない。あれはだれだろう。

しなやかで華奢《きゃしゃ》な体。一人ぼっちで、こちらを見ている。

白銀の長い髪が、たたずむ体のまわりに揺れる。火のように。

そして灯子は、あの不思議な夢の記憶に身をつらぬかれる。まっ黒な顔をした月。その影が、死に絶えてゆく地上を無表情に見守っている。あの、凍える夢。体からずるずると力がぬけてゆく。

（もし〈揺るる火〉が機械人形でも、それが人にそっくりなら——明楽さんは、狩りなさるじゃろうか）

雨が降ってくる。シュユはどこだろう。雨に濡れてしまう。小さな木々人の骸《むくろ》を探そうとこうべをめぐらせたとき、視界が暗転した。

暗い。たしかな重みを持った暗さが灯子の目の奥に沈みこみ、ふつりと視線の糸が断たれて、なにも見えなくなった。

ばあちゃんの目も、こんなふうなのだろうか――いとも親しげにおおいかぶさってくる無明に、灯子は心の芯《しん》から凍え、まっ暗な世界に自分が沈んでゆくのを感じた。

解説

瀧《たき》井《い》朝《あさ》世《よ》

長寿と異能を持つ神族が統治する世界。かつての最終戦争の際に使用された人体発火病原体によって、人々は天然の火に近づくと内側から発火する体になっています。生活に必要な火は火狩りたちが黒い森を闊歩《かっぽ》する炎魔から採取している。そんな火狩りたちの口にのぼるようになったのが、最終戦争前に打ち上げられた人工の星、千年彗星《せんねんすいせい》〈揺《ゆ》る火《ほ》〉が戻ってくる、という噂です。〈揺る火〉を狩った者は火狩りの王となり、人々はもう黒い森におびえずにすむというのですが——。

この奇妙な世界を舞台にした『火狩りの王』の主人公は二人。

一人は、紙漉《かみす》きの村に暮らしていた灯子《とうこ》。祖母のために禁を犯して森に出掛けたところ炎魔に襲われ、助けてくれた火狩りは相棒の犬、かなたと金色の鎌を遺して命を落としてしまう。彼の家族にかなたと鎌を返すために灯子は首都と村々を巡回する回収車に乗り、首都へと旅立ちますが、その道のりは困難を極めています。

もう一人は、首都に暮らす煌四《こうし》。灯子を助けた火狩りの息子です。母親を工場の毒で喪《うしな》ってからは病弱な妹と二人で暮らしていましたが、偽肉工場の経営者であり燠火《おきび》家の当主である油百七《ゆおしち》の提案により、彼の邸宅に住まいを移し、落獣から採取する強い威力を持つ雷火を使った武器の開発に取り掛かります。元神族で、首都の転覆を狙う〈蜘《く》蛛《も》〉に対抗するのが研究の目的です。

第二巻で灯子はようやく首都に到着し、そして煌四と出会います。さらに物語は新たな登場人物を迎え、複雑さを増していきます。第一巻を読んだ方ならおわかりのとおり、なんとも不穏で残酷な内容ですが、この、目を覆いたくなるような凄惨《せいさん》な出来事から目をそらさずに、世界のありようをちゃんと描いているのがこの壮大な四部作の大きな魅力です。決して子供だましの物語ではないのです。

特徴的なのは、何が善で何が悪なのか、何が正解で何が間違っているのか、みなわからないまま手探りで進んでいる点です。たとえば煌四が極秘裏に進めている研究は、人々を守ることが目的とはいえ、殺人兵器の開発です。強い威力を持つ雷火を扱う危険性から、原子力爆弾を連想した人も多いのではないでしょうか。はたして、そんなものを作ってしまっていいのか。煌四自身も悩みますが、研究は着実に進んでいきます。また、火狩りの明楽《あきら》は神宮に願い文を届けようと試みますが、彼女の兄はその神宮で殺されています。はたして神族は人間が信頼できる相手なのか。確信は持てませんが、でも、できることをするしかない状態なのです。

首都に集結した彼らが一致団結して行動を起こすわけではない点も特徴的です。これは仲間がチームを組んで敵と戦う話とはちょっと違うのです。煌四と灯子も時に一緒になるものの、基本的にはバラバラに行動しています。二人はそれぞれに、自分で自分の行動を選びながら進んでいるのです。混沌《こんとん》の中で、自分は何を望み、どう生きるかを選び、そのために何ができるかを考え続けているといえます。この世界が平和が訪れてほしい、その願いはみな同じかもしれません。でもそのための行動、そのための方法は人によって違う。それは、灯子と煌四だけではなく、明楽も、神族も、綺羅《きら》も、油百七も、そのほかすべての人々にいえることです。

素晴らしいなと思うのは、そうした登場人物たちが、それまでどんなふうに生きてきたか丁寧に物語の中に盛り込まれていることです（油百七はずっと謎めいたままですが、『火狩りの王〈外伝〉野ノ日々』に彼の過去がわかる話が収録されています）。第一巻で主要人物と思われた人たちがあっけなく命を落とすので呆然《ぼうぜん》とした読者も多いと思いますが、生きていく人も、命を落としていく人も、みんなにその人だけの人生があるのだと伝わってきます。また、そうした背景を背負った上で、自分の人生を自分で選ぶ姿も力強く描かれます。たとえば首都に来てからの火穂《かほ》の決断などは、彼女のそれまでの人生がわかるからこそ説得力があり、意志の固さがわかります。誰一人、物語を進めるために、あるいは単なるにぎやかしのために登場させているのでない。そこに著者の誠実な姿勢があります。

この物語には、人類を代表するような、圧倒的な力を持つ英雄は出てきません。この世界のすべてを解決できるほどの腕力と知恵を持つ人なんていないし、そんな簡単にすべてが解決できるほど世界は単純ではない、ということです。と同時に、この物語にはすべてを陰で牛耳る悪の枢軸、みたいな存在も登場しません。人々を支配する神族は謎めいているし、〈蜘蛛〉は人間にとって脅威となる存在ですが、誰かたった一人の悪意がこの世界を動かしているわけではなく、さまざまな要因と思惑が複雑に絡み合って今の社会となっているのです。絶対的な悪も善もなく、みんなの中に少しずつ善きものと、悪——あるいは、何か見誤っているもの——があり、そのために混沌が生まれてしまっている。それが世界の真実であり、だからこそ、灯子たちは、自分が何と向き合いどう行動すべきなのか、慎重に見極めなければならなくなっています。

灯子も煌四も、この世界を、人間にとってどうにかよいものにしたいと願っているのは同じです。でもまだ十代の彼女たちにはわからないことが多すぎて、迷ってばかりです。この第二巻で、神族のひばりがそんな煌四に向かって、印象的な言葉を残します。

「お前とあの村娘はおもしろいな。お前たちは、ここがいかなる世界かを知ろうとしている。どうにかたすかろうとあがくのでもない、破滅を望むのでもない。この世界がいかにあるのか、ただそれだけを知ろうと、強く思っている」

この言葉には、はっとさせられます。わかりやすくない世界で、自分ができる最善のことは何かを考える手段として、世界のありようを知ろうとするのはとても大切な姿勢です。この世界のことを何も知らないまま大義名分を鵜呑《うの》みにしたり、中身のない正義をふりかざしたりしていては、何が本当に自分にとって大切なものなのか見失ってしまいます。だから、灯子も煌四も真剣に考え続けている。でも、世界が混沌としているからこそ、彼女たちの答えはなかなか見つかりません。

そんななかで、少年少女たちが相手に守り石《もいし》をわたす姿がよく描かれるのが印象的です。大切な人はもちろん、出会ったばかりでよく知らない相手にも守り石をわたす姿からは、隣人を大切にしよう、助け合おうとするシェアの精神を感じます。一人一人の戦いは非常に孤独なものですが、こうした思いやる心をもって時に助け合い、協力しあうからこそ、彼らは前に進むことができるのだなと信じたくなります。

そうして彼らはどんな道を選び、どこにたどり着くのかは——第三巻、四巻、そして外伝で、ぜひ確かめてください。

本書は、二〇一九年五月にほるぷ出版より刊行された単行本を加筆修正のうえ、文庫化したものです。

イラスト／山田章博
目次・扉デザイン／原田郁麻

火《ひ》狩《か》りの王《おう》

〈二〉影《かげ》ノ火《ひ》

日向理恵子《ひなたりえこ》

令和４年 12月25日　初版発行

発行者●山下直久

発行●株式会社KADOKAWA
〒102-8177　東京都千代田区富士見2-13-3
電話　0570-002-301（ナビダイヤル）

角川文庫 23460

印刷所●株式会社暁印刷
製本所●本間製本株式会社

表紙画●和田三造

ISBN 978-4-04-112889-3　C0193

◇◇◇

角川文庫発刊に際して

角　川　源　義

第二次世界大戦の敗北は、軍事力の敗北であった以上に、私たちの若い文化力の敗退であった。私たちの文化が戦争に対して如何に無力であり、単なるあだ花に過ぎなかったかを、私たちは身を以て体験し痛感した。西洋近代文化の摂取にとって、明治以後八十年の歳月は決して短かすぎたとは言えない。にもかかわらず、近代文化の伝統を確立し、自由な批判と柔軟な良識に富む文化層として自らを形成することに私たちは失敗して来た。そしてこれは、各層への文化の普及滲透を任務とする出版人の責任でもあった。

一九四五年以来、私たちは再び振出しに戻り、第一歩から踏み出すことを余儀なくされた。これは大きな不幸ではあるが、反面、これまでの混沌・未熟・歪曲の中にあった我が国の文化に秩序と確たる基礎を齎らすためには絶好の機会でもある。角川書店は、このような祖国の文化的危機にあたり、微力をも顧みず再建の礎石たるべき抱負と決意とをもって出発したが、ここに創立以来の念願を果すべく角川文庫を発刊する。これまで刊行されたあらゆる全集叢書文庫類の長所と短所とを検討し、古今東西の不朽の典籍を、良心的編集のもとに、廉価に、そして書架にふさわしい美本として、多くのひとびとに提供しようとする。しかし私たちは徒らに百科全書的な知識のジレッタントを作ることを目的とせず、あくまで祖国の文化に秩序と再建への道を示し、この文庫を角川書店の栄ある事業として、今後永久に継続発展せしめ、学芸と教養との殿堂として大成せんことを期したい。多くの読書子の愛情ある忠言と支持とによって、この希望と抱負とを完遂せしめられんことを願う。

一九四九年五月三日